EVERNIGHT

L'auteur

Claudia Gray est une romancière américaine. Elle aime voyager, lire, marcher, et surtout écrire. Ses intérêts de toujours pour les vieilles maisons, les vieux films et l'histoire ont joué un rôle important dans la naissance de l'univers d'*Evernight*.

Déjà paru :

Evernight Livre I

Evernight Livre II

À paraître :

Livre IV (octobre 2012)

Livre V (2013)

EVERNIGHT

Livre III

CLAUDIA GRAY

Traduit de l'anglais (États-Unis)
par Cécile Chartres

POCKET JEUNESSE

Directeur de collection :
Xavier d'Almeida

Titre original :
Hourglass
Publié pour la première fois en 2010
Par HarperTeen, HarperCollins, New York

Contribution : Kidi Bebey
Loi n° 49 956 du 16 juillet sur les publications
destinées à la jeunesse : mars 2012

ISBN : 978-2-266-22319-5

Prologue

— Quitte la ville, lui conseillai-je. Disparais une bonne fois pour toutes. Ça nous évitera d'avoir à te tuer.

— Ah, parce que vous pensez vraiment en être capables ? ricana le vampire.

Lucas lui sauta dessus et ils roulèrent au sol. Les combats rapprochés tournaient plutôt à l'avantage des vampires – c'était plus facile de mordre. Je me précipitai au secours de Lucas.

— Tu es plus fort qu'un humain, haleta le vampire.

— Mais je suis encore humain, assura Lucas.

Le vampire sourit, un sourire si incongru vu la situation que c'en était encore plus effrayant.

— Je recherche l'un de nos enfants, expliqua-t-il à Lucas dans un souffle. Pour le compte de la reine de ma tribu. Une femme prénommée Charity.

La tribu de Charity ! Je tressaillis.

— Oui, je la connais, répondit Lucas en s'efforçant de maintenir le bras du vampire dans son dos. Je lui ai même enfoncé un pieu dans le cœur. Et si tu crois que je ne suis pas capable de faire pareil avec toi, tu vas vite déchanter.

Ils étaient de force égale et Lucas ne réussit pas à prendre l'avantage. Il n'avait même pas l'occasion de sortir son arme. Et la chance pouvait tourner d'un instant à l'autre.

C'était à moi de l'aider – en tuant un autre vampire.

Chapitre premier

Une violente douleur m'étreignit la poitrine et je tentai de reprendre ma respiration. J'avais le visage en feu, mal partout. Mes cheveux trempés collaient à ma nuque.

Devant moi se tenait Eduardo, l'un des chefs de cette cellule de la Croix noire. Il avait un pieu en main. Autour de nous, les chasseurs de vampires, vêtus de chemises à carreaux et de jeans, nous observaient en silence. À la lumière des néons, Eduardo me paraissait sinistre.

— Allez, Bianca. Réagis un peu !

Sa voix ressemblait à un rugissement, les mots ricochant sur le béton des murs de l'entrepôt abandonné.

— Défends-toi ! Tu risques ta vie.

Si je me précipitais sur lui pour m'emparer de son arme ou pour le faire tomber, il réussirait à me jeter par terre. Eduardo était rapide et doué. Il avait déjà tué plus d'une centaine de vampires – tous plus âgés et plus forts que moi.

« Qu'est-ce que je peux faire ? » me demandai-je.

Je n'osais pas regarder Lucas. Si je quittais Eduardo des yeux une seule seconde, ce serait la fin.

Je reculai de quelques pas et trébuchai. Les chaussures qu'on m'avait prêtées étaient trop grandes. Eduardo ricana.

— Et en plus, tu es maladroite.

Il faisait tournoyer son pieu dans sa main, cherchant sans doute le meilleur angle d'attaque. Il affichait un sourire de satisfaction – de fierté, même. Toute mon appréhension disparut, laissant place à de la colère.

J'attrapai l'une de mes chaussures et la lançai vers lui de toutes mes forces.

Il la reçut en pleine figure. L'assistance éclata de rire, certains applaudirent. La tension se dissipa en un instant, et je fis de nouveau partie du groupe. Du moins, c'est ce qu'ils croyaient.

— Pas mal, déclara Lucas en émergeant du cercle des spectateurs et en posant la main sur mon épaule. Pas mal du tout.

— Je ne suis pas encore ceinture noire, malheureusement.

J'étais à bout de souffle. Ces entraînements m'épuisaient, et encore c'était la première fois que je parvenais à rester debout.

— Tu as de bons réflexes, poursuivit Lucas en me massant la nuque.

Eduardo n'avait pas trouvé très drôle d'être attaqué par une chaussure. Il me lança un regard assassin, qui aurait pu m'intimider s'il n'avait pas eu le nez tout rouge.

— Tu sais que tu ne t'en tirerais pas vivante avec un truc pareil, dit-il.

— Si son adversaire ne la prend pas au sérieux, comme toi, ça peut marcher, remarqua Kate.

Eduardo m'adressa un sourire forcé. Officiellement, lui et Kate étaient les chefs de cette cellule de la Croix noire. Mais au bout de quatre jours passés avec eux, j'avais pu constater que c'était Kate qui dirigeait. Ce qui ne semblait pas déranger Eduardo. À ses yeux, Kate avait toujours raison (et nous, les autres, étions des moins que rien).

— Du moment que les ennemis tombent, on se fiche de savoir comment, dit Dana. On peut manger, maintenant ? Bianca doit être affamée.

Oui, j'avais faim. J'avais envie de sang – d'hémoglobine rouge, épaisse, chaude, encore plus délicieuse que n'importe quel plat. Me voyant frémir, Lucas enroula son bras autour de ma taille et m'attira contre lui.

— Ça va ? murmura-t-il.

— Ça va.

Il planta ses beaux yeux verts dans les miens. Même si ma soif de sang le mettait un peu mal à l'aise, il compatissait.

Mais Lucas ne pouvait pas m'aider. Pour le moment, nous étions coincés.

Quatre jours auparavant, Evernight Academy, mon école, avait été attaquée et réduite en cendres par la Croix noire – un commando de tueurs de vampires.

Evernight servait depuis longtemps de refuge aux vampires. C'était un endroit où ils apprenaient à se familiariser avec le monde moderne, ce qui en faisait une cible de choix.

Cependant, la Croix noire ignorait que je ne faisais pas partie des élèves humains qui avaient côtoyé des vampires sans le savoir. Au contraire, j'étais un vampire.

Enfin, pas encore tout à fait. Et je comptais bien garder ma part d'humanité et ne jamais le devenir. Mais mes parents étaient vampires. Du coup, je possédais certains de leurs pouvoirs et éprouvais certains de leurs besoins.

Notamment celui de boire du sang.

Depuis le raid de la Croix noire sur Evernight, notre cellule était en état d'alerte : Kate craignait que les vampires ne cherchent à se venger. Nous nous étions donc réfugiés dans un endroit sûr – à savoir cet entrepôt délabré, qui sentait le vieux pneu et dont le sol était recouvert de taches d'huile. Nous en sortions uniquement pour patrouiller. Nous passions le reste de notre temps à nous préparer à de futurs combats. J'avais appris à aiguiser un couteau et à tailler un pieu. Maintenant, mes compagnons s'attendaient à ce que j'apprenne à me battre.

Dans cet espace confiné où nous dormions sur des lits de camp, l'intimité n'existait pas. Lucas et moi n'avions pas passé un instant seuls. Et je n'avais pas bu une goutte de sang depuis quatre jours.

Du coup, je m'affaiblissais. Ma faim grandissait, au point que j'y pensais nuit et jour. Ma soif de sang était si forte que je craignais d'être capable du pire.

Je ne pouvais bien évidemment pas boire de sang devant qui que ce soit, à part Lucas. Quand il m'avait vue mordre un autre vampire, j'avais cru qu'il me rejetterait pour toujours. Après tout, il s'entraînait à tuer des vampires depuis l'enfance. Pourtant, il avait continué de m'aimer. Que d'autres chasseurs de vampires fassent preuve d'une telle ouverture d'esprit me semblait impossible.

Même Dana, la meilleure amie de Lucas, qui me regardait d'un air amusé. Même Kate, qui estimait que j'avais sauvé la vie de son fils. Même Raquel, mon ancienne camarade de chambre qui avait rejoint la Croix noire en même temps que moi. Si elles apprenaient la vérité, elles n'hésiteraient pas à me tuer.

— Encore du beurre de cacahuètes ! soupira Dana en s'asseyant par terre pour déguster son frugal dîner. À une époque, je crois bien que j'aimais ça, le beurre de cacahuètes.

— Tu préférerais des pâtes à l'huile ? demanda Lucas. Pendant de longues semaines l'année dernière, c'est tout ce que nous avons mangé, m'expliqua-t-il. À chaque repas : des pâtes à l'huile. Rien que d'y penser, j'ai la nausée.

— Et alors, ça fait quoi ? intervint Raquel en étalant

le beurre de cacahuètes sur son pain comme si c'était la meilleure chose qu'elle pouvait manger.

Raquel souriait non-stop depuis quatre jours, depuis que la Croix noire nous avait recrutées.

— Ok, on ne dîne pas au restau tous les soirs. Mais on s'en fiche ! Ce que l'on fait ici, c'est ça, l'important. C'est concret.

— Oui, enfin, pour le moment, on est surtout planqués dans un entrepôt et on mange des sandwichs au beurre de cacahuètes trois fois par jour, dis-je.

Raquel ne se troubla pas le moins du monde.

— Cela fait partie de notre mission. Et ça en vaut la peine.

Dana passa sa main dans les cheveux de Raquel d'un geste affectueux.

— C'est l'enthousiasme du débutant ! On verra dans cinq ans si tu dis toujours la même chose.

Le visage de Raquel s'illumina. Elle adorait l'idée d'être encore à la Croix noire dans cinq ans, voire dans dix ans. Pour toute la vie, même. Elle avait été traquée par un vampire à Evernight et harcelée par un fantôme chez elle. Elle ne désirait rien tant que d'avoir sa vengeance. Je ne l'avais jamais vue aussi heureuse.

— Extinction des feux dans une heure ! annonça Kate.

D'un même élan, Raquel et Dana avalèrent la fin de leur sandwich et prirent la direction des douches de fortune installées à l'arrière de l'entrepôt. Seuls les premiers arrivés auraient la possibilité de se laver, et seuls un ou deux auraient de l'eau chaude. Comptaient-elles se battre pour obtenir ce privilège rare ? Le mieux était encore de partager.

J'étais couverte de sueur, mais j'étais trop épuisée pour envisager de me déshabiller.

— Demain matin, balbutiai-je, à la fois pour moi et pour Lucas. Je me laverai demain matin.

— Hé, dit-il en posant une main rassurante sur mon avant-bras. Tu trembles, ma belle…

— C'est possible.

Il s'assit à côté de moi. Il était grand, costaud mais svelte, et près de lui, je me sentais toujours petite et fragile. Ses cheveux aux reflets dorés brillaient même ici, dans cet entrepôt lugubre. Je posai la tête contre son épaule et fermai les yeux. La chaleur de son corps me suffit à m'imaginer devant un feu de cheminée. Je pus ainsi oublier les quelques dizaines de personnes qui parlaient et riaient autour de nous. Je pus oublier quelques instants ce bâtiment sombre et crasseux qui empestait le caoutchouc, et faire comme si Lucas et moi étions seuls au monde.

— Je m'inquiète pour toi, murmura-t-il.

— Moi aussi, je m'inquiète pour moi.

— On ne va pas rester éternellement en état d'alerte. On pourrait te trouver à manger et réfléchir à la suite.

Nous comptions nous enfuir, comme nous avions prévu de le faire avant que la Croix noire n'attaque Evernight. Lucas désirait partir autant que moi. Mais nous avions besoin d'argent et nous n'étions pour le moment pas libres de nos mouvements. En attendant, il s'agissait avant tout de tenir le coup.

Lucas était soucieux. Je lui caressai le visage, passant ma main dans sa barbe naissante.

— On va s'en sortir. Ne t'en fais pas, soufflai-je.

— Je suis censé m'occuper de toi, soupira-t-il en me regardant.

— On s'occupe l'un de l'autre.

Lucas me serra dans ses bras. L'espace d'un instant, je me sentis bien.

— Lucas !

La voix d'Eduardo retentit dans le hangar. Il nous observait, les bras croisés ; Eduardo n'avait pas son pareil pour interrompre le moindre moment de romantisme. Nous nous détachâmes l'un de l'autre.

— Je veux que tu prennes le premier quart de garde ce soir.

— Je l'ai fait il y a deux jours, protesta Lucas. Ce n'est pas mon tour.

Eduardo le dévisagea d'un air furieux.

— Depuis quand tu râles ? On dirait un gamin capricieux qui ne veut pas descendre de sa balançoire.

— Et toi ? Depuis quand as-tu cessé de faire semblant de me traiter comme les autres ? répliqua Lucas. Lâche-moi, ok ?

— Ou bien quoi ? Tu iras te réfugier dans les jupons de ta mère ? Sache que Kate s'interroge sur ta loyauté, Lucas. Et moi aussi.

C'était à cause de moi qu'il malmenait autant son beau-fils. Lucas avait enfreint de nombreuses règles pour que l'on soit ensemble – et encore, Eduardo ne savait pas tout.

Mais Lucas ne comptait pas se laisser faire.

— Je n'ai pas eu une seule nuit de sommeil complète depuis l'incendie. Je refuse de passer des heures accroupi dans une tranchée d'évacuation pour rien.

Eduardo fronça les sourcils.

— Tu sais très bien qu'on peut nous attaquer d'une seconde à l'autre.

— Et à qui la faute ? Après ton petit numéro à Evernight…

— Numéro ?

— Ça suffit ! intervint Dana qui revenait de la douche.

Elle se plaça entre les deux. Ses longues tresses gouttaient sur la serviette humide qu'elle avait autour du cou.

— On se calme, ok. Au cas où tu aurais perdu le fil, Eduardo, c'est à moi de patrouiller ce soir.

Eduardo n'aimait pas être contredit mais pouvait difficilement obliger Dana à rester à l'intérieur.

— Comme tu voudras, Dana.

— Et si j'emmenais Raquel avec moi ? suggéra-t-elle, détournant habilement la conversation. J'ai l'impression qu'elle trépigne d'impatience.

— Pas question. Elle n'a pas assez d'expérience.

Visiblement satisfait d'avoir pu exercer son autorité, Eduardo s'éloigna.

— Merci, dis-je à Dana. Tu es sûre que tu n'es pas fatiguée ?

— Je ne suis pas Lucas ! répondit-elle en souriant. Demain, je serai en pleine forme, moi.

Lucas fit semblant de la frapper et elle, de le regarder méchamment. Ils passaient beaucoup de temps à se taquiner mais ils s'adoraient. Dana était sa meilleure amie. Seul un véritable ami se porterait volontaire pour une mission de surveillance consistant, comme l'avait dit Lucas, à patauger dans la boue pendant des heures.

Quelques minutes plus tard, tout le monde se préparait à aller se coucher. Entre la zone réservée aux hommes et celle réservée aux femmes, on avait étendu un immense drap sur un fil à linge. Lucas et moi étions séparés d'à peine quelques centimètres par ce voile en coton. Parfois, le fait qu'il soit aussi près me rassurait ; parfois, il me semblait si éloigné que j'avais envie de hurler.

« Ça ne durera pas éternellement », me répétai-je alors que j'enfilais un vieux t-shirt pour la nuit. Le pyjama que je portais lors de l'incendie avait été réduit en lambeaux. La seule chose qui m'appartenait et que j'avais sur moi, c'était le pendentif en obsidienne que mes parents m'avaient offert et qui ne me quittait jamais, y compris sous la douche. La broche en jais que Lucas m'avait achetée était rangée dans un sac qu'on m'avait donné. Sans être particulièrement matérialiste, le fait de tout perdre m'avait quand même affectée. Je chérissais d'autant plus les quelques objets qu'il me restait.

Quelqu'un éteignit la lumière. Je me blottis sous la fine couverture militaire qui recouvrait mon lit. La laine me grattait et j'étais mal installée, mais étant donné mon épuisement, tout repos était le bienvenu.

À ma gauche, Raquel dormait déjà, d'un sommeil plus serein et plus profond que pendant ses deux ans à Evernight.

À ma droite, de l'autre côté de la cloison, se trouvait Lucas.

Comme tous les soirs, j'essayai de distinguer son corps allongé. Je m'imaginai franchissant la séparation sur la pointe des pieds afin de me glisser contre lui. Puis je soupirai, abandonnant l'idée. C'était impossible. On nous verrait forcément.

Et comme tous les soirs, je commençai à broyer du noir.

« J'espère que mon père et ma mère vont bien », pensai-je. Je me souvenais de la fumée épaisse, des flammes qui dansaient tout autour de moi. J'aurais pu facilement me retrouvée prise au piège. Et seul le feu tuait efficacement un vampire. « Ils ont de l'expérience, me dis-je pour me rassurer. Ce n'est pas la première fois qu'ils se retrouvent en situation difficile. Souviens-toi de ce que ta mère t'a raconté sur le Grand Incendie de Londres. S'ils ont survécu à ça, ils ont pu survivre à celui d'Evernight. »

Sauf que ma mère avait survécu de justesse au Grand Incendie. Elle avait été blessée et avait failli mourir ; mon père l'avait « sauvée » en la transformant en vampire.

Ces derniers temps, je n'avais pas été en bons termes avec mes parents. Ce qui ne voulait pas dire que je leur souhaitais du mal. L'idée qu'ils puissent souffrir, ou mourir, m'angoissait beaucoup.

Je ne m'inquiétais pas uniquement pour mes parents. Pour Vic aussi. Et Balthazar. En tant que vampire, ce dernier avait certainement été pourchassé par la Croix noire – ou bien par sa psychopathe de sœur, Charity, qui avait tenté de nous empêcher de fuir, Lucas, Raquel et moi. Et ce cher Ranulf ? Il était si gentil, si naïf que je n'osais croire qu'il ait pu lui arriver malheur.

Où se trouvaient-ils tous à présent ? Le saurais-je un jour ? En choisissant de partir avec Lucas, j'avais volontairement pris le risque de ne jamais revoir mes proches. Ce choix ne me réjouissait pas pour autant.

Mon estomac se mit à gargouiller. J'avais soif de sang.

Je me retournai dans mon lit, priant pour que le sommeil m'emporte, seul moyen de faire taire les craintes et les désirs qui s'agitaient en moi.

Je tendis la main vers la fleur. À mon contact, les pétales noircirent et se réduisirent en poussière.

— Pas pour moi, murmurai-je.

— Non. Encore mieux, répondit le spectre.

Depuis quand était-elle là ? J'avais l'impression que c'était depuis toujours. Nous étions sur le campus d'Evernight. Les gargouilles nous toisaient, imposantes. L'orage grondait au-dessus de nos têtes. Quelques feuilles emportées par une rafale traversèrent l'ombre turquoise du spectre. Elle frémit.

— Où est Lucas ?

Je savais qu'il était supposé être avec moi, mais je ne me rappelais pas pourquoi.

— À l'intérieur.

— Je ne peux pas y aller.

Je n'avais pas peur. Simplement pénétrer dans l'école me semblait irréalisable. Je compris tout à coup pourquoi.

— Comment est-ce possible ? Evernight a été détruit dans un incendie. Le bâtiment n'existe plus à présent.

Le fantôme inclina la tête.

— C'est quand, pour toi, « à présent » ?

— Tout le monde debout !

Ce cri me réveillait tous les matins. Alors que je clignais des yeux, essayant de retenir le rêve qui s'évanouissait déjà, je vis Raquel bondir de sa couchette, résolue.

— Allez viens, Bianca.

— Je n'ai pas faim, grommelai-je, croyant qu'elle faisait allusion au petit-déjeuner.

— Non ! Il se passe quelque chose.

Groggy et épuisée, je me levai. Les soldats de la Croix noire étaient tous debout, sur leurs gardes. Je compris que la nuit n'était pas encore terminée. Mais alors pourquoi nous avait-on réveillés ?

À moins que…

Dana arriva en courant.

— Confirmé ! cria-t-elle. À vos postes !

— Les vampires, murmura Raquel. Ils nous ont retrouvés.

Chapitre deux

Branle-bas de combat. Tout autour de moi, les membres de la Croix noire s'armaient : arbalètes, pieux, poignards. J'enfilai mon jean, le corps raide et tendu.

Je ne pouvais pas me battre à leurs côtés. Bien que décidée à ne pas devenir un vampire, je n'envisageais pas pour autant de m'allier à un groupe de tueurs de vampires illuminés. D'autant plus que les vampires qui nous attaquaient à présent n'étaient sûrement pas ces assoiffés de sang barbares qui donnaient mauvaise réputation au genre entier. Non, ils venaient d'Evernight et ils cherchaient seulement à réparer l'injustice commise à leur encontre – et, peut-être aussi, à me sauver.

Mais s'ils essayaient de faire du mal à Lucas ? Pourrais-je rester les bras croisés tandis qu'ils s'en prenaient au garçon que j'aimais ?

À côté de moi, Raquel brandit un pieu d'une main hésitante.

— C'est maintenant ou jamais. Sois prête, annonça-t-elle.

— Je ne suis pas... Je ne peux pas... marmonnai-je. Comment pouvais-je lui expliquer ?

Lucas apparut, débraillé et ensommeillé.

— N'y pensez même pas, déclara-t-il. Vous n'êtes pas assez bien entraînées.

Nos regards se croisèrent et je vis qu'il comprenait mes réticences.

— Comment ça ? s'exclama Raquel, furieuse. Je peux me battre ! Laisse-moi faire !

Mais Lucas nous attrapa toutes les deux par le bras.

— Vous venez avec moi.

— Dans tes rêves ! protesta Raquel.

Elle se libéra de son emprise et se précipita vers la porte en métal qui se referma avec fracas. Lucas s'élança après elle en jurant. Je me mis à mon tour à les suivre.

Dehors, le ciel était de cette couleur grise qui précède l'aube. Courant dans tous les sens, des hommes et des femmes se lançaient des instructions. Des lames de couteaux étincelaient au clair de lune ; je perçus le grincement et le cliquetis caractéristiques d'une arbalète qu'on arme. Kate s'accroupit dans les graviers, les bras près du corps comme un coureur de fond et la tête penchée de côté, à l'écoute. J'observai le champ devant nous. Il paraissait tranquille. Mais moi qui avais une vue plus perçante, je devinais des mouvements parmi les hautes herbes. On nous encerclait.

— Maman, murmura Lucas. Quelqu'un devrait rester avec Raquel et Bianca dans l'entrepôt. Elles ne peuvent pas encore se battre et elles sont des cibles faciles, surtout qu'elles risquent d'être considérées comme des traîtres.

— Tu te défiles, c'est ça ? demanda Eduardo, qui se tenait à quelques mètres de nous.

— Je n'ai pas dit que ce devait être moi, rétorqua Lucas. Mais quelqu'un devrait rester avec elles. Au cas où.

— Au cas où un vampire franchirait nos lignes ? poursuivit Eduardo. Le meilleur moyen d'éviter ça, c'est que tout le monde participe au combat. C'est pas le moment de jouer les baby-sitters. Tu ne chercherais pas plutôt une excuse ?

Lucas serra les poings. Le traiter de lâche était parfaitement injuste, mais l'heure n'était pas au règlement de compte. Je crus un instant qu'il allait frapper Eduardo. Je posai la main sur son bras afin de le calmer.

— Eduardo, ça suffit, intervint Kate, les yeux rivés vers l'horizon. Lucas, ramène-les à l'entrepôt. Commencez à remballer les affaires. Aussi vite que possible.

Eduardo se tourna vers elle.

— Tu n'envisages quand même pas de battre en retraite ? demanda-t-il.

— Bien que ça te déplaise, c'est ça ou y laisser la vie, répondit Kate. Un soldat mort ne peut plus tuer de vampires. Et tuer des vampires, c'est ce qui compte.

Les hautes herbes remuèrent ; les vampires se rapprochaient. Lucas se raidit et je compris qu'il les voyait aussi bien que moi. Depuis que j'avais bu son sang, il n'avait cessé de développer des pouvoirs vampiriques.

Il savait à présent que le temps pressait. Ils seraient là dans quelques minutes.

Lucas implora Raquel.

— Viens, je t'en prie !

Mais cette dernière secoua la tête, restant obstinément plantée à côté de Dana.

— Tu n'es pas en sécurité, enchaînai-je. S'il te plaît, Raquel, suis-nous. Ils pourraient te tuer.

— J'en ai marre de m'enfuir, répondit-elle d'une voix légèrement tremblante.

Dana interrompit ce qu'elle faisait et se tourna vers Raquel. Son corps entier vibrait d'une énergie nouvelle. C'était elle qui avait repéré les vampires, qui avait lancé l'alarme, qui avait été la première en danger. Et pourtant, elle s'adressa à Raquel d'une voix douce.

— Rassembler nos affaires, ce n'est pas s'enfuir, ok ? Il va falloir qu'on s'en aille d'ici, soit pendant la bataille, soit après. C'est donc une tâche importante et nécessaire.

— Pas si on gagne, commença Raquel.

Puis, voyant l'expression sur le visage de Dana, elle se tut.

— Ils connaissent notre cachette, maintenant, reprit Lucas. D'autres vampires viendront. Nous devons partir. Aide-nous. C'est ce que tu peux faire de mieux.

Sans quitter Dana des yeux, Raquel finit par accepter.

— La prochaine fois, dit-elle, la prochaine fois, je serai prête.

— On les affrontera ensemble, déclara Dana.

Soudain, elle reporta son regard vers le champ. Pas la peine d'avoir des pouvoirs de vampire pour comprendre qu'ils étaient désormais tout près.

— Allez, filez vite !

J'attrapai la main de Raquel et l'entraînai à l'intérieur de l'entrepôt. L'endroit était vide à présent, ce qui me parut très étrange. Des couvertures jetées pêle-mêle jonchaient le sol et certains lits de camp avaient basculé sur le côté dans la pagaille. Je ramassai une couverture.

— Oublie les couvertures, me lança Lucas en se dirigeant vers l'armoire remplie d'armes.

Il restait encore quelques pieux, flèches et bouteilles d'eau bénite.

— Le plus important, c'est les munitions.

Bien sûr, j'aurais dû y penser. Mais mon cerveau s'était bloqué. « Est-ce que mes parents sont là ? me demandai-je. Et Balthazar ? La Croix noire va-t-elle tuer des gens qui me sont chers et qui ne cherchent qu'à me sortir d'ici ? »

Une voix se fit entendre dehors. Puis, quelqu'un hurla.

Nous nous figeâmes tous les trois. Le bruit s'amplifia, les cris se multipliant comme autant de rugissements. Les murs métalliques du bâtiment vibrèrent. Raquel et moi eûmes un sursaut.

— Remballez tout ça, ordonna Lucas qui avait vite retrouvé son sang-froid. Quand l'ordre sera donné, on aura à peu près deux minutes pour charger le fourgon. Pas plus.

Nous nous mîmes au travail. J'avais du mal à me concentrer. La cacophonie qui régnait dehors m'effrayait, pas seulement parce que je m'inquiétais pour les autres, mais aussi parce que ça me rappelait l'autre attaque de la Croix noire et l'incendie d'Evernight. J'avais encore mal au dos après ma chute du toit, et j'avais l'impression de sentir l'odeur de fumée et de cendres de ce jour-là. Ces derniers temps, j'avais cherché à me rassurer en me disant que tout ça, c'était du passé ; sauf que ce n'était pas le cas. Tant que Lucas et moi serions avec la Croix noire, nous nous retrouverions pris entre deux feux. Nous ne pouvions échapper au danger.

Chaque cri, chaque bruit sourd semblait stresser un peu plus Lucas. Il n'avait pas l'habitude de rester sans se battre. Il était plutôt du genre à s'exprimer à coups de poing.

« La malle est fermée, passons à la suite. Faut-il embarquer le bois qui n'a pas encore été taillé ? Peut-être pas, on peut trouver du bois n'importe où, non ? » Tout en agissant aussi vite que possible, j'essayais de prendre de bonnes décisions. De son côté, Raquel attrapait tout ce qu'elle pouvait et le jetait dans des coffres sans se poser autant de questions. Sa technique me paraissait plus efficace.

Quelqu'un vint heurter de nouveau la paroi. Je sursautai de surprise. Lucas brandit son pieu.

À cet instant, deux silhouettes fracassèrent l'une des portes annexes. Il m'était impossible de distinguer laquelle des deux était celle d'un vampire tellement les corps étaient emmêlés en une masse informe puissante et bruyante. Ils roulèrent jusqu'à nous, sans nous remarquer, uniquement préoccupés par leur corps à corps. La porte entrouverte laissait davantage passer les sons. Les hurlements se rapprochaient.

— Fais quelque chose, chuchota Raquel. Lucas, s'il te plaît.

Lucas se jeta sur eux, se déplaçant trop vite pour un humain, et planta son pieu dans le cœur de l'ennemi. Le vampire se figea instantanément, paralysé. J'observai son visage qui trahissait l'horreur – ses yeux verts, ses cheveux blonds – et je ressentis un élan de sympathie à son égard lorsque le guerrier de la Croix noire finit par lui trancher la tête d'un coup d'épée rapide et net. Le vampire se réduisit en poussière.

En observant ses restes, je compris qu'il était âgé. Mes parents le connaissaient-ils ? Je ne savais pas de qui il s'agissait, mais il était très probablement venu ici en pensant m'aider.

— Comment tu as fait ça ? demanda Raquel à Lucas. C'était... surhumain.

Venant d'elle, c'était un compliment. Heureusement, le chasseur de la Croix noire n'avait rien remarqué.

Je me tournai vers Lucas. Je fus soulagée de voir qu'il n'avait pas l'air de triompher, simplement montrait-il une légère appréhension. Il avait bien entendu fait le choix de sauver un membre de son groupe. Je le comprenais. Mais que se serait-il passé si ce vampire avait été mon père ou ma mère ?

Eduardo glissa la tête dans l'encadrement de la porte. Il paraissait à la fois fatigué et surexcité.

— Nous les avons repoussés, mais ils ne tarderont pas à revenir. Il faut qu'on dégage.

— Où allons-nous ? demandai-je.

— Là où Raquel et toi vous pourrez vous entraîner toute la journée et être bientôt prêtes au combat.

Eduardo me regardait en parlant. S'il ne montrait aucune sympathie, j'eus le sentiment qu'il me détestait un peu moins. J'étais à ses yeux un soldat en devenir, il me considérait comme utile. Posant ensuite les yeux sur Lucas, il prit un air ironique.

— Tu ne pourras pas te défiler la prochaine fois, ricana-t-il.

J'attrapai la main de Lucas qui s'apprêtait à frapper son beau-père. Il était impulsif et laissait trop souvent sa colère s'exprimer.

— Allez, tout le monde ! cria Kate. On décampe !

Chapitre trois

Vingt minutes plus tard, nous étions tous entassés dans les vieux fourgons de la Croix noire. Lucas et moi prîmes place dans celui que Dana conduisait, et Raquel monta devant à côté d'elle. Le reste du véhicule était rempli de malles. Au moins, nous étions tous les quatre ensemble le temps du trajet.

— Où est-ce qu'on va ? demandai-je à Dana.

— Tu as déjà été à New York ? répondit-elle.

— C'est une blague ?

Non, personne ne plaisantait. Lucas m'adressa un regard étonné, ne comprenant pas ma réaction. J'expliquai :

— Vous vous déplacez armés jusqu'aux dents et vous tuez des vampires. Dans une grande ville comme ça, vous ne risquez pas d'être remarqués ?

— Je vois que tu n'as jamais été à New York, déclara Dana.

Raquel éclata de rire.

— Bianca, tu vas adorer ! Ma sœur Frida m'emmenait

à Manhattan au moins une fois par an. Il y a plein de galeries d'art tellement bizarres qu'on se demande qui a pu inventer des endroits pareils.

— Malheureusement, je ne pense pas qu'on aura le temps de faire les musées, reprit Dana.

— C'est quand même surprenant, dis-je à Lucas. Et comment allons-nous trouver une planque ?

— On a des amis à New York, répondit-il. La ville abrite l'une des plus importantes cellules de la Croix noire, et ils ont un bon réseau.

— En d'autres termes, compléta Dana, ils roulent sur l'or !

— Comment ça ?

— Quand tu verras leur arsenal, tu comprendras. Ils disposent de moyens assez extraordinaires.

— Pourquoi la cellule de New York est-elle aussi grande ?

— Parce que New York est une ville qui a un sérieux problème de vampires, répondit Lucas en prenant un air sombre. Les vampires sont arrivés presque en même temps que les Hollandais, au XVIe siècle. Ils sont très bien implantés dans la région – ils sont influents et puissants. Cette cellule a besoin de toutes les ressources possibles pour leur tenir tête. D'ailleurs, c'est la première à avoir été fondée dans le Nouveau Monde. Enfin, il paraît. Je n'ai pas vérifié dans un livre d'histoire.

Bien que notre situation fût encore compliquée, chaque nouveau kilomètre parcouru me remontait le moral. Ça faisait du bien de bouger.

Je pensai aux vampires de La Nouvelle-Amsterdam, puis à Balthazar et Charity qui étaient en vie à ce moment-là. Quand Balthazar m'avait raconté son enfance au temps des treize colonies, cela m'avait semblé à la fois ancien et irréel. Que la Croix noire remonte aussi loin dans le temps me déconcertait.

— C'est à cette époque qu'est née la Croix noire ? demanda Raquel.

Dana éclata de rire.

— Plutôt mille ans auparavant, répondit-elle.

— Non ! m'exclamai-je. Vraiment ?

— La Croix noire date de l'Empire byzantin, commença Lucas.

J'essayai de resituer les Byzantins – il me semblait qu'ils venaient après les Romains, mais je n'étais plus sûre. Ma mère aurait été choquée de voir que j'avais autant de lacunes – pour la fille d'une prof d'histoire, je n'en menais pas large.

— Les premiers membres de la Croix noire travaillaient comme gardes à Constantinople. Ensuite, l'organisation s'est répandue en Europe et en Asie, puis a gagné l'Amérique et l'Australie lors de l'expansion coloniale. Apparemment, les souverains exigeaient qu'au moins un chasseur accompagne chaque expédition.

— Les souverains ? m'étonnai-je. Tu veux dire que le gouvernement sait que vous existez ?

Que Lucas soit en fait une sorte d'agent secret spécialisé dans le paranormal ne m'aurait guère surprise.

— Non, plus maintenant.

Lucas appuya sa tête sur la vitre. L'autoroute défilait devant nos yeux.

— Vous êtes passés... euh... Enfin, les vampires sont passés dans la clandestinité peu après le Moyen Âge.

J'écarquillai les yeux. Lucas prit un air contrit, s'excusant du regard. Il avait failli dire « Vous êtes passés dans la clandestinité », m'associant aux vampires, ce que Dana et Raquel n'auraient pas manqué de relever. Il ne faudrait pas grand-chose pour que je sois démasquée.

Heureusement, ni Dana ni Raquel ne remarquèrent son hésitation.

— Si je comprends bien, les vampires ont réussi à faire croire à tout le monde qu'ils n'existaient pas, dit Raquel. Du coup, ils ont pu se fondre dans la masse plus facilement, ce qui a rendu votre travail plus compliqué.

— C'est ça ! s'écria Dana. (Puis elle fronça les sourcils.) Oh là là, Kate file à toute allure. Elle veut qu'on se fasse tous arrêter pour excès de vitesse ou quoi ?

— Bref, reprit Lucas qui se fichait visiblement des critiques de Dana envers sa mère. Nous ne sommes plus subventionnés par les pouvoirs publics. Mais il y a des gens qui savent qu'on existe. Et ces gens ont de l'argent et nous financent. C'est comme ça que ça marche désormais.

J'imaginai Lucas au Moyen Âge, dans son armure, visitant toutes les cours d'Europe afin d'y être honoré pour sa bravoure et ses faits d'armes. En fait, il aurait détesté.

« Non, pensai-je pour finir. Il est mieux ici, maintenant. Avec moi. »

— Hé, lança Dana. Regardez sur votre gauche.

À l'horizon, je vis se dessiner la silhouette de mon école, Evernight Academy.

Evernight était loin de l'autoroute et Kate et Eduardo n'étaient pas téméraires au point de prendre le risque de pénétrer sur les terres de la directrice, Mrs Bethany. Mais Evernight était une énorme bâtisse gothique dont les tours s'élevaient bien haut parmi les collines du Massachusetts. Même à cette distance, alors que l'école avait été ravagée par un incendie, on en distinguait les contours. D'ailleurs, on avait l'impression que les bâtiments étaient intacts, comme si la Croix noire ne les avait même pas touchés.

— Toujours debout, remarqua Dana. Mince !

— Un jour, on la fera tomber en ruine, déclara Raquel en appuyant sa paume sur la vitre, comme si elle voulait écraser l'école dans sa main.

Et si mes parents étaient dans le coin ? À cet instant, sans le savoir, nous étions peut-être tout près les uns des autres ?

Au mois de mai précédent, je m'étais fâchée avec eux. Ils m'avaient caché toute ma vie que les spectres avaient joué un rôle dans ma conception et ma naissance, et qu'ils risquaient de venir me chercher un jour. Pendant un an, j'avais été harcelée par des fantômes qui estimaient que je leur appartenais et désiraient me tuer. Bien sûr, je n'avais aucune envie d'être un spectre mais mes parents avaient aussi refusé de me dire ce qui m'arriverait si je ne devenais pas un vampire. Après avoir rencontré des vampires assassins, j'avais décidé de tenter ma chance en tant qu'être humain à part entière. On verrait bien ce que ça donnerait.

Mais une ombre menaçante planait à présent sur moi. Je vivais dans l'incertitude, ce qui était si angoissant que je préférais y penser le moins possible.

En observant l'école, je constatai que ma colère et ma peur s'étaient dissipées. Je me souvins avec émotion de l'amour de mes parents, de nos liens et de tout ce que nous avions partagé. Soudain, j'eus envie de bondir de la voiture et de partir à leur recherche afin de me confier à eux.

Malheureusement, je ne pouvais pas revenir en arrière. Tant de choses avaient changé. J'avais été obligée de choisir, et j'avais choisi la vie, l'humanité. Lucas.

Lucas ramena une mèche de mes cheveux derrière mon oreille ; il voulait savoir si j'avais besoin d'être réconfortée. Je posai la tête sur son épaule et nous continuâmes le trajet en silence, bercés par la musique. Les bornes kilométriques mesuraient la distance me séparant de ma maison et de la personne que j'avais été.

Nous nous arrêtâmes en cours de route pour reprendre de l'essence et nous détendre quelques instants. Puis nous fîmes une longue pause pour le déjeuner.

Alors que Dana et Raquel rejoignaient le gros de la troupe dans un restaurant Tex-Mex, Lucas et moi obtînmes la permission d'aller dans un fast-food un peu plus loin. Non seulement nous avions besoin d'être un peu seuls, mais j'avais aussi – surtout – besoin de me nourrir.

— Tu dois être affamée, non ? me demanda Lucas alors que nous nous éloignions.

— J'ai tellement faim que j'entends les battements de ton cœur.

J'avais même le goût du sang de Lucas dans la bouche, ce que je décidai de ne pas mentionner. Les rayons du soleil me paraissaient très agressifs – normal, je n'avais pas bu de sang depuis des jours. Je n'avais jamais tenu aussi longtemps.

— Tu penses qu'au restau… On peut te trouver de la viande crue, entrer en douce dans les cuisines, et…

— Ce ne serait pas suffisant. Ne t'inquiète pas, je vais me débrouiller.

Dans l'herbe, un rouge-gorge fouillait le sol à la recherche de vers de terre. Je le fixai.

— Bianca ?

« Le sang d'un oiseau est pauvre, mais chaud », pensai-je.

— Ne regarde pas, murmurai-je.

Je mourais tellement de faim que j'en avais mal à la mâchoire. Mes canines s'allongèrent, venant heurter ma langue et mes lèvres. Nous avions beau être dehors, au soleil, tout autour de moi s'assombrit ; seul le plumage du rouge-gorge brillait, comme éclairé par la lumière d'un projecteur.

Rapide comme un vampire, je lui sautai dessus. L'oiseau se débattit un instant entre mes mains. Je le mordis.

« Enfin, du sang ! » Fermant les yeux de bonheur, je bus les quelques gouttes que m'offrait l'oiseau. Ensuite, je laissai tomber son cadavre déplumé au sol et m'essuyai la bouche du revers de la main. Lorsque je me rendis compte de la présence de Lucas, un sentiment de honte m'envahit. Lucas devait être absolument écœuré par mon comportement de sauvage !

Je me tournai timidement vers lui. Il était de dos, comme je le lui avais demandé. Il n'avait rien vu. Comprenant que j'avais terminé, il se retourna et me sourit tendrement. Voyant mon air inquiet, il secoua la tête.

— Je t'aime, chuchota-t-il. Et je serai à tes côtés dans les bons et les mauvais moments, ne t'en fais pas.

Soulagée, je lui serrai la main et nous nous rendîmes au restaurant. Nous étions fauchés, habillés n'importe comment et coincés là, sur une aire d'autoroute au milieu de nulle part – et pourtant, je me sentais plus belle que le plus admiré des top models. J'étais avec Lucas, le garçon qui m'aimait envers et contre tout. Il ne m'en fallait pas plus.

Nous mangeâmes rapidement. Lucas était affamé et j'avais moi aussi besoin de nourriture « normale ».

— On peut aller dans un café Internet avant de rejoindre les autres ? demandai-je. J'aimerais envoyer un mail à mes parents.

— Non. Pas question ! s'exclama Lucas. Premièrement, ça m'étonnerait qu'on en trouve un dans ce bled. Deuxièmement, tu pourras leur téléphoner dès qu'on sera posés, et seulement depuis un téléphone fixe pour qu'ils ne sachent pas d'où vient l'appel. Tu peux aussi leur écrire une lettre. Mais pas d'e-mail. C'est une des règles de la Croix noire que je compte observer.

Lucas estimait qu'il y avait une différence entre désobéir aux ordres et ignorer certaines règles complètement stupides. Sur le moment, je ne compris pas la différence. Où était le problème ? Mais je n'insistai pas. J'avais un autre moyen d'obtenir des infos.

Près du restaurant, il y avait une série de téléphones publics. Les deux premiers n'avaient pas de signal, le cordon du troisième avait été arraché ; heureusement, le quatrième fonctionnait à peu près. J'appelai l'opérateur.

— C'est un appel en PCV, annonçai-je en lui donnant le numéro affiché sur le portable de Lucas. De la part de Bianca Olivier.

Un long silence s'ensuivit. Enfin, j'entendis un déclic, et une voix ensommeillée demanda :

— Bianca ?

— Vic ! m'écriai-je en sautillant de joie. C'est bien toi ! Tu vas bien ?

Lucas et moi échangeâmes un sourire.

— Ouais, ouais… Attends un instant, je me réveille à peine.

J'imaginais très bien Vic, les cheveux en pétard, au milieu de sa chambre en désordre, tapissée de posters psychédéliques. Ses draps devaient être aussi déjantés que lui, genre imprimé léopard. Il bâilla puis, d'une voix plus claire, reprit :

— Est-ce que c'est un rêve ?

— Non, pas du tout ! C'est moi. Tu n'as pas été blessé lors de l'incendie ?

— Non. Personne n'a été blessé, ce qui tient du miracle. Malheureusement, j'ai perdu mon casque colonial, annonça-t-il d'une voix tragique. Et toi ? Ça va ? On a passé des heures à te chercher une fois les flammes éteintes. Quelques personnes t'avaient vue quitter le campus, donc on savait que tu t'en étais sortie, mais on ignorait où tu étais.

— Je vais bien. Je suis avec Lucas.

— Lucas ? dit-il d'un ton surpris.

Forcément, Vic croyait que Lucas et moi avions rompu depuis des lustres.

— Délire ! Tu es sûre que je ne rêve pas ?

— Tu ne rêves pas ! le rassura Lucas.

Son ouïe était tellement fine qu'il entendait parfaitement notre conversation, même à un mètre.

— Allez, reprends-toi, continuai-je. Pourquoi es-tu encore en train de dormir à midi ?

— Si tu te souviens bien, je suis un oiseau de nuit ! Faire la grasse matinée n'est pas seulement un droit, c'est un devoir, répondit Vic. Et puis, comme dit la chanson : « Mais oui mais oui, l'école est finie ! »

— Finie ? Tu veux dire qu'Evernight a été détruite ?

— Non. Mrs Bethany jure que l'école rouvrira à l'automne. Mais je ne vois pas comment : tout a été dévasté.

Il me fallait à présent poser les questions difficiles. Je m'agrippai au combiné et essayai de contrôler ma voix.

— Est-ce que mes parents vont bien ? Tu les as vus ?

— Ils vont bien. Je te l'ai dit, tout le monde s'en est sorti. Mais tes parents faisaient partie de l'équipe chargée de te retrouver. Ils avaient l'air très inquiets, Bianca.

Vic cherchait peut-être à me culpabiliser mais rien n'aurait pu ternir la joie que j'éprouvais alors de savoir que mes parents avaient survécu.

— Tu sais où ils sont ?

Sans doute ne s'éloigneraient-ils pas d'Evernight. Ils resteraient à proximité, au cas où je revienne. Les imaginer à m'attendre pour rien me fit de la peine.

Vic confirma ce que je soupçonnais. Malheureusement, je ne pouvais pas les appeler. Ils ne possédaient pas de téléphones portables.

— Et Balthazar ?

Lucas fronça les sourcils. Il n'appréciait pas vraiment Balthazar. D'abord, parce que Balthazar était un vampire, ensuite parce que lui et moi avions eu une brève histoire. C'était terminé – à supposer que cela ait commencé un jour – mais je m'inquiétais pour lui.

— Balty va bien, répondit Vic. Il était effondré après l'incendie. Je crois que c'est parce que tu avais disparu.

— Non, ce n'était pas à cause de moi, murmurai-je. Soudain, écrasée par le poids de tout ce que j'avais perdu, épuisée et déprimée, je m'appuyai contre la rangée de téléphones.

Si Balthazar se sentait malheureux, c'était à cause de sa sœur, Charity, qui avait manipulé Eduardo et la Croix noire pour qu'ils lancent l'attaque sur Evernight – ce que Vic ignorait. Seule Charity comptait aux yeux de Balthazar et, étonnamment, la réciproque était vraie. Ce qui ne l'empêchait pas d'essayer de faire du mal à son frère, ou à quiconque était proche de lui. Moi y comprise.

Vic, à présent réveillé, enchaîna :

— Et Raquel ? Elle aussi a disparu. Elle est avec toi ?

— Oui ! Et elle va bien.

— Parfait ! Ça veut dire qu'on a tous échappé au pire. Un vrai miracle.

— Tu sais ce qu'est devenu Ranulf ?

— Il dort dans la chambre d'amis à côté. Tu veux que j'aille le chercher ?

— Non, pas la peine. Je suis contente de savoir qu'il va bien.

Lucas et moi échangeâmes un sourire. Si Vic avait su qu'il vivait avec un vampire, il aurait moins fait la grasse matinée. Même si, à dire vrai, Ranulf était parfaitement inoffensif.

— Écoute, il faut qu'on y aille. Mais je te rappellerai.

— C'est quoi tous ces mystères ? demanda-t-il.

Il soupira puis reprit, dans un chuchotement :

— Écoute, appelle tes parents. Ok ? Il le faut...

Un nœud se forma dans ma gorge. J'étais tellement inquiète pour mes parents que je n'avais pas pensé au supplice qu'ils avaient dû endurer de leur côté.

— À bientôt, Vic.

Je raccrochai. Devant mon air accablé, Lucas me prit dans ses bras.

— On va les contacter. Tu pourras leur écrire. Tu verras, tout va s'arranger.

— Je sais. Mais c'est pas facile.

— Oui. Je comprends.

Nous nous embrassâmes ; un baiser simple et tendre, le premier que nous pouvions enfin échanger loin du regard des autres. Ma fatigue et mon inquiétude s'évanouirent sur l'instant. Nous étions seuls de nouveau, et après tous les sacrifices que nous avions faits pour en arriver là, nous voulions en profiter. Lucas me serra fort et me fit légèrement basculer en arrière. Le monde entier tournoya un instant autour de moi, sauf lui. Si je m'accrochais à lui, il ne pourrait rien m'arriver.

« Lucas est à moi, pensai-je. À moi. Et personne ne peut me le prendre. »

Quand nous arrivâmes à New York, il faisait nuit. En apercevant Manhattan à l'horizon, nous poussâmes des cris de joie. Je n'avais jamais rien vu d'aussi spectaculaire. Pour moi, New York tenait davantage du mythe que d'une réalité. C'était là où se déroulaient les films et les séries télévisées, et les rues avaient des noms presque magiques : 5e Avenue, 42e Rue, Broadway.

Puis je réalisai que Manhattan était une île, ce qui impliquait de traverser un cours d'eau. J'en frissonnai d'appréhension. Mais nous empruntâmes un tunnel, et je ne ressentis aucun malaise. Pour une raison inconnue, passer sous l'eau ne me faisait aucun effet. J'aurais aimé pouvoir interroger mes parents à ce sujet.

À la sortie du tunnel, nous tombâmes pratiquement sur Times Square, qui brillait de mille feux. J'écarquillai les yeux, fascinée, ce qui me valut quelques plaisanteries. Mais je vis qu'en réalité les autres étaient aussi excités que moi.

Malheureusement, au bout de quelques pâtés de maisons, Broadway n'eut plus la même allure fabuleuse. Les rues devinrent sombres, bordées d'immeubles ternes. Les magasins n'étaient plus ni chics ni même accueillants.

Enfin, notre cortège s'engouffra dans un parking souterrain. Sans nous demander de payer, l'employé nous fit signe de passer. Le parking était sale et isolé, et les prix pratiqués bien trop élevés. D'ailleurs, il était vide.

Je me tournai vers Lucas.

— Bienvenue à notre QG de New York, annonça-t-il.

Les jambes quelque peu engourdies, nous sortîmes de la fourgonnette. Nous ne nous étions pas arrêtés depuis le déjeuner. Puis nous pénétrâmes dans un énorme ascenseur qui, à ma surprise, descendit. Les murs de la cabine étaient abîmés et le néon au-dessus clignotait de manière sinistre.

Nerveuse, je pris la main de Lucas.

— Ça va aller. Je te le promets.

« Ce n'est pas pour toujours, me rappelai-je. C'est uniquement en attendant que Lucas et moi ayons les moyens de partir. Bientôt, on sera de nouveau seuls et tout ira bien. »

Les portes de l'ascenseur s'ouvrirent, révélant une grotte. Je retins mon souffle. De la voûte pendaient des lanternes, semblables à celles utilisés par les mineurs. Des voix résonnaient et retentissaient sur les murs. Au loin, j'aperçus des silhouettes, qui semblaient avancer au fond d'une tranchée creusée au milieu de…

Mes yeux s'accoutumèrent à l'obscurité et je compris que nous n'étions pas dans une grotte, mais plutôt dans un tunnel du métro.

L'endroit avait dû être abandonné depuis longtemps. Des planches et des plaques de béton recouvraient les rails et des passerelles reliaient les deux quais de chaque côté du tunnel. Une inscription carrelée à l'ancienne annonçait : Sherman Avenue.

Intriguée par cet étrange refuge, je ne remarquai pas que les autres étaient bien silencieux. Ils se tenaient immobiles, mal à l'aise. Je n'étais visiblement pas la seule à me demander ce que je faisais là.

Une femme asiatique un peu plus âgée que Kate vint à notre rencontre. Elle était accompagnée de deux hommes baraqués – des gardes du corps ? Elle était fine, mais ses muscles étaient parfaitement dessinés.

— Kate, dit-elle. Eduardo. Vous voilà.

— Quel accueil, répondit Eduardo. Vous n'avez pas le temps de venir nous dire bonjour ?

— Nous n'avons surtout pas le temps d'entendre tes lamentables excuses à propos du raid sur Evernight, rétorqua-t-elle.

Je me rendis compte que les gens faisaient exprès de nous ignorer.

— Nous avions reçu des informations indiquant que les élèves humains étaient en danger ! se défendit Eduardo, le regard hostile.

— Cela fait deux cents ans que l'on sait que les pensionnaires d'Evernight ne tuent pas, mais tu as choisi de croire une vampire et de lancer une attaque qui aurait pu coûter la vie à de nombreux innocents. Heureusement pour toi que tout le monde s'en est sorti indemne.

Au lieu de défendre son mari, Kate dit simplement :

— Pour ceux d'entre vous qui ne la connaissent pas, voici Eliza Pang. C'est elle qui dirige cette cellule et elle a bien voulu nous accueillir quelque temps.

« Elle nous fait une faveur », pensai-je. Au fond, ça m'était complètement égal – je ne comptais pas rester longtemps – mais je savais que cela dérangerait Lucas. D'ailleurs, je le vis baisser les yeux et serrer les dents. Il se sentait humilié. Il faudrait qu'on en discute plus tard.

À peine cette pensée avait-elle traversé mon esprit qu'Eliza reprit :

— Il paraît que vous avez deux nouvelles recrues. De qui s'agit-il ?

Raquel fit un pas en avant.

— Raquel Vargas. Je viens de Boston. Tout ce que vous pouvez m'enseigner, je suis prête à l'apprendre.

— Bien.

Eliza resta impassible – j'avais du mal à imaginer qu'elle ait pu sourire un jour. Elle semblait néanmoins satisfaite.

— Qui d'autre ?

Je n'avais pas envie de me manifester, mais je n'avais pas tellement le choix.

— Bianca Olivier. Je viens d'Arrowwood, dans le Massachusetts. Je… euh…

Qu'étais-je supposée dire ?

— Je vous remercie de nous accueillir.

— Kate nous a parlé de toi, intervint Eliza. Tu as été élevée par des vampires.

« Super. »

— Oui, c'est moi.

— Je parie que tu pourras nous apprendre beaucoup de choses à leur sujet.

Ensuite, elle frappa dans ses mains.

— Ok, nous vous avons installé des lits de camp au bout des voies. Les nouvelles, suivez-moi.

La suivre ? Où ça ? Je lançai un regard éploré à Lucas, qui n'en savait visiblement pas plus. Raquel était déjà partie et je ne pouvais que la suivre.

— On commence déjà l'entraînement ? demanda Raquel alors que nous marchions toutes les trois sur le quai.

— Tu as hâte, n'est-ce pas ?

À l'entendre, Eliza semblait penser que l'enthousiasme de Raquel allait vite se dissiper.

— Non, continua-t-elle. Vous avez eu une dure journée. On commencera demain.

Eliza emprunta un couloir de service qui empestait la rouille et la boue. De l'eau gouttait quelque part. Un petit panneau jaune indiquait que l'endroit pouvait servir de refuge en cas d'attaque nucléaire. Bon à savoir.

— Alors où allons-nous ? Pourquoi on ne reste pas avec les autres ?

— Nous avons aménagé des chambres par ici. Rien de luxueux, mais c'est mieux que les dortoirs réservés aux autres. Vous allez vivre avec nous vingt-quatre heures sur vingt-quatre, sept jours sur sept.

— Pourquoi ce traitement de faveur ? insistai-je tout en trébuchant sur le sol accidenté. Pourquoi ne pas laisser ces compartiments à Kate et Eduardo ?

Était-ce un moyen de punir Eduardo ? Je trouvais ça rude de maltraiter Lucas, Dana et les autres à cause d'une erreur tactique de leur chef.

— Vous êtes nouvelles. Vous ignorez notre fonctionnement. Vous ne savez rien sur cette vie, et nous ne savons rien sur vous. Ici, on vous a à l'œil, ce qui nous permet d'apprendre à vous connaître.

M'éclipser pour boire du sang allait être très difficile. Et si je me privais de sang trop longtemps, je devenais sensible à la lumière du soleil, aux cours d'eau, aux églises – faiblesses qui risquaient de m'exposer.

Comment allais-je m'y prendre pour garder mon secret ?

Je levai les yeux vers les grands immeubles qui entouraient le parc. J'avais du mal à croire qu'un vampire puisse venir chasser au milieu de toute cette effervescence.

— Pourquoi est-ce qu'il n'y a que les jeunes vampires qui viennent ici ?

— Parce que les plus expérimentés savent que la Croix noire surveille le parc.

Logique.

— Par où on commence ? demandai-je.

— On suit les humains, répondit Lucas en s'élançant. On les protège, au cas où un mort vivant s'intéresserait un peu trop à eux.

« Tous les vampires que nous risquons de croiser ont l'intention d'attaquer des gens », pensai-je, mal à l'aise.

J'aurais aimé pouvoir en parler à mes parents. Leur en parler vraiment, et ne pas me contenter des demi-vérités qu'ils me servaient d'habitude. Leurs mensonges me faisaient encore souffrir, mais ils me manquaient trop pour que je reste en colère.

Puis, j'eus une idée – brillante, de mon point de vue.

J'ouvris la bouche pour en parler à Lucas, certaine qu'il approuverait. Je me ravisai. Ce que je comptais suggérer était contraire au règlement. Mieux valait ne pas obliger Lucas à désobéir. J'assumerais mes responsabilités. Heureusement, j'avais un peu d'argent sur moi, assez pour agir.

— J'ai faim, déclarai-je d'un ton calme.

— Ah. Ok, répondit Lucas avec hésitation. Il y a des écureuils par ici.

— Ouais.

J'avais besoin d'augmenter sérieusement mon apport de sang et l'eau me vint à la bouche. Mais j'avais autre chose en tête.

— Je vais m'éloigner un peu. Enfin, si ça ne te dérange pas…

— On va patrouiller jusqu'à deux heures du matin. On peut faire des pauses.

— Je reviens tout de suite.

Je l'embrassai sur la joue puis m'éclipsai. Discrètement, je quittai le parc. Le trafic, le bruit, l'agitation dans les rues me submergèrent ; je me ressaisis. J'avais une mission à accomplir. Je ne pensais pas trouver facilement ce que je cherchais, ce qui prouve que je ne connaissais pas bien la ville. À peine deux pâtés de maisons plus loin, je tombai dessus : un café Internet.

Je me dépêchai d'accéder à mon compte. Les dizaines de messages non lus dans ma boîte mail me troublèrent. En voyant les noms des expéditeurs, j'eus un moment de faiblesse et de doute : mon père, ma mère, Balthazar, Vic. Ranulf, aussi, qui était parvenu à se créer une adresse gmail. Même Joséphine, mon ancienne camarade de chambre, celle dont je pensais qu'elle ne se souciait que d'elle-même, m'avait écrit.

Si je lisais ces e-mails, je me mettrais à pleurer. Je rédigeai donc un nouveau message, adressé uniquement à mes parents sur leur compte Evernight (le seul qu'ils possédaient).

Papa, maman

Je suis désolée de ne pas vous avoir donné de nouvelles plus tôt. J'ai enfin l'occasion de vous dire que je vais bien. Je sais que ma disparition a dû vous faire très peur. Si j'ai agi ainsi, c'est que je ne pouvais pas faire autrement.

Aurais-je pu faire autrement ? Choisir une autre voie ? Je ne savais pas.

Je suis avec Lucas. Les gens de la Croix noire ignorent ma véritable identité et je suis en sécurité pour le moment. Bientôt, nous partirons afin de commencer une nouvelle vie. Il m'aime et s'occupera de moi quoi qu'il arrive.

Nous n'étions pas en bons termes quand je vous ai quittés. J'en suis désolée. Et si nous pouvions discuter tous les trois – sans mensonges et sans secrets –, cela me ferait énormément plaisir. Vous me manquez, plus que je ne l'aurais cru possible.

J'avais les larmes aux yeux à présent. Je devais conclure :

S'il vous plaît, dites à Joséphine et à Balthazar que je vais bien. Je vous réécrirai bientôt.

Je vous aime.

Je n'avais pas dit tout ce que j'avais sur le cœur, mais ce n'était ni le moment ni le lieu.

J'envoyai le message.

Après m'être déconnectée et avoir quitté le café, ma première impulsion fut de me précipiter dans les bras de Lucas. Je me ravisai et croquai d'abord un ou deux pigeons. Cachée derrière un arbre, personne ne me verrait.

« Et puis, songeai-je, tu as un avantage. Tu es la seule vampire dans ce parc qui sache où se trouve l'ennemi. »

Cela ne me remontait pas tellement le moral.

La nuit se déroula sans incident. Les autres chasseurs venant régulièrement vérifier que Lucas et moi allions bien, nous n'étions pas beaucoup seuls, ce qui était décevant. La bonne nouvelle, c'est que je pus me nourrir à ma faim. Quand nous rentrâmes au QG, je me sentais mieux, même si j'étais épuisée. Cependant une mauvaise nouvelle nous attendait à notre arrivée : la cellule était en état d'alerte.

— On va être encore coincés ici ? demandai-je à Lucas.

— Non, mais on va être surveillés.

Il me prit la main alors que nous avancions dans le tunnel. Les lumières étaient allumées partout ; tout le monde était réveillé. Les lieutenants discutaient avec Eliza, qui paraissait contrariée.

— Qu'est-ce qui se passe ? demanda Raquel qui tripotait nerveusement son bracelet en cuir, comme toujours. La patrouille s'est mal déroulée ?

— Cinq heures dans le parc à s'ennuyer ? répondit Dana en fronçant les sourcils. Non, ce n'est pas ça.

Son arbalète posée sur son épaule, elle massait presque machinalement la nuque de Raquel, essayant de la calmer.

— Mais j'aimerais bien savoir où est le problème.

Eliza perçut nos chuchotements et se tourna vers nous. Les voitures au-dessus de nos têtes faisaient trembler le plafond et les néons, ce qui donnait à sa silhouette un aspect lugubre.

— Il se peut que les vampires aient découvert notre planque.

Le visage de Raquel s'illumina, comme si c'était une bonne nouvelle.

— Vous pensez qu'ils envisagent de nous attaquer ?

— Non, ils n'oseraient pas, rétorqua-t-elle d'une voix fière. Mais on nous observe peut-être.

Mrs Bethany, pensai-je en frissonnant. Je savais qu'elle comptait se venger de la destruction d'Evernight, coûte que coûte.

— Qu'est-ce qui vous le fait penser ?

— Les oiseaux morts trouvés près du bâtiment. On dirait que quelqu'un les tue. Au départ, on a pensé à une grippe aviaire, ça nous amusait, mais Milos a examiné les corps et il est formel. On les a vidés de leur sang. Il y a un vampire par ici, alors nous renforçons la sécurité sur le toit et aux alentours.

Lucas et moi échangeâmes un regard. Aucun vampire ne rôdait dans les parages ; c'était moi qui avais laissé les pigeons. Pourquoi ne m'en étais-je pas mieux débarrassée ? J'avais pourtant essayé…

Désormais, je n'avais plus accès à du sang frais. Il était plus qu'urgent de partir.

Chapitre cinq

Des myriades de pensées s'agitèrent dans mon cerveau ce soir-là. « Tu as cinq jours, me disais-je. Tu as tenu autant de temps en quittant Evernight, tu peux résister à nouveau. De plus, tu vas sûrement pouvoir ressortir maintenant que la Croix noire t'a autorisée à patrouiller. Tu pourras sûrement te nourrir. Tout va bien se passer. »

Si j'avais su…

Pour commencer, ma soif de sang se démultiplia. Je n'étais à Manhattan que depuis un mois, mais mon corps avait commencé à se modifier. Le vampire en moi prenait des forces, au détriment de mon côté humain.

Après que j'avais bu le sang de Lucas la première fois, ma mère m'avait prévenue : j'avais déclenché le compte à rebours. J'avais réveillé mon côté vampire en ingurgitant du sang humain. J'étais passée d'une adolescente normale – qui, certes, avalait un verre de sang au dîner – à une créature hybride.

Mon ouïe s'était tellement développée que je pouvais

désormais entendre les gens chuchoter à une vingtaine de mètres. Ma peau était si pâle que quelques personnes avaient fait des remarques, notamment Dana qui se moquait de ce qui arrivait aux Blancs quand ils vivaient sous terre. Parfois, les patrouilles de la Croix noire traversaient le pont au-dessus de East River pour se rendre dans le Queens ou à Brooklyn. La simple idée de franchir un cours d'eau me donnait la nausée. Heureusement pour moi, la salle de bains au QG n'avait pas de miroir ; j'étais à peu près certaine de ne plus avoir de reflet.

Mes parents m'avaient avertie. Un vampire qui manque de sang évolue, ressemble peu à peu aux monstres des légendes. Il devient pâle, osseux. Ses cheveux tombent. Ses crocs sont sans cesse visibles car il meurt de faim. Mais le pire, c'est qu'en cas de privation trop prolongé il perd la raison. Au lieu de se comporter comme un être humain, il se transforme en une bête sauvage, dépourvue de conscience et de maîtrise. Ainsi poussé à bout, même un bon vampire n'hésiterait pas à tuer un humain.

Voilà ce que disent les parents afin qu'on finisse son verre quand on est un enfant vampire. En tout cas, ça marchait avec moi : j'avais tellement peur de finir comme ça que je buvais sans protester. Maintenant que mes vieilles peurs d'enfant refaisaient surface, je me demandais : « Est-ce que cela peut m'arriver alors que je ne suis pas un vrai vampire ? En quoi suis-je différente ? En quoi suis-je pareille ? Comment vais-je faire pour tenir le coup ? »

Même lors de nos sorties, je ne trouvais pas d'occasion de me nourrir. Chaque fois, je me voyais associée à d'autre personnes que Lucas ; nuit après nuit, on nous envoyait dans des lieux où je n'avais aucune chance de trouver à manger. Au moins, je ne vis jamais un vampire se faire tuer. Cela dit, à ce stade, j'étais tellement obsédée par la recherche de sang que le sort des autres m'importait peu.

Au bout de cinq jours, j'étais désespérée. Heureusement, Lucas et moi pûmes enfin patrouiller ensemble.

— Il faudra absolument qu'on revienne par ici dès qu'on aura un peu de temps libre, déclara Dana. Ça a l'air très sympa.

La rue abritait de nombreuses boîtes de nuit ; certaines paraissaient glauques, d'autres très chics – il n'y avait pas de juste milieu.

— Vu mon âge, je doute qu'on me laisse entrer, dis-je.

— Oh, avec un peu de maquillage, je pense que ça ira, insista Dana. Eh ! Est-ce que ça va ?

— Je suis fatiguée, c'est tout. J'ai passé l'après-midi à escalader un mur.

Dana posa la main sur mon épaule.

— C'est pour t'endurcir.

Lucas jeta un œil vers notre chef de patrouille – Milos, l'un des lieutenants d'Eliza, un type athlétique avec des cheveux blonds et une barbe.

— J'aimerais emmener Bianca du côté est de la zone. Ok ? demanda-t-il.

« S'il te plaît, dis oui. Dis oui. Lucas peut m'aider à obtenir du sang, j'en suis sûre... »

— Comme vous voulez, répondit Milos.

Il nous adressa un sourire plein de sous-entendus. Il pouvait penser ce qu'il voulait, la réalité était nettement moins romantique.

Par chance, personne ne nous retint.

Dès que nous fûmes seuls, Lucas lança :

— Tu as une sale mine.

— Ce n'est pas le genre de choses qu'on dit à une fille mais, malheureusement, tu as raison. Il faut que je trouve à manger. Je deviens folle.

— Il y a un hôpital pas loin du QG. On peut aller se servir dans le stock de la banque du sang.

C'était une bonne idée pour plus tard. Là, il fallait trouver mieux.

— Lucas, je ne peux pas attendre. J'ai besoin de sang. Maintenant.

L'espace d'un instant, nous nous dévisageâmes. Des traces de sueur maculaient son t-shirt blanc. Il passa son pouce sur ma joue. Sa peau était bien plus chaude que la mienne, ce qui me surprit.

— Je vais m'occuper de toi, assura-t-il.

— Je le sais.

J'avais entièrement confiance en lui.

— Mais comment ? continuai-je. Y a-t-il un endroit par ici pour que je chasse ?

— Viens.

Marchant rapidement, Lucas m'entraîna à l'écart de l'agitation. Une centaine de mètres plus loin, le calme régnait dans le quartier – nous étions loin des rues animées, plus près de la rivière.

Nous arrivâmes devant un magasin dont les fenêtres étaient recouvertes de vieux journaux. Un panneau « À louer » pendait sur la porte. Lucas s'arrêta.

— Ici, il n'y aura personne, dit-il en sortant une pince de sa poche pour forcer la serrure. Et je parie qu'il n'y a pas d'alarme.

— Pourquoi on entre là-dedans ?

— Pour être seuls.

Lucas ouvrit la porte en moins de trois secondes. Je me souvins de ma propre tentative d'effraction, il y avait un peu moins d'un an – un échec complet.

Nous entrâmes dans le magasin et Lucas ferma la porte derrière nous. La lumière de la rue donnait à la pièce une teinte dorée. Le plancher était sale, un vieux bar abandonné occupait un coin. Un miroir tacheté était accroché au mur et j'en profitai pour m'examiner. Je n'étais qu'une ombre, un pâle souvenir argenté de moi-même. Un fantôme.

« Voilà donc à quoi ressemble Joséphine quand elle se prive de sang, me dis-je. Je n'aurais jamais cru que cela puisse m'arriver. Pourquoi n'ai-je pas compris ce qu'être un vampire impliquait ? »

— Ok, marmonna Lucas, visiblement nerveux. On n'est que tous les deux.

Je lui souris, bien que je me sente triste.

— C'est vraiment dommage qu'on ne puisse pas en profiter, dis-je. Qu'est-ce qu'on va faire ? Tu as une idée ?

— Oui. Tu vas boire mon sang.

Au début, je crus avoir mal compris. J'avais déjà bu le sang de Lucas deux fois. Une expérience plutôt intense, boire le sang de la personne qu'on aime est un acte sensuel, quasi sexuel même. Je ne l'avais fait qu'avec une seule autre personne, Balthazar, et je n'avais jamais été aussi proche de perdre ma virginité. Cela dit, ce qui s'était passé entre moi et Balthazar avait été purement physique. Avec Lucas, c'était plus puissant parce que nos émotions s'en mêlaient.

Donc, j'aurais dû sauter sur sa proposition, n'est-ce pas ?

Mais ce n'était pas si simple.

Les fois d'avant, je ne manquais pas de sang. Ma perte de contrôle découlait de la passion que je ressentais pour lui, pas de la faim. Ce même élan amoureux qui me poussait à le mordre m'empêchait aussi de lui faire du mal. À présent, rongée par un désir presque incontrôlable, je n'étais pas sûre de pouvoir m'arrêter à temps.

— C'est trop dangereux. On devrait tenter autre chose.

— Il n'y a pas d'autre solution.

Il retira lentement son t-shirt, ne voulant pas le tacher. Le voir de si près à demi dévêtu me frappa. La lumière dorée accentuait sa musculature parfaite.

— Je te fais confiance.

— Lucas…

— Allez.

Il fit un pas vers moi.

— Pour l'instant, c'est le seul moyen que j'aie trouvé pour m'occuper de toi.

Je secouai la tête.

— Tu ne comprends pas. C'est différent cette fois-ci. J'ai si faim.

— Tu me mords seulement quand tu n'as pas faim ?

Je me souvins des deux fois où je l'avais mordu : le soir du bal d'automne, alors que nous nous embrassions passionnément pour la première fois, et plus tard alors que nous étions serrés l'un contre l'autre dans une des tours d'Evernight.

— C'était différent.

— Pas tellement.

Il me prit dans ses bras et m'embrassa.

Ce n'était pas un baiser habituel. Celui-là était plus fougueux, plus exigeant. Il entrouvrit les lèvres, puis me serra contre lui. Je ne pouvais pas me détacher. Je n'arrivais plus à bouger, à penser. Je ne pouvais que l'embrasser à mon tour. Il m'avait tant manqué – sa bouche, sa peau, ses mains.

Quand il descendit le long de ma gorge, je murmurai :

— Tu vas me faire perdre la tête.

— J'y compte bien.

— Lucas... Non...

Il posa la main sous mon sein.

— J'irai jusqu'au bout, s'il le faut.

Mon instinct prit le dessus. Je me jetai sur lui et nous tombâmes par terre, faisant grincer les vieilles planches de bois. Allongé sous moi, Lucas m'embrassa le front, les joues, les lèvres, pendant que j'agrippais ses cheveux. J'entendais son cœur battre de plus en plus vite. Je respirai l'odeur de son sang. Je me serrai contre lui afin de sentir son corps contre le mien.

— Allez, Bianca, murmura-t-il. Tu sais que tu en as envie. Moi, j'en ai envie.

« Il faudra que je m'arrête à temps… je ne sais pas si je peux m'arrêter à temps. Je ne veux pas qu'il me relâche, jamais… »

J'enfonçai mes dents dans sa nuque. Un flot de sang m'envahit la bouche.

Oui ! Voilà ce dont j'avais besoin, que je désirais plus que tout. Lucas grogna – de plaisir ou de douleur, aucune idée. Avalant son sang à grandes gorgées, je me mis à trembler. C'était chaud, sucré, pur comme rien d'autre au monde. Je sentais mon corps se transformer et reprendre des forces, reprendre vie.

Je plaquai ses mains au sol et nos doigts s'entremêlèrent.

— Bianca, chuchota-t-il d'une voix tremblante.

Je n'étais pas encore rassasiée, il m'en fallait plus. Le sang de Lucas était parfait, comment avais-je pu me contenter d'autre chose ?

— Bianca !

Stop, stop, stop !

Je le relâchai. Sa tête bascula sur le côté. Le choc me refroidit immédiatement. Je m'écartai de lui et lui tapotai la joue.

— Lucas ? Ça va ?

— Deux secondes…

— Lucas !

Il tenta de se redresser puis s'effondra à côté de moi. Il était essoufflé et livide, encore plus que moi avant que je me nourrisse de son sang.

Je me sentis terriblement coupable.

— Je n'aurais jamais dû accepter… bredouillai-je.

— Ne dis pas ça, répondit-il. Nous devions réagir, te sauver.

Je lui pris le pouls. Il était un peu rapide mais régulier. Je n'avais pas dépassé les bornes. Pourtant, il s'en était fallu de peu.

— On ne peut pas recommencer, déclarai-je en le prenant dans mes bras.

Quelques gouttes de sang coulèrent le long de son épaule et je résistai à l'envie de les lécher.

— On va trouver une autre solution. Et rapidement.

— C'était pas si terrible, admit-il en me souriant, ce qui me fit fondre. C'était même presque agréable.

À une époque, l'entendre dire une chose pareille m'aurait remplie de joie. À présent que je connaissais bien Lucas et sa façon de penser, je pris sur moi de l'alerter.

— Si je vais trop loin, je risque de te tuer. Et parce que tu as été mordu par un vampire à plusieurs reprises, tu pourrais en devenir un.

Lucas se figea. L'idée de devenir un vampire lui répugnait absolument. Il aurait certainement préféré mourir.

— Ok, soupira-t-il. On va plutôt tenter la banque de sang de l'hôpital. Mais ça va mieux maintenant, non ?

— Oui.

J'avais bu du sang humain, j'étais certaine de tenir plusieurs jours d'affilée. Il avait risqué sa vie pour m'offrir ce répit. Ou bien avait-il d'autres motivations ?

— Est-ce que tu avais envie d'être mordu ? demandai-je lentement.

Je n'aurais pas trouvé ça honteux. Balthazar m'avait mordue quelques mois auparavant, générant en moi des sensations intenses. Mais si Lucas devenait accro à ma morsure, on allait avoir un sacré problème parce que je ne voyais pas comment refuser.

Lucas réfléchit.

— Je ne sais pas, dit-il enfin. Ce qui me motive avant tout, c'est que tu ailles bien. Je veux m'occuper de toi. Mais je dois reconnaître que c'est très excitant.

— C'est sûr, répondis-je en souriant.

— Chaque fois, je deviens plus fort. Et je me rapproche de ce que tu es. Je te comprends un peu mieux, sans avoir à me transformer.

Lucas se transformait un peu plus en vampire à chaque morsure. Son ouïe et sa vision s'étaient aiguisées. Mais il ne guérissait pas plus vite et n'avait pas envie de boire du sang. Il était dans un entre-deux, comme moi.

Je me penchai vers lui.

— Lucas, je t'aime, murmurai-je.

— Moi aussi, je t'aime.

D'un geste lent, il me prit la main, et nous restâmes assis en silence pendant un long moment, heureux d'être ensemble.

Quand il se sentit mieux et que la morsure sur son épaule cessa de saigner, il remit son t-shirt et nous rejoignîmes les autres. Nous devions avoir l'air débraillés parce que quelques personnes ricanèrent en nous voyant et Dana fronça les sourcils. Qu'ils pensent que nous en avions profité pour nous envoyer en l'air m'était complètement égal. Notre amour était si fort que rien ne pouvait le rabaisser.

De plus, je me sentais enfin bien. Lucas était pâle et semblait fatigué, mais il marchait sans problème.

« Ça va bien se passer », pensai-je une fois dans la voiture. Lucas avait calé sa tête contre mon épaule. Je humai l'odeur boisée de sa peau à laquelle se mêlait celle, salée, de son sang. Bientôt, tout irait mieux.

Arrivés au QG, nous eûmes pourtant la désagréable surprise de tomber sur Eduardo, qui nous attendait. Dans ses mains, il tenait une boîte à café en métal. Je trouvai ça bizarre car il était un peu tard pour faire du café. Lucas, en revanche, se raidit.

— C'est à moi ! lança-t-il.

— Tu as une idée assez personnelle de ce qui est à toi, répondit Eduardo. (Les cicatrices sur sa joue semblaient pulser sous la lumière crue des néons.) Il me semble que nous avons une règle, ici, à la Croix noire. Tout ce que l'on fait, c'est pour le bien de la communauté.

Eduardo ouvrit alors la boîte, révélant une liasse de billets.

— Mettre de l'argent de côté, je ne vois pas en quoi c'est pour le bien de la communauté.

« Oh non ! pensai-je. Les économies de Lucas. » Cet argent devait nous servir à disparaître.

— Et en quoi fouiller dans mes affaires personnelles sert la communauté ? demanda Lucas en s'approchant d'Eduardo, le regard furieux. Tu comptes peut-être me prendre mon argent ?

Eduardo secoua la tête.

— Ce n'est pas ton argent. C'est celui de la Croix noire. Et tu as mieux à faire que d'emmener ta petite amie au cinéma le samedi soir...

— Comme si on nous autorisait à sortir ! Vous ne nous laissez même pas seuls dix minutes !

— Tu es un soldat, Lucas ! Ou bien l'as-tu oublié ?

— Hé ! s'écria Kate en se précipitant vers eux à son retour de la douche.

Quelqu'un avait dû la prévenir car ses cheveux étaient trempés et sa chemise mal boutonnée. Quelques curieux observaient la scène – sans prendre parti.

— Qu'est-ce qui se passe ?

— Eduardo est un voleur, expliqua Lucas, les poings serrés.

— Lucas a mis de l'argent de côté.

— Tu as fouillé dans ses affaires ? demanda Kate. Bon sang, Eduardo !

Kate lui arracha la boîte en métal, et pour la première fois je vis Eduardo éprouver un léger remords.

— Je ne m'attendais pas à ce que tu sois un père

pour Lucas, mais je ne pensais pas que tu agirais comme son petit frère jaloux.

— Ce n'est pas moi qui suis immature !

— Si ! rétorqua-t-elle. Vous vous comportez tous les deux comme des ados caractériels, mais au moins c'est normal pour Lucas. Est-ce trop te demander que d'agir en adulte, Eduardo ?

— Merci, maman.

Pensant être dans son bon droit, Lucas tendit la main afin de récupérer sa boîte.

Kate referma le couvercle.

— On ne peut pas autoriser les gens à mettre de l'argent de côté, Lucas. Tu le sais.

— C'est à moi ! On n'est pas obligés de tout abandonner, on ne l'a jamais fait…

— Je n'ai pas dit que ce n'était pas à toi, rectifia-t-elle. Quand tu en auras besoin, viens me voir. Si la Croix noire peut se le permettre, je te promets de te le rendre. Mais uniquement si c'est le cas.

Lucas et moi échangeâmes un regard désespéré. Nous ne pouvions rien faire. Je comprenais désormais que la Croix noire ressemblait davantage à une secte qu'il fallait fuir. Et l'argent qui devait nous le permettre venait de nous être confisqué. Nous étions coincés.

Chapitre six

Peut-être était-ce d'avoir perdu nos économies. Peut-être était-ce l'euphorie associée au fait d'avoir été si près de Lucas après une longue période de séparation. Ou bien peut-être était-ce de ne plus avoir faim. Quoi qu'il en soit, j'avais oublié que boire du sang avait des conséquences.

— Bianca ?

Raquel alluma la lampe de poche qu'elle gardait près de son lit. Le faisceau lumineux m'aveugla et je me détournai.

— Tu peux éteindre, s'il te plaît ?

— Tu faisais un cauchemar. Tu n'arrêtais pas de gémir.

— Ce n'était pas vraiment un cauchemar… tentai-je d'expliquer.

Heureusement, Raquel ne chercha pas à en savoir plus.

Si je gémissais, c'était parce que je souffrais d'hypersensibilité. J'entendais chaque pas dans le couloir, chaque respiration un peu forte. L'eau qui gouttait dans le tunnel et le crissement des souris.

« Des souris ? Intéressant... », songeai-je.

— Bianca ? reprit Raquel.

— Ça va, marmonnai-je en m'enfouissant sous ma couverture.

Sur le long terme, boire du sang m'aidait à supporter la lumière. Mais il y avait avant une phase où celle-ci devenait insoutenable.

— Ces couchettes sont vraiment inconfortables, râlai-je.

Les armatures en fer des sièges me rentraient dans le dos, malgré le matelas.

D'habitude, dès que je critiquais la Croix noire, Raquel s'acharnait à me démontrer que tout était super. Cette fois-ci, elle se contenta de soupirer.

— C'est vrai que ce serait chouette d'avoir un lit normal. Dana et moi, on aimerait bien mettre un peu d'argent de côté pour se payer une chambre d'hôtel et... C'est ce que vous comptiez faire, toi et Lucas ?

— Plus ou moins, répondis-je.

— Je suis désolée qu'Eduardo ait fouillé dans les affaires de Lucas. Il n'aurait pas dû.

— Lucas a travaillé si dur.

— Ça craint, souffla-t-elle.

Bien que contente de constater que Raquel ne prenait pas tout pour argent comptant, j'avais envie de réfléchir en silence.

— Je vais me rendormir et ne plus y penser, déclarai-je.

— Ce n'est pas la peine. Les lumières vont bientôt s'allumer. C'est le matin.

Je gémis de nouveau.

Pourtant, ma situation n'était rien comparée à celle de Lucas.

— Arrête de faire la tête, lui dit Kate alors que nous grimpions dans le fourgon pour aller patrouiller. Je ne changerai pas d'avis.

— Je ne fais pas la tête, répondit-il en plissant les yeux.

Le parking était faiblement éclairé, mais suffisamment pour me donner la migraine. Je voyais bien que Lucas endurait le même supplice.

— Je ne me sens pas très bien.

Kate parut sceptique dans un premier temps, puis elle posa sa main sur son front. Elle fronça les sourcils.

— Tu es un peu chaud. Tu as mal au ventre ?

— Oui.

Lucas m'adressa un sourire maladroit. Nous pensions tous les deux la même chose : on aurait dû s'en douter.

Le corps humain n'était tout simplement pas compatible avec les pouvoirs des vampires.

Kate hésita un instant et je crus qu'elle allait lui ordonner de monter quand même dans le van. La plupart du temps, elle se comportait davantage comme sa supérieure hiérarchique que comme sa mère. Mais elle haussa les épaules.

— Retourne te coucher. Repose-toi. Bianca, tu rejoins l'équipe de Milos. Tu iras avec Raquel.

— Ok, dit Lucas.

Il paraissait content, même si rester une demi-journée au QG sans rien faire l'ennuyait certainement. Sans doute était-il rassuré que Kate se soucie un peu de son sort.

Nous partîmes patrouiller dans un des quartiers les plus chics de la ville, où les immeubles en pierre blanche et fer forgé faisaient au moins vingt étages. Des portiers se succédaient tous les dix mètres sur des trottoirs immaculés. Au début, il me sembla que cette zone était trop sécurisée pour abriter des vampires. Ensuite, je me rendis compte que les passants me rappelaient les vampires d'Evernight. C'était à ce genre de vie qu'ils aspiraient.

— Avant, on avait une équipe permanente ici, expliqua Milos alors que nous marchions, lui, Raquel et moi.

Il parlait d'un ton amical, ce que je trouvais plus qu'étrange.

— C'était le bon temps ! poursuivit-il. Nous avions passé un accord avec certains grands restaurants et ils nous réservaient leurs restes. J'ai tellement mangé de bouillabaisse qu'à la fin ça ne me faisait même plus envie. Maintenant, je serais presque prêt à tuer ma grand-mère pour en avoir ne serait-ce qu'une cuillérée.

— Qu'est-ce qui s'est passé ? demanda Raquel.

— Les vampires ont trouvé notre planque. En général, ils ne s'attaquent pas aux cellules principales, ils n'en ont pas les moyens. Quand je pense qu'il y a des milliers de vampires, et ils n'ont même pas l'intelligence de travailler ensemble !

Sa remarque était offensante, et idiote. Comment les vampires auraient-ils réussi à faire fonctionner un établissement comme Evernight s'ils n'avaient pas eu l'intelligence de coopérer à des fins communes ? En revanche, il était vrai que la société des vampires n'était pas structurée, ce qui donnait à des groupes comme la Croix noire un léger avantage.

— Qu'est-ce qui a changé cette fois-ci ? reprit Raquel.

— Il y avait un vampire, un certain Stigand, qui est parvenu à les motiver. Il les a convaincus de le suivre. Lui, il était dangereux.

Un sourire glacial se dessina sur son visage. Il considérait le danger autrement que la plupart des gens.

— Ils nous ont attaqués. On a perdu de nombreux bons éléments ce jour-là, et notre QG a été détruit. Eliza a tué Stigand avec un bidon à essence et un lance-flammes. Vous auriez dû l'entendre hurler ! ajouta-t-il en gloussant.

Écœurée, je détournai la tête, souhaitant à la fois dissimuler mon dégoût et éviter de voir leur mine réjouie. Pendant un instant, je me repliai sur moi-même, mais les réflexes inculqués par la Croix noire reprirent vite le dessus, me forçant à être aux aguets.

Tout à coup, je me rendis compte que je connaissais l'homme de l'autre côté de la rue. Je l'avais vu dans mon rêve la nuit précédente.

Une foule de détails jaillit dans ma tête : je me trouvais au cinéma avec Lucas, comme lors de notre premier rendez-vous. Mais l'endroit était sale, décrépit ;

les sièges étaient éventrés et abîmés, l'écran déchiré. Cherchant Lucas, j'étais tombée sur cet homme, celui avec les dreadlocks. Il m'était inconnu.

Le spectre, flottant à mes côtés, avait murmuré : « Vous avez des amis en commun. »

— Là, murmurai-je. Est-ce que... c'est...

— Un vampire ? demanda Raquel en l'examinant avec intérêt, tout comme Milos.

J'eus un pincement au cœur. Avais-je aidé les chasseurs à identifier un vampire ? Serais-je responsable de sa mort ?

Le vampire semblait être en territoire conquis. Il s'approcha d'un immeuble, salua le portier et entra.

Je poussai un soupir de soulagement, que Milos ne manqua pas de remarquer.

— Si tu ne tiens pas à te battre, tu es dans le mauvais groupe.

— Laisse-la tranquille, intervint Raquel. C'est encore effrayant pour nous.

Milos acquiesça, compréhensif.

— Il faudra qu'on organise une mission de surveillance ici un de ces jours. Pour le moment, on va vérifier les allées. On ne sait jamais.

Milos partit seul de son côté, ce qui me ravit. Raquel ne cessait de me complimenter sur le fait que j'avais repéré un vampire, ce qui me donnait encore plus le sentiment d'être une traîtresse.

Je lançai un autre sujet de conversation :

— Hé, vous étiez où hier soir quand on est rentrés ? Je ne vous ai pas vues.

— Oh. Dana et moi étions…

Elle s'interrompit. Je trouvai ça bizarre, Raquel n'était pas du genre évasive.

— Vous étiez ? insistai-je.

— On était dans notre coin. Toutes les deux. Seules.

Je haussai les épaules. Pourquoi faisait-elle toutes ces cachotteries ?

Puis elle rougit, et je compris que j'étais la personne la plus à l'ouest de la planète.

— Toi et Dana. Vous êtes…

— Oui ! Moi et Dana.

Son visage s'illumina presque malgré elle, quelques secondes à peine. Je ne l'avais jamais vue aussi heureuse. Rapidement, pourtant, elle reprit un air sérieux.

— Ça ne te met pas mal à l'aise, si ?

— Un peu, avouai-je, mais uniquement parce que tu n'as rien dit. Après tout ce qu'on a traversé ensemble, tu aurais pu.

— On ne sait jamais comment les gens vont réagir. Et puis tu cherchais tout le temps à me caser avec des mecs.

— J'ai uniquement essayé de te caser avec Vic.

J'avais la tête qui tournait légèrement. Au moins, parler de la vie amoureuse de Raquel me changeait les idées.

— Je ne me suis doutée de rien.

— Voyons ! Tu n'as pas trouvé étrange que je ne m'intéresse à aucun garçon ?

— Ça ne veut pas forcément dire que…

— Pour une fille intelligente, tu manques parfois de jugeote.

— Super, maintenant je me sens vraiment débile.

Nous nous observâmes un instant avant d'éclater de rire. Je la serrai dans mes bras puis l'écoutai pendant une demi-heure me vanter les innombrables mérites de Dana – combien elle était belle, merveilleuse, géniale. Mon rôle consistait à hocher la tête en souriant, ce qui n'avait rien de sorcier. J'étais ravie pour elle.

« Lucas est-il au courant ? » me demandai-je. Étant très proche de Dana, il avait peut-être deviné. C'était encore un des nombreux sujets dont nous n'avions pas pu discuter.

Nous fûmes de retour au QG de la Croix noire peu avant le coucher du soleil. Alors que je rangeais mes affaires, Raquel s'éclipsa, promettant de me garder une assiette au dîner. Je n'avais pas faim, et encore moins envie de manger du porridge pour le septième jour d'affilée, mais je la remerciai. J'étais contente de rester un peu seule.

Je n'avais pas eu un moment à moi depuis la chute d'Evernight et je partis faire un tour dans les tunnels afin de réfléchir. J'avais croisé ce vampire dans mon rêve. Je m'étais déjà demandé si mes rêves étaient prémonitoires ; il me semblait que j'en avais à présent la preuve. Et le vampire aux dreadlocks m'avait été signalé par un spectre.

Il s'était passé tellement de choses que j'en avais presque oublié l'existence des spectres. Et puis je me sentais protégée par mon collier en obsidienne. Mais à présent qu'un fantôme s'était immiscé dans mon cerveau et m'avait dévoilé l'avenir, toutes mes angoisses revenaient en force.

S'ils me poursuivaient, c'était parce que j'étais, d'une certaine façon, autant leur fille que celle de mes parents. Ces derniers avaient passé un marché avec eux afin que je vienne au monde. Les vampires ne peuvent pas avoir d'enfants par leurs propres moyens, il leur faut l'aide des spectres. Ce que mes parents ne savaient pas à l'époque, et que je n'ai découvert moi-même que récemment, c'était que les spectres se considéraient comme les propriétaires légitimes des enfants nés ainsi. J'ignorais en quoi cela consistait, mais à en juger par leurs attaques, il était évident qu'ils ne voulaient pas que je devienne un vampire. Maintenant, j'étais d'accord avec eux sur ce point. J'avais quitté Evernight et mes parents avec la ferme intention de ne jamais tuer un être humain ni d'achever ma transformation.

Apparemment, cela ne suffisait pas aux spectres. Que voulaient-ils d'autre ? Comptaient-ils perturber mes rêves encore longtemps ? S'ils n'en avaient pas terminé avec moi, pourquoi ne m'attaquaient-ils plus ? Allaient-ils ressurgir ?

Puis, alors que je marchais, je me rendis compte que je m'inquiétais pour rien : je longeais une voie ferrée.

Du fer ! Selon Balthazar, certaines pierres ou certains métaux repoussaient les spectres. Par exemple, l'obsidienne que je portais autour du cou. Les métaux les plus efficaces étaient ceux présents dans le corps humain comme le cuivre ou le fer. Par conséquent, le QG de la Croix noire était complètement anti-spectres.

Soulagée, je me détendis. Et puisque j'étais enfin seule, j'envisageai de me trouver quelques souris pour le dîner. Je n'avais pas faim, mais je préférais ne pas courir le risque d'être en manque.

C'est alors que je perçus un cliquetis régulier.

Click, click, click, click.

Je levai les yeux. Dans l'obscurité, même mes sens de vampire ne me permettaient pas de voir autre chose qu'un réseau de tuyaux et d'ombres. Encore une fois ce bruit métallique : click, click, click, click.

Peut-être que ce n'était rien.

Peut-être que si.

Je fis demi-tour et me précipitai vers les dortoirs, espérant trouver Raquel. À la place, je tombai sur Eliza, ce qui était encore mieux.

— Il se passe quelque chose dans les tunnels, lui expliquai-je, essoufflée. J'ai entendu un bruit étrange.

— Tous les bruits sont étranges sous terre.

Manifestement, il en fallait plus pour alarmer Eliza.

— Je vois bien que tu es inquiète, et je comprends. Calme-toi, d'accord ?

Tout à coup, un rugissement tonitruant retentit. Et un pan du tunnel s'effondra.

Un torrent de béton se déversa sur les rails, générant des nuages de poussière. Eliza m'attrapa la main et me fit reculer ; le plafond au-dessus de nous tenait encore, mais pour combien de temps ?

— Bon sang ! s'écria-t-elle. Allez, viens !

Alors que nous courions loin des éboulis, vers un groupe de chasseurs intrigués par le vacarme soudain, un autre côté du tunnel s'affaissa à son tour.

— Tout va s'écrouler ! hurlai-je.

— Ce n'est pas un hasard, décréta Eliza, le visage dur.

Elle saisit un petit objet accroché à sa ceinture sur lequel elle appuya. Immédiatement, une alarme retentit.

— Ils sont là.

— Qui ça ? demandai-je.

Une épaisse fumée envahissait l'espace et je me mis à tousser. J'entendais des cris au loin, des ordres, des bruits de pas. Eliza disparut, me laissant avancer à tâtons dans le tunnel obscur. Je n'y voyais rien et je pouvais à peine respirer.

Soudain, une forme se dessina dans le noir. D'un geste désespéré, je tendis la main. Puis me figeai.

— Vous voilà enfin, mademoiselle Olivier.

Mrs Bethany fit un pas en avant.

— Nous vous cherchions.

Chapitre sept

— Mrs Bethany !

Son regard assassin me cloua sur place. Il y avait quelque chose de presque hypnotique dans ses yeux sombres.

« Elle vient me ramener à la maison », pensai-je confusément. Bien qu'elle me parût plus terrifiante que jamais, sa présence fit surgir dans mon cerveau des pensées réconfortantes, et je restai immobile, ne sachant de quel côté me tourner.

— Par ici ! hurla Eduardo, dont la voix résonnait par-dessus la cacophonie.

Il se dirigeait vers nous. À en juger par les cris et les injures autour de moi, ni lui ni Mrs Bethany ne se déplaçait seul.

Je m'étais déjà retrouvée au milieu d'une bataille entre la Croix noire et des vampires ; j'en reconnaissais les signes.

Mrs Bethany sourit d'un air radieux. L'agitation et les débris n'avaient aucun effet sur elle. Au contraire, elle était dans son élément : l'obscurité, la violence, le sang. Quand Eduardo apparut, un pieu à la main, son sourire s'élargit.

Eduardo lança un juron.

— Je vous reconnais, dit-elle. Vous avez attaqué mon foyer. Laissez-moi vous retourner la politesse.

Eduardo brandit son pieu tout en appelant du renfort, mais Mrs Bethany fut plus rapide. Elle lui sauta dessus – si vite que j'en eus le souffle coupé –, posa ses deux mains sur sa tête et la fit pivoter d'un geste brusque sur le côté. Un craquement sec retentit et Eduardo s'effondra par terre. Mrs Bethany leva le menton, triomphante. Ensuite, la fumée se densifia, m'aveuglant et me coupant du monde.

Mrs Bethany avait tué Eduardo !

Tremblante, je me collai contre le mur. Il fallait que je chasse l'horreur de ce que je venais de voir et réfléchisse. Mrs Bethany avait rameuté de nombreux vampires et attaqué le QG de la Croix noire. Mais comment avait-elle su où nous trouver ?

Qu'elle ose s'en prendre à la plus puissante cellule de la Croix noire ne m'étonnait pas. Pour se venger de la destruction de sa chère école, Mrs Bethany aurait été capable de n'importe quoi.

Je savais aussi que les vampires avec elle ne me voyaient pas forcément d'un œil favorable. J'avais collaboré avec l'ennemi. Et si l'un d'entre eux révélait ma véritable identité à un membre de la Croix noire, j'aurais tout le monde sur le dos.

L'affaire se présentait mal.

Une autre plaque de béton se détacha du plafond, réduisant en miettes une rame de métro voisine. Je poussai un cri et m'écartai juste à temps. L'onde de choc me secoua jusqu'aux os, le grincement du métal sembla m'exploser les tympans. J'étais en nage, je grelottais, et j'avais envie de rester tapie en attendant que ça passe.

Puis je me rendis compte que Lucas était quelque part dans cet enfer, luttant pour sa vie.

Je me redressai. Je voulus crier son nom mais me ravisai. Il se pouvait qu'un vampire m'entende et je ne souhaitais surtout pas attirer leur attention sur Lucas. Il fallait que je le retrouve seule, et vite.

Et Raquel ? pensai-je. Et Dana ? Par chance, la seconde question répondait à la première. Dana défendrait Raquel coûte que coûte.

Je me mis à courir dans les tunnels poussiéreux en direction de la salle où nous prenions nos repas. Les vampires avaient attaqué au moment du dîner, il y avait de fortes chances pour que Lucas soit là.

Mais je n'arrivais pas à me repérer. En temps normal, le QG était un endroit sombre et vide ; il ressemblait à présent à l'épicentre d'une tornade. Les luminaires s'étaient effondrés et on n'y voyait presque rien – même moi, je distinguais à peine des silhouettes et des ombres. Les chasseurs de la Croix noire se battaient plus ou moins à l'aveugle. Je gardais une main sur le mur afin d'être à peu près certaine d'avancer dans le bon sens. Toutes les deux secondes environ, un feu de détresse se déclenchait, révélant tel un stroboscope des scènes de guerre : des corps enchevêtrés essayant désespérément de s'entretuer.

Ensuite, le feu de détresse s'éteignait, nous plongeant de nouveau dans le noir.

Et si Lucas se trouvait dans la mêlée ? Et si je passais devant lui sans le voir ?

Cependant, je savais que je ne l'avais pas dépassé. Je sentais en moi que j'étais encore loin de lui.

C'était à cause de son sang.

Mes parents m'avaient dit que boire du sang créait un lien puissant. J'avais pensé qu'il s'agissait d'un lien émotionnel, mais je savais à présent qu'il n'y avait pas que ça. Nous étions connectés l'un à l'autre.

« J'arrive, Lucas », pensai-je.

Au milieu du brouhaha, je fermai les yeux, mes doigts me servant seuls de guide. Je tendis la main, le cherchant. « Quand je serai près de lui, je le saurai », me dis-je.

Là.

J'ouvris les yeux. Il faisait toujours aussi noir, et les cris résonnaient de plus belle. Mais bien que déboussolée, j'eus la certitude que Lucas n'était pas loin. Oserais-je crier son nom ?

Soudain, une brique me percuta l'arrière du crâne.

Anesthésiée par la douleur, je ne me sentis même pas tomber. J'entendis néanmoins le bruit sourd de mon corps percutant le sol. J'avais mal, je le savais, mais c'était une sensation presque abstraite, de l'ordre du souvenir. Le lien que j'avais créé avec Lucas se rompit immédiatement et je restai immergée un long moment dans le bruit – ou bien était-ce quelques secondes ?

Je végétai dans une sorte de brouillard jusqu'à ce qu'une main ferme m'attrape le bras et me relève. La personne me serrait suffisamment fort pour que je ne retombe pas.

— Ouvre les yeux, dit Mrs Bethany.

J'obéis. Le silence régnait dans le tunnel, à peine perturbé par le ricochet de quelques cailloux. La fumée se dissipait légèrement. Je pouvais voir Mrs Bethany, toute vêtue de bleu et de noir.

J'avais mal à la gorge.

— Est-ce que vous allez me tuer ? articulai-je.

Elle pencha la tête, visiblement amusée par mes paroles.

— Vous êtes venue vous venger de la Croix noire ou de moi ?

— Vous vous surestimez, mademoiselle Olivier, répondit-elle en m'entraînant derrière elle.

Prise au dépourvu, je la suivis en trébuchant.

— Mes affaires avec la Croix noire remontent à bien avant votre naissance, reprit-elle. Je pense qu'elles perdureront au-delà de votre mort.

Ses mots me glacèrent d'effroi, mais je savais qu'elle ne comptait pas me tuer. Si elle en avait eu l'intention, elle l'aurait déjà fait.

— Cela dit, je vous dois beaucoup. C'est vous qui m'avez permis d'organiser cette attaque.

— Comment ça ?

— Tous les vampires ne sont pas ignorants en matière de nouvelles technologies. Vous avez envoyé un e-mail à vos parents sur leur adresse d'Evernight et il m'a suffi de remonter l'adresse IP jusqu'à New York. Trouver le QG a ensuite été assez facile.

Non ! Tout ceci était de ma faute. Lucas m'avait mise en garde contre l'utilisation d'Internet, mais je pensais qu'il s'agissait d'une autre de leurs règles stupides. À présent, je comprenais mieux.

— On nous avait pourtant assuré que vous ne viendriez pas, dis-je, estomaquée. Que les vampires n'oseraient jamais attaquer le centre des opérations, parce que la seule fois où c'est arrivé, leur chef a été tué et…

— C'était vrai. Mais l'attaque sur Evernight a fait prendre conscience à de nombreux vampires de la nécessité de réagir ensemble. Nous voilà unis de nouveau. Votre amourette stupide aura au moins servi à ça. Pour le reste…

— Vous ne savez pas de quoi vous parlez.

À moins que si ? L'espace d'un instant, je crus qu'elle allait m'annoncer que Lucas était mort.

— En reconnaissance du service que vous m'avez rendu sans le savoir et sans le vouloir, je suis prête à vous faire une proposition extrêmement généreuse. Si vous le souhaitez, vous pouvez rentrer chez vous.

— Quoi ? bredouillai-je.

— Je vois que vous êtes toujours aussi perspicace, mademoiselle Olivier. Je répète : vous pouvez revenir à Evernight. En attendant que le bâtiment principal soit réparé d'ici deux ou trois mois, nous avons installé des préfabriqués. Vos parents sont à l'école, ils surveillent les travaux. Ils voulaient venir, bien sûr, mais j'ai refusé. Je craignais que leurs émotions ne mettent notre action en danger. Ils seront si heureux de vous revoir.

Elle me prenait par les sentiments. Imaginer la détresse de mes parents, espérant que je franchisse de nouveau la porte de leur appartement, me déchirait le cœur.

— Non, je ne peux pas.

— L'amour n'est pas tout, vous savez, répondit-elle de sa voix éternellement sévère.

— Il ne s'agit pas seulement de Lucas.

C'était vrai, même s'il était évident que je ne pouvais pas le quitter. Mes parents m'avaient trop souvent menti. Je ne leur en voulais plus, mais j'avais besoin de réfléchir sur moi et mon avenir – avais-je d'autres choix que d'être un vampire ? – et je savais qu'ils ne m'aideraient pas sur ce point.

— Lâchez-moi.

Je craignais qu'elle ne cherche à me retenir et j'étais trop fatiguée pour lui résister. Étonnamment, je vis son regard s'illuminer, comme si ma décision la ravissait. Lui faire plaisir était encore plus effrayant que la mettre en colère.

— Nous nous reverrons, mademoiselle Olivier, conclut-elle. D'ici là, vos priorités auront certainement évolué. Les miennes aussi.

Que voulait-elle dire ? Je n'eus pas l'occasion de lui poser la question. En un clin d'œil, Mrs Bethany disparut, me laissant seule.

Et maintenant ? Je pris une grande respiration afin de m'éclaircir les idées. La poussière était retombée et j'aperçus une lueur au loin – une lampe indiquant la présence d'une porte de secours.

Pendant notre entraînement, on nous avait expliqué qu'en cas de danger nous devions tous nous réunir dans un hangar à l'extrémité ouest d'un parc voisin, près de l'Hudson.

J'hésitai. Tout en refusant de croire que Lucas ait pu être blessé, je redoutais de quitter le QG, au cas où il se trouverait quelque part dans les décombres. J'avais envie de rester et de retourner chacune des pierres afin de le retrouver.

J'avais l'impression d'entendre sa voix dans ma tête. Je le connaissais bien maintenant, et je savais ce qu'il m'aurait dit s'il avait été là : « Tu es trop chamboulée pour penser clairement. Va trouver de l'aide et réfléchis à un nouveau plan d'action. C'est la seule façon de faire. »

Je me dirigeai en trébuchant vers la lumière, bien décidée à suivre ses ordres. Peut-être que je devenais enfin un bon petit soldat.

Le parc consistait en fait en un amas de roches plus escarpées que les collines entourant Evernight. Épuisée, je mis un temps considérable avant de trouver mon chemin dans l'obscurité – je n'avais pas encore fait l'expérience d'une nuit noire à New York. En marchant, je pensai que cela faisait une éternité que je n'avais pas observé les étoiles.

Quelques membres de la Croix noire faisaient le guet devant le hangar. Ils se raidirent en m'apercevant puis me reconnurent, et j'entendis l'un d'entre eux dire : « Lucas ? Elle est là. »

Je m'attendais à ce qu'il se précipite vers moi, mais il se déplaça lentement, le pas lourd.

— Est-ce que ça va ? demandai-je.

— Je… Je n'ai rien.

Il affichait un air étrange.

— Qu'est-ce que tu me caches ? continuai-je en lui prenant la main.

— Sept hommes ont été tués par les vampires, répondit-il.

Il sembla vouloir en dire plus mais il se tut. Je connaissais les raisons de sa douleur.

— Eduardo, murmurai-je. Je sais.

Lucas croisa mon regard. J'eus peur qu'il me pose des questions et que je sois obligée de lui révéler avoir été témoin du meurtre de son beau-père.

— Comment va ta mère ?

— Pas très bien.

J'étais désolée qu'Eduardo soit mort, mais c'était à peu près tout ce que je ressentais à son égard. Quant à Lucas, qui ne s'était jamais entendu avec Eduardo, s'il semblait ployer sous le poids du chagrin, c'était à cause de sa mère. Kate avait perdu l'homme qu'elle aimait, et sa souffrance le touchait au plus profond.

Je le serrai dans mes bras.

— Retourne voir ta mère, murmurai-je. Elle a besoin de toi.

Lucas posa les mains sur mes joues et m'embrassa sur le front.

— Heureusement que tu vas bien. J'ai craint qu'ils ne viennent te récupérer.

C'était de ma faute s'ils avaient attaqué ; un jour, il faudrait que j'avoue la vérité à Lucas. Mais pas maintenant.

— Je vais bien.

Il passa la main dans mes cheveux, me prit dans ses bras puis repartit vers le hangar. Alors que je le regardais s'éloigner, Raquel apparut.

— Tu t'en es sortie.

— Toi aussi. On dirait que tu vas avoir un œil au beurre noir.

— Je me suis battue, expliqua-t-elle.

En dépit de la tristesse ambiante, ses yeux brillaient d'excitation.

— Je me suis défendue. C'était génial.

— Tant mieux.

— On dirait que toi aussi tu as eu ton lot de difficultés.

J'étais couverte de poussière des pieds à la tête.

— J'imagine que Dana va bien.

— Oui, elle est avec les autres. Ils s'occupent du prisonnier.

— Du prisonnier ?

Cela n'augurait rien de bon.

Tout à coup, une fourgonnette noire déboula en trombe, nous aveuglant de ses phares.

Dana entrouvrit les portières à l'arrière du véhicule et passa la tête.

— Va dire à Eliza qu'on est là, demanda-t-elle à Raquel qui se dépêcha d'obéir.

Je m'approchai de Dana.

— Le prisonnier est avec toi ?

— Oui, ce soir, c'est moi le shérif.

Elle tenta de sourire, mais le cœur n'y était pas. Peut-être émettait-elle elle aussi des réserves sur la présence de ce prisonnier ?

— Il est dans le gaz pour le moment. Il aura une sacrée surprise à son réveil.

Elle s'écarta légèrement et je jetai un œil dans la fourgonnette. Mon cœur fit un bond dans ma poitrine. La silhouette effondrée sur le plancher, les mains attachées derrière le dos, m'était affreusement familière. M'approchant pour mieux voir, je fus envahie par un sentiment d'horreur. Oui, je connaissais cet homme.

Balthazar.

Chapitre huit

Balthazar – celui qui avait été mon cavalier au bal d'automne, qui m'avait emmenée voir Lucas à de nombreuses reprises, mon ami et chevalier servant, presque mon amant – gisait inconscient, prisonnier de la Croix noire. Des chaînes encerclaient ses chevilles et ses poignets. Malgré sa force surhumaine, il ne pouvait pas s'échapper, et d'autant moins qu'il était blessé et fatigué. La Croix noire ne lui laisserait pas le temps de récupérer. Il était à leur merci.

À plusieurs reprises, je m'étais considérée comme prisonnière de la Croix noire. Si j'avais su ! La réalité était bien pire encore.

— Où… commençai-je d'une voix chevrotante. Où vas-tu l'emmener ?

— Milos dit qu'ils ont des locaux en ville dont ils se servent en cas de besoin.

Une entaille en forme de croissant de lune sur le front de Dana témoignait du fait qu'elle s'était battue violemment.

— Je pense qu'on va devoir se séparer pendant quelque temps, il n'y a pas d'endroit où nous pouvons être tous ensemble. Les suceurs de sang n'ont pas fait tellement de dégâts parmi les troupes mais ils ont réussi à nous neutraliser.

— Je vais venir avec toi.

Je ne savais pas quoi faire d'autre. J'en aurais bien discuté avec Lucas, mais il était avec sa mère et je ne voulais pas le déranger. Je comptais surtout m'assurer être au même endroit que Balthazar afin de pouvoir intervenir plus tard.

Dana hocha la tête.

— Comme tu voudras. D'habitude, je préfère m'associer à quelqu'un d'un peu plus expérimenté. Sans vouloir te vexer, Bianca, t'es encore débutante et...

— Ce n'est pas moi qui vais te contredire.

— Mais il semble que mon Joli-Cœur de prisonnier est complètement HS, alors...

Comment pouvait-elle à la fois apprécier la beauté de Balthazar et ne pas comprendre qu'il était avant tout une personne et pas un monstre ?

— C'est vraiment ce que je déteste le plus dans ce boulot, murmura-t-elle encore, presque comme si elle avait lu dans mes pensées.

En m'installant dans le siège passager du van – un vieux truc rafistolé de partout –, je me sentais horriblement sale. Ce n'était pas à cause de la poussière, mais bien parce que j'avais l'impression d'aller prendre part à l'exécution de mon ami.

La nouvelle planque se situait près de la Rivière, de l'autre côté de Manhattan. J'avais toujours imaginé les bords de fleuve comme des endroits paisibles, mais ici il n'y avait que des containers, des câbles et des bateaux se délestant de leurs cargaisons. Le bruit des sirènes étouffait même le clapotis des vagues.

Milos et deux autres types emmenèrent Balthazar, toujours inconscient, dans ce qui me semblait être une vieille gare maritime. Pendant quelques secondes, l'envie me prit de fuir le plus loin possible – Lucas me retrouverait. Je savais cependant que courir aurait été synonyme de lâcheté. Je ne pouvais pas laisser la peur me dominer, ni attendre encore passivement que les choses évoluent. Il fallait que je sois forte, autant pour moi que pour Balthazar.

D'un pas résolu, je pénétrai dans le bâtiment afin de me faire une idée de la situation. Dana ne me suivit pas, préférant rester près de la fourgonnette, dont elle tapotait le capot d'un air absent.

Le bâtiment comprenait une seule pièce de taille réduite avec un demi-étage en plus côté mer et un espace de stockage au fond. Les murs et le plancher étaient en béton et relativement abîmés.

Milos déposa Balthazar sur le sol puis défit les chaînes qui entouraient ses poignets. Je me pris à espérer. S'ils avaient voulu le tuer, ne l'auraient-ils pas déjà fait ?

Ils auraient pu tuer Balthazar pendant l'attaque, et je ne l'aurais jamais su…

Contrairement à ce que j'avais cru dans ma grande

naïveté, Milos n'entendait pas installer confortablement Balthazar. À l'aide de menottes, il lui attacha les bras à une barre de fer qui courait le long du mur du fond. La tête de Balthazar pendait sur le côté. Tout à coup, il tressaillit.

— Il se réveille, remarqua l'un des chasseurs.

Milos alla chercher un seau rempli d'eau.

— Et si on l'aidait ? proposa-t-il, et il aspergea Balthazar.

Le claquement de l'eau sur le béton me fit sursauter. Balthazar redressa la tête brusquement. Il semblait perdu, désorienté. Dès qu'il aperçut les chasseurs, il eut un geste de recul mais se rendit compte qu'il était attaché. Pris au piège. Sa surprise laissa place à un sentiment de rage.

— C'est moins drôle quand c'est dans ce sens-là, n'est-ce pas ? railla Milos.

— Va te faire voir, rétorqua Balthazar, la bouche pâteuse.

Il ne s'était pas encore remis de ses blessures. Les vampires guérissent plus vite que les humains, mais il leur fallait quand même un peu de temps, surtout quand c'était aussi sérieux. Il s'efforça de redresser la tête et scruta la pièce, sûrement afin de se faire une meilleure idée de la situation.

Ses yeux se posèrent sur l'entrée, et ensuite sur moi.

La violence de son regard me percuta de plein fouet et j'agrippai l'encadrement de la porte afin de ne pas chavirer. Allait-il comprendre que je n'étais pas avec eux ? Que je comptais trouver un moyen de le sortir de là et qu'il fallait juste qu'il tienne le coup ?

Balthazar se détourna. Il observa Milos et les autres, puis baissa la tête, refusant de me regarder.

Je crus d'abord qu'il était fâché puis je compris : il ne voulait pas que les autres sachent que nous nous connaissions. Cela aurait causé ma perte. Malgré tout, il cherchait encore à me protéger.

— Il est toujours dans le gaz, constata un membre de la Croix noire. Laissons-le mijoter un peu. On l'interrogera plus tard.

— Ok, répondit Milos. Je le surveille.

Devais-je aussi monter la garde ? Non, décidai-je. Si l'un des chasseurs s'en prenait à Balthazar, que je sois là ou pas ne servirait à rien.

Il fallait plutôt que je parle à la seule personne qui pouvait nous tirer d'affaire : Lucas.

Tandis que j'aidais en silence Dana et les autres à monter des lits de camp, j'appris deux choses importantes.

La première : une vingtaine de personnes allaient s'installer dans cette gare maritime désaffectée. Il y avait en fait un peu de place au sous-sol, même si une bonne partie était utilisée pour entreposer des armes. J'étais certaine que, si je ne bougeais pas, Lucas viendrait à moi. Nous avions plus de chances d'aider Balthazar en étant déjà sur place, d'autant plus que bon nombre de chasseurs seraient ailleurs.

La deuxième : nous devions agir vite. Ce qu'ils comptaient faire à Balthazar était bien pire que ce que j'avais pu imaginer.

— Vous l'avez bien mis dans un coin où entrera la lumière du soleil ? demanda Eliza.

Elle avait débarqué peu de temps après nous et inspectait à présent le hangar.

— Il faut qu'il craigne pour sa vie.

— Sauf s'il vient de boire du sang, répondit quelqu'un. Et à votre avis, un type costaud comme lui, combien de temps peut-il tenir sans boire de sang ? Un jour ou deux, j'imagine. Cela dit, on peut se débrouiller pour qu'il souffre le martyre.

Dans un coin de la pièce, Dana releva la tête. Je crus qu'elle allait émettre une objection, mais elle choisit de se taire.

Eliza haussa les épaules.

— Il faut qu'il parle. J'ai besoin de savoir pourquoi ils ont décidé de nous attaquer à ce moment précis.

Je me gardai bien de lui fournir la réponse.

Enfin, vers 3 heures du matin, les derniers membres de notre groupe arrivèrent. Raquel se précipita dans les bras de Dana comme si elle ne l'avait pas vue depuis des semaines. Elle affichait un sourire radieux, qui m'aurait ravie si je n'avais pas été préoccupée par Balthazar.

Lucas et Kate arrivèrent en dernier. Kate semblait avoir pris dix ans d'un coup. Elle était toute décoiffée et avait le regard absent. La main posée sur son avant-bras, Lucas la guida jusqu'à un lit de camp. Son t-shirt et son jean étaient couverts de taches de sang qui n'était pas le sien.

Quand il me vit, il soupira de soulagement et me serra dans ses bras.

— Dehors. Maintenant, lui murmurai-je à l'oreille.

Bien qu'épuisé, Lucas hocha la tête et nous sortîmes. Je m'attendais à ce que quelqu'un nous pose des questions, mais visiblement personne ne s'intéressait à nous.

— Ok, dit-il d'une voix lasse. Qu'est-ce qui se passe ?

— Ils ont capturé Balthazar.

La nouvelle le sortit de sa torpeur.

— Oh non !

— Il est enfermé là-dedans, expliquai-je en désignant la pièce principale. Lucas, je pense qu'ils vont lui faire du mal.

Au lieu de balayer mes craintes, il dit :

— Ça arrive parfois. La plupart des gens sont contre et refusent de telles pratiques. Eduardo… pensait autrement.

Il marqua une pause, les yeux dans le vague. Que pensait-il d'Eduardo à présent ? Cet homme avait été à la fois son pire ennemi et un père de substitution. Maintenant, il était mort.

— Lucas, articulai-je avec difficulté. Tu n'as pas… ? Tu ne ferais pas ça ?

— Jamais. Peut-être qu'il y a deux ans je t'aurais dit que je ne voyais pas de mal à maltraiter un vampire pour obtenir des informations. Mais de toute façon, j'étais trop jeune pour être impliqué là-dedans.

— Et aujourd'hui ?

— Je vois les choses autrement. Grâce à toi.

Il posa la main sur ma joue et, malgré tout, je souris.

— On doit le sortir de là. Tu crois que tu pourrais en parler à Eliza ? Lui expliquer que tu l'as connu à Evernight et que tu sais qu'il n'a jamais tué personne. Peut-être que je peux en rajouter une couche, et Raquel aussi.

Lucas secoua la tête.

— Impossible. Eliza ne libérera jamais un vampire.

— Alors comment fait-on ?

Il resta silencieux un long moment.

— Bianca, reprit-il d'une voix à peine audible, il se peut que notre seule solution soit de le tuer.

— Quoi ?

— Crois-moi, je ne le souhaite pas, insista-t-il. Mais s'il faut choisir entre une mort rapide et une mort lente et douloureuse des suites de séances de torture, je préférerais la première.

— Il doit y avoir un moyen ! m'écriai-je, à présent folle d'inquiétude.

— Je vais y réfléchir, répondit-il.

Son pessimisme évident me mit en colère.

— Le sort de Balthazar te préoccupe donc si peu ? Peut-être que tu souhaites qu'il disparaisse, ne serait-ce que parce qu'il est mon ami et que lui et moi avons failli…

Je m'interrompis, trop tard. Lucas me lança un regard assassin. L'année précédente, à l'époque où Lucas et moi avions rompu, j'avais cédé aux avances de Balthazar.

Notre attirance mutuelle s'était transformée en une passion éphémère. Nous avions bu le sang l'un de l'autre et nous aurions certainement été plus loin si nous n'avions pas été interrompus. En me réconciliant avec Lucas, je lui avais tout avoué, et jusque-là cela n'avait pas posé de problème. Lucas savait que je n'aimais que lui.

— Tu vas trop loin, dit-il simplement.

— Je sais, je suis désolée.

D'un geste hésitant, je posai ma main sur la sienne. Il ne me repoussa pas mais ne réagit pas favorablement non plus.

— Ça ne va pas nous aider à le faire sortir de là, mais… Allez, viens.

Lucas marcha jusqu'à l'ancienne gare, où Milos et un autre chasseur surveillaient le prisonnier. Balthazar, assis par terre, gardait la tête baissée.

— Hé, les gars. Faites une pause, si vous voulez. On prend la relève.

— Et pourquoi ? demanda Milos en haussant les épaules.

— Parce que ce monstre s'en est pris à ma copine, expliqua-t-il en me serrant contre lui.

Du coin de l'œil, je vis Balthazar se raidir.

— Et j'aimerais… lui en parler. En privé, si possible.

L'autre gardien ricana ; Milos se redressa lentement, un sourire détestable sur le visage.

— Je te le laisse quelques minutes. Vas-y, éclate-toi.

— Super, merci.

Lucas observa Balthazar d'un air cruel jusqu'à ce que les deux hommes soient partis. Puis, il dit :

— Bianca, reste près de la porte. Tu me préviens si quelqu'un arrive.

— Ça marche.

Balthazar releva la tête. Il me parut infiniment triste.

— Tu es venu m'accabler ?

— Non, imbécile, rétorqua-t-il. J'essaie de trouver un moyen de te sortir d'ici. Tu veux participer ou bien tu préfères faire la tête en attendant de mourir dans d'atroces souffrances ? À toi de voir.

— Attends, dit-il, reprenant tout à coup espoir. Tu es là pour m'aider ?

— Est-ce que tu souffres ? demandai-je sans trop m'éloigner de la porte.

— Bianca, que fais-tu avec ces gens ? C'est trop dangereux.

C'était typique de sa part de s'inquiéter avant tout pour moi et pas pour lui.

— Ils savent ce que tu es ? reprit-il.

— Non, bien sûr que non. On est un peu coincés ici pour le moment. Jusqu'à ce qu'on ait assez d'argent pour s'enfuir.

Balthazar se tourna vers Lucas, qui examinait les menottes le reliant au mur. Malheureusement, ça avait l'air solide.

— Il faut que tu l'emmènes loin d'ici. Tout de suite. Peu importe l'argent, il faut que vous partiez.

— Plus facile à dire qu'à faire.

— Est-ce que tu peux le détacher ? poursuivis-je.

On a un peu de temps. On n'aura qu'à dire que Balthazar s'est montré plus fort que nous.

Lucas secoua la tête.

— Il y a des gardes partout. Le seul endroit libre d'accès, c'est le fleuve, mais compte tenu de l'aversion des vampires pour les cours d'eau, j'imagine que Balthazar aura du mal à s'enfuir à la nage.

Balthazar grimaça.

— J'avoue…

— On va trouver une solution, déclara Lucas, qui cherchait visiblement à s'en convaincre. Et pourquoi as-tu décidé de participer à cette expédition ? Je croyais que tu avais pris tes distances avec Mrs Bethany.

— Elle m'a assuré que Bianca était ici et… et j'ai cru qu'elle avait des ennuis.

Il avait pris des risques inconsidérés dans l'espoir de me sauver ! Tout ça était encore de ma faute. Accablée, je posai la tête contre l'encadrement de la porte et fermai les yeux.

— Pourquoi veux-tu m'aider, Lucas ? demanda Balthazar. Aux dernières nouvelles, tu étais encore partisan de la lutte contre les vampires.

— Faut croire que les nouvelles ne vont pas vite, répondit-il. Et puis… tu volerais au secours de Bianca. Sans hésiter. Alors je te rends la pareille.

Lucas et Balthazar se regardèrent un instant. Pour la première fois, je vis Balthazar considérer Lucas avec respect.

— Ok.

— Malheureusement, je n'ai pas la moindre idée de comment te sortir d'ici. Je vais faire de mon mieux, mais je ne peux rien promettre.

— Je comprends. Surtout ne mettez pas vos vies en danger, continua-t-il, et j'eus le sentiment qu'il s'adressait avant tout à moi. Ça n'en vaut pas la peine.

— Bien sûr que si, répondis-je.

Lucas me lança un regard mais ne dit rien.

— Je ne vais pas te laisser ici, Balthazar.

— On trouvera une solution, intervint Lucas. Mais ça peut prendre quelques jours. Et d'ici là, tu risques de passer de sales moments.

Percevant un bruit, je tendis l'oreille.

— Ils reviennent, annonçai-je.

— Quoi qu'ils me fassent subir, ajouta Balthazar, j'ai vu pire. Croyez-moi.

— Je n'en suis pas certain. Essaie quand même de tenir le coup.

De l'autre côté, Milos donna un coup de pied dans la porte, qui s'ouvrit.

— Tu t'es bien amusé ?

— On a simplement discuté, assura Lucas.

Je le vis alors lancer à Balthazar un regard appuyé, comme s'il cherchait à lui faire passer un message. Ensuite, il serra le poing, prêt à frapper Balthazar, qui recula instinctivement. Ils étaient si convaincants que je faillis tomber dans le panneau moi aussi. Lucas se détendit, souriant méchamment.

— Je vais le laisser méditer là-dessus.

— Bonne idée, ricana Milos. Tu devrais emmener Bianca se coucher.

Ils éclatèrent d'un rire moqueur. Balthazar ferma les yeux.

Lucas me prit la main et m'entraîna dehors, avant que je ne me mette à pleurer. Je n'avais pas envie de quitter Balthazar. Allais-je un jour le revoir ?

Chapitre neuf

J'en aurais presque regretté la vie au QG souterrain de la Croix noire. À présent, je me retrouvais à cohabiter avec vingt autres personnes dans une pièce qui aurait pu à peine en contenir dix. Il n'y avait aucune place, aucune tranquillité et aucun moyen de parler à Lucas.

Au moins, nous étions près l'un de l'autre.

Nous dormions en pratique dans des lits de camp séparés, mais nous manquions tellement de place que nos matelas se touchaient. Dès que nous fûmes allongés, Lucas étendit la couverture et je me collai contre son ventre. Je sentais son souffle à l'arrière de ma nuque.

Je fermai les yeux, savourant l'instant. Si seulement nous avions pu être seuls ! Si seulement nous n'étions pas encore tout retournés par les événements de la veille – l'attaque et la capture de Balthazar. Ça aurait été merveilleux.

Lucas m'embrassa le cou et enroula son bras autour de ma taille. Il entendait certainement me convaincre de garder espoir. Mais je savais aussi bien que lui que la situation était critique.

J'envisageai un instant de l'embrasser. Que les autres puissent nous surprendre m'était parfaitement égal.

Mais la fatigue prit le dessus, et je savais que Lucas était encore plus épuisé que moi. De plus, nous aurions besoin de toutes nos forces demain.

Malgré mes soucis, je m'endormis. Au bout de ce qui me parut être seulement quelques secondes, je pris conscience que les gens autour de moi s'agitaient. Le jour se levait déjà mais je ne me sentais absolument pas reposée.

— Maman ? commença Lucas en se hissant sur un coude.

Nous étions toujours collés l'un contre l'autre.

— Comment vas-tu ?

— Ça va.

Elle ramena ses cheveux en arrière. Elle était si tendue que je voyais saillir chacun de ses muscles.

— Je monte. On a besoin de réponses.

Avant que je ne trahisse mes émotions, Lucas posa la main sur mon épaule.

— Habille-toi, souffla-t-il. Il faut qu'on participe.

Machinalement, j'attrapai mes vêtements.

Les chasseurs quittèrent la pièce les uns après les autres, me laissant seule avec Raquel.

— Nous voilà de nouveau en uniforme, remarqua-t-elle en désignant son t-shirt blanc.

La Croix noire en gardait un lot en cas d'urgence, et nous portions tous la même chose ce matin.

— J'espère qu'on pourra aller chercher nos affaires. Au moins pour récupérer ta broche.

Je n'avais même pas pensé à la broche en jais noir que m'avait offerte Lucas. Bien que cela m'attristât de l'imaginer au milieu des débris, j'avais d'autres priorités en tête.

— Raquel, sais-tu qui est le prisonnier ?

— Un vampire, répondit-elle d'un ton léger. Attends, est-ce que c'est Mrs Bethany ? Non, j'imagine qu'on l'aurait su.

— C'est Balthazar.

Elle eut un mouvement de surprise. À Evernight, Raquel et Balthazar avaient passé beaucoup de temps ensemble, en général à cause de moi – à Riverton, à la bibliothèque. Nous avions même organisé un pique-nique. Elle l'avait toujours apprécié, du moins avant de savoir qu'il était un vampire. J'espérais qu'elle ne rayerait pas deux années d'amitié de sa vie aussi facilement.

— On devrait déjà être en haut, dit-elle sèchement.

Nous montâmes. Les chasseurs de vampires encerclaient Balthazar. Kate se tenait devant lui. Il avait encore les bras attaché au-dessus de la tête ; la peau autour de ses poignets était à vif.

En entendant la porte se refermer, Balthazar leva les yeux. Raquel se détourna, sans doute honteuse. Je l'aurais bien imitée mais il me regardait avec insistance. Il avait besoin d'une amie dans cette épreuve. Il fallait que je puise en moi assez de force pour l'aider.

— Alors ce n'était qu'une histoire de revanche, dit

Kate en lui tournant autour. Nous attaquons votre maison, vous attaquez la nôtre. C'est ça ?

— Oui, répondit Balthazar. Sauf que vous, vous avez mis des vies innocentes en danger. Pas nous.

Kate riposta en le frappant violemment au niveau des côtes.

Non ! Je m'appuyai contre le mur afin de ne pas défaillir.

— Je ne vais pas laisser un vampire me faire la leçon ! déclara Kate. Encore moins le lendemain de la mort de mon mari !

Balthazar eut la bonne idée de rester silencieux.

Près de Lucas, dans un coin, se tenait Eliza. Je pensai qu'elle allait se contenter d'observer, mais elle intervint :

— Vous cherchiez quelque chose. Admets-le.

— Je vous l'ai dit, répondit-il en reculant contre le mur. On voulait se venger.

Eliza secoua la tête.

— Jamais de la vie. Qu'autant de vampires décident de travailler ensemble n'est jamais arrivé. Mrs Bethany a un plan. Et tu vas nous dire ce que c'est.

— Peut-être qu'elle prévoit en effet quelque chose, dit-il, ce qui me surprit.

Puis je me rendis compte que Balthazar regardait Lucas en parlant ; apparemment, il estimait que ces informations pouvaient aussi nous être utiles.

— Elle a beaucoup voyagé le mois dernier, plus qu'elle ne l'a fait en un siècle. Des vampires vivant seuls depuis des années se sont précipités à ses côtés.

En incendiant Evernight, vous nous avez fourni une cause commune. Mrs Bethany peut se servir de ça à ses fins.

— Qui sont ? poursuivit Eliza.

Balthazar ferma les yeux.

— Je n'en sais rien. Mrs Bethany ne m'a pas mis dans la confidence. De plus, je m'apprêtais à quitter Evernight.

Pourquoi Balthazar aurait-il quitté Evernight ? Le connaissant, il aurait voulu participer aux réparations.

Je pensai alors à Charity, sa petite sœur folle à lier, celle qui avait permis à la Croix noire d'attaquer Evernight. C'était Balthazar qui avait fait d'elle une vampire, ce qu'il ne se pardonnerait jamais. Elle s'était enfuie après l'incendie. Il espérait certainement la retrouver.

— Tu veux nous faire croire que tu ne sais rien, reprit Eliza en s'approchant de lui.

Elle avait une arme à feu dans la main. Non, en fait, il s'agissait d'un pistolet à eau, ce qui ne m'inquiéta pas dans un premier temps, jusqu'à ce que je réalise qu'il contenait certainement de l'eau bénite, du genre qui brûle la peau d'un vampire comme de l'acide.

— Tu t'imagines bien que je ne te crois pas.

— Oui, répondit Balthazar. Je m'en doutais un peu.

— Tu n'as pas peur, on dirait.

Il haussa les épaules du mieux possible.

— Pour nous, la mort n'est que le commencement. Souvent, je me dis que notre deuxième mort ne sera qu'un autre passage.

— Il y a pire que la mort, déclara Kate.

Elle tendit la main vers Eliza qui lui donna le pistolet à eau. Kate le pointa vers Balthazar et appuya sur la détente.

La peau de Balthazar grésilla dès les premières gouttes. Il hurla et sa souffrance me parut si terrible que je crus que j'allais m'évanouir. Rapidement, une odeur de chair brûlée envahit la salle.

— Oh mon Dieu, murmura Raquel.

Le visage livide, elle se précipita dehors. Dana s'éclipsa pour la rejoindre.

Kate observait les volutes de fumée s'élevant de la peau de Balthazar.

— Tu es sûr que tu ne sais pas ce qu'elle a en tête ?

— Non, répondit-il d'une voix tremblante.

— Je pourrais te croire, dit Kate. Sauf que je m'en fiche.

Elle le mitrailla d'eau bénite et il hurla de nouveau. Ses cris me déchiraient les entrailles. Je m'assis par terre, ramenant mes genoux contre ma poitrine.

— Hé, Lucas, lança Milos. Je crois que ta copine ne va pas bien. Tu devrais la faire sortir.

Je tentai de secouer la tête. Assister à cette séance de torture était horrible, mais laisser Balthazar seul me semblait pire.

— Allez, murmura Lucas en m'aidant à me relever. Ça suffit.

— Non…

— Bianca, s'il te plaît.

Soudain, Balthazar s'agita.

— Partez ! Tous ! Je ne veux plus vous voir !

— Dans tes rêves, suceur de sang, répondit Kate, la voix sévère.

Sans plus attendre, Lucas me mena vers la sortie.

Dès que nous fûmes dehors, j'éclatai en sanglots, au point d'en avoir mal à la gorge et au ventre. Je parvins à m'asseoir et Lucas s'agenouilla à côté de moi, posant la main sur mon dos.

— Je vais trouver une solution, déclara-t-il sans pouvoir chasser la note de désespoir dans sa voix. Il le faut.

Je m'appuyai contre lui, luttant pour arrêter de pleurer. Au loin, je voyais Raquel assise au bord du fleuve, la tête entre les mains ; Dana se tenait à côté d'elle. Était-il possible que même Raquel trouve les méthodes de la Croix noire excessives ? Pouvait-elle en convaincre Dana ? Nous allions peut-être devoir user de moyens drastiques pour tirer Balthazar de ce mauvais pas et toute aide serait la bienvenue.

Au bout de quelques minutes qui me parurent une éternité, les chasseurs quittèrent le hangar. Kate se dirigea vers nous, observa son fils et dit en haussant les épaules :

— Il a perdu connaissance. Nous reprendrons plus tard.

— Peut-être qu'il n'est vraiment pas au courant, répondit Lucas. Mrs Bethany avait ses préférés, et Balthazar n'en faisait pas partie.

— Vous le connaissez ? s'étonna Kate.

Elle fronça les sourcils. Elle comprit que je ne pleurais

pas par excès de sensibilité mais par compassion, ce qui la dérangeait bien plus.

— Il a dragué Bianca à plusieurs reprises l'année dernière, s'empressa de dire Lucas. Elle l'a repoussé, il n'a pas apprécié. Il a fait une scène. Sa présence rappelle des souvenirs désagréables.

— Du coup, j'aurais pensé que tu nous encouragerais davantage, Bianca.

Ses paroles furent comme une révélation. « Mais oui ! pensai-je. C'est ça ! »

J'enfonçai mes ongles dans ma peau pour m'empêcher de sourire.

— Je suis tellement fatiguée…

— Moi aussi, soupira-t-elle en baissant les épaules. Moi aussi.

Tandis qu'elle s'éloignait, je me tournai vers Lucas.

— Je sais comment faire pour sauver Balthazar.

Dans un premier temps, il nous fallut attendre. Lucas m'accompagna dans une superette où j'achetai du jus d'orange et des pains au lait. Ils tenaient plus du carton-pâte que de la viennoiserie, mais je n'avais rien mangé depuis vingt-quatre heures et je les dévorai.

— Autre chose ? demanda Lucas.

Il faisait référence à mon besoin de sang.

— Si tu me donnes deux secondes, je vais aller me nourrir.

— Je pourrais…

— Non, répondis-je fermement. Boire ton sang doit

être notre dernier recours. Les effets sur nos deux organismes sont trop importants.

— Ça nous lie. C'est pas si mal.

Si j'avais presque retrouvé Lucas au milieu des tunnels enfumés, c'était justement grâce à notre lien. Mais Lucas n'en savait rien. Qu'est-ce qui le dérangeait ?

— Tu es jaloux de Balthazar, dis-je, comme un constat.

— Je devrais l'être ?

— Non, voyons ! Lucas, je t'aime. Je n'aime que toi. Mais j'ai bu son sang et ça te fait peur. Il faut que tu comprennes que c'était différent.

— C'était surtout bien plus intense.

Je secouai la tête.

— Différent, insistai-je. C'est tout. Crois-moi, il n'y a rien que je préfère au monde que d'être avec toi.

— Il compte beaucoup à tes yeux. Tu ne peux pas le nier.

— Il compte moins que toi.

J'enroulai mes bras autour de son cou et l'embrassai. Notre premier baiser fut tendre, les suivants bien plus fervents. Lucas me serra la taille alors que nous entrouvrions les lèvres ; je sentis sa langue frôler la mienne avec fougue. La veille au soir, nous avions dormi l'un contre l'autre. Repenser à cette proximité alors que nous nous embrassions ardemment me mit en transe.

Je me détachai de lui.

— Tu me donnes faim.

— Je te l'ai dit, ça ne me dérange pas.

— Et moi j'ai dit non. Je vais me nourrir. Ne regarde pas.

— Mauviette, sourit-il, puis il se retourna.

En fait, je n'avais pas si faim, mais les jours à venir risquaient d'être éprouvants et j'avais besoin de toutes mes facultés intellectuelles et physiques.

Je vidai un pigeon de son sang et me rinçai la bouche avec le reste de jus d'orange. Ensuite, nous retournâmes à la gare maritime. Je craignais qu'ils n'aient déjà repris leur séance avec Balthazar, mais il avait beaucoup souffert et ne retrouva ses esprits que quelques heures plus tard. Nous prîmes notre mal en patience.

Alors que je m'occupais à tailler des pieux dans un parking voisin abandonné, Raquel vint me rejoindre. Pendant un moment, nous nous contentâmes de travailler côte à côte, transpirant à grosses gouttes.

— C'était assez terrible, non ? finit-elle par dire.

— Oui, plutôt.

— Je sais que tu tenais à lui. Et même s'il nous a menti pendant deux ans, c'est difficile de garder ça en tête pendant qu'il subit pareille épreuve.

— Tu veux dire, pendant qu'on le torture ?

Autant appeler un chat, un chat.

Raquel marqua une pause, son couteau suspendu en l'air. Puis elle hocha la tête.

— Oui, pendant qu'on le torture.

Peut-être qu'elle prenait enfin du recul vis-à-vis de la propagande de la Croix noire ? J'avais envie d'en savoir plus, malheureusement, le temps pressait. Lucas et moi pouvions procéder seuls, et je préférais ne pas impliquer Raquel.

Enfin, peu avant la nuit, Milos annonça :

— Il revient à lui.

Je regardai Lucas. Nous avions décidé d'attendre que tous les autres soient à l'intérieur ; nous devions faire une entrée remarquée.

— Je n'ai rien d'une actrice, murmurai-je. Mais ça ne devrait pas être difficile de paraître bouleversée.

— Furieux, furieux, furieux ! se motiva Lucas. Ok, allons-y. Tu es prête ?

— Oui.

Nous partîmes en courant vers le hangar. Milos nous vit arriver et nous accueillit sévèrement.

— Ta copine va encore s'enfuir en pleurant ?

— Bianca et moi avons des comptes à régler, rétorqua Lucas.

Milos parut surpris mais nous laissa passer.

Lucas se fraya un chemin parmi le groupe ; je me faufilai derrière lui. Je n'avais pas tellement de rôle à jouer dans ce scénario. J'étais plutôt un élément en plus : la jeune fille blessée. Bien que je déteste devoir paraître faible, je me consolais en pensant que c'était mon idée.

Puis je vis Balthazar, et je sus que rien ne pourrait me consoler.

Sa peau se détachait en lambeaux aux endroits où l'eau bénite l'avait touché. Il avait les yeux bouffis et noirs, la mâchoire enflée, les lèvres ensanglantées, de même que les poignets. Je n'aurais jamais pensé qu'on puisse être aussi mal en point. Ses yeux injectés de sang se posèrent sur moi sans même réagir. On aurait dit qu'il avait abandonné tout espoir.

— Pousse-toi, maman, déclara Lucas. C'est mon tour.

— Jamais de la vie.

Sa rage semblait l'illuminer de l'intérieur.

— Ce type a tué Eduardo. Je vais le faire parler, et ensuite je vais lui faire la peau.

— Il n'a pas seulement tué Eduardo, poursuivit Lucas en s'approchant de Balthazar. Il s'en est pris à Bianca. Ce que tu ne sais pas, et que je viens d'apprendre, c'est jusqu'où il est allé. Il est capable du pire pour arriver à ses fins.

Mes pleurs n'étaient pas feints. Je reculai, tremblante, comme si j'avais peur de l'être enchaîné et sanglant qui se trouvait devant moi. Les chasseurs s'écartèrent, compatissants.

Lucas attrapa Balthazar par les cheveux. Je fermai les yeux ; malheureusement, il fallait en passer par là.

— Tu as essayé de violer ma copine ! rugit-il.

Il le gifla violemment. Quelques murmures d'approbation s'élevèrent dans l'assistance. J'avais envie de les étrangler…

— Écoute-moi bien, haleta-t-il.

On aurait dit un fou furieux. Quand il se laissait emporter, il faisait peur. Même à moi.

— Tu sais à quel point je te hais. Je pourrais te torturer encore et encore. Alors t'as intérêt à me dire ce que je veux savoir, et tu as intérêt à me le dire vite, sinon je vais me déchaîner sur ta misérable carcasse jusqu'à la fin de tes jours. T'as compris ?

D'une voix si basse que seul un vampire aurait pu entendre, je murmurai :

— Invente n'importe quoi. On s'occupe de tout.

Balthazar hésita, perplexe. Lucas lui donna un coup de pied.

« Allez, Balthazar ! Dis quelque chose ! Ce qui te passe par la tête ! Fais-nous confiance ! »

— Tu vas cracher le morceau, oui ? cria Lucas. Que voulait Mrs Bethany ?

— Toi ! répondit Balthazar. C'est toi qu'elle voulait.

— Lucas ? s'étonna Kate, alarmée. Pourquoi ?

— Mrs Bethany le tient pour responsable.

Les autres s'apercevaient-ils qu'il inventait au fur et à mesure ? Visiblement pas.

— Et je crois qu'elle... Elle soupçonne Lucas d'avoir fouillé dans ses archives. Elle craint qu'il n'en sache trop. Elle ne s'est toujours pas remise du fait qu'un espion s'est introduit dans son établissement. Ça la rend malade. Je crois que la destruction d'Evernight l'a poussée à bout.

— Selon toi, elle a peur. Elle est désespérée. Elle s'en prend à mon fils parce qu'elle ne sait pas quoi faire d'autre.

— Elle sait exactement ce qu'elle fait. Tant que Lucas Ross sera en vie, elle le pourchassera. Lui et les siens. Alors j'espère que la Croix noire tient à lui, parce que vous risquez tous de finir dans un cercueil.

— Tu le crois ? demanda Kate en se tournant vers son fils.

— Ouais, répondit Lucas en sortant un pieu de sa ceinture.

Puis il le planta dans la poitrine de Balthazar.

J'entendis Raquel pousser un petit cri. Balthazar hoqueta de douleur puis s'affaissa, désormais inconscient et paralysé.

— J'aimerais me charger de mettre le feu à cette pourriture. Bianca devrait venir avec moi. Je pense que ça lui permettra d'aller de l'avant.

Eliza acquiesça. Kate posa les mains sur mes épaules tandis que je séchais mes larmes.

— Tu es libre, maintenant, dit-elle.

On nous aida à hisser le corps inerte de Balthazar dans la fourgonnette. Il paraissait vraiment mort, avec ce pieu dans le cœur, et c'était angoissant. Milos donna quelques conseils à Lucas sur les meilleurs endroits pour brûler un vampire, ce qui me laissa penser qu'il l'avait déjà fait. J'en frissonnai.

Je fermai les portes du van. Lucas démarra le moteur et s'engagea dans la rue. Quand nous eûmes parcouru quelques pâtés de maisons, je me glissai à l'arrière, près de Balthazar.

— Maintenant ?

Lucas hocha la tête sans quitter la route des yeux.

J'enroulai mes deux mains autour du pieu et tirai.

Dès que le bout de bois quitta son corps, Balthazar tressauta, se contorsionnant ensuite de douleur. De ses mains pleines de sang, il tâta sa blessure.

— C'est quoi…

— Chhhhut.

Je posai la main sur son front.

— Tu vas bien. Nous devions faire semblant de te tuer, il n'y avait pas d'autre moyen.

— Bianca ?

— Oui, je suis là. Tu te souviens de ce qui s'est passé ?

— Je crois.

Il se força à ouvrir les yeux et me regarda.

— Toi et Lucas…

— On t'a sorti de là, enchaîna Lucas. Écoute, on est un peu pressés. Y a-t-il un endroit où on peut te déposer ? Où tu seras en sécurité ?

Balthazar réfléchit un instant.

— Dans Chinatown. Il y a un magasin dont je connais le propriétaire. Il me cachera.

— Ok, c'est parti.

— Merci, dit Balthazar.

Il me prit la main et je vis à quel point il était faible.

— La Croix noire… Ils ne savent pas…

— Non, ils ne savent rien. Lucas s'occupe de moi. Je suis en sécurité.

Il hocha la tête. Il avait le visage enflé et tailladé et je regrettai de ne pas avoir emporté de pansements. Même un vampire pouvait avoir besoin de plusieurs semaines pour se remettre de telles blessures. J'essayai de sourire tandis que je nettoyais le sang autour de sa bouche mais c'était difficile.

Nous arrivâmes à Chinatown. La rue indiquée par Balthazar était petite et bondée. Les devantures de magasin arboraient des idéogrammes chinois ; on se serait cru dans un autre pays.

Lucas se gara en double file.

— Ça va aller ? demanda-t-il.

— Peut-être que Bianca peut m'accompagner ?

— Oui, c'est une bonne idée, dis-je.

Je ne voulais pas prendre le risque qu'il s'évanouisse en chemin, soit transporté à l'hôpital et déclaré mort.

— Je reviens tout de suite.

— Je vais faire le tour du pâté de maisons. Bonne chance, Balthazar.

— Merci. Sincèrement.

Je sortis et assistai Balthazar qui posa son bras musclé sur mon épaule. Il tenait à peine debout. Sitôt les portières du van fermées, Lucas s'éloigna. Quelques personnes dans la foule se retournèrent en voyant le corps traumatisé de Balthazar mais personne ne dit rien. Typiquement new-yorkais.

— Viens avec moi, lança Balthazar.

— Bien sûr que je viens avec toi. On va trouver le magasin, je pense que ça doit être par là...

— Non, je veux dire : ne rejoins pas Lucas. Je peux te protéger.

— Balthazar, commençai-je, un peu choquée. On en a déjà parlé. Tu sais ce que je ressens.

— Oublie tes sentiments, c'est ta vie qui est en jeu. Tu as vu ce dont la Croix noire est capable. Bianca, s'ils découvraient la vérité... Si un dixième de ce qui m'est arrivé devait t'arriver à toi...

— Ça ne sera pas le cas. Lucas et moi allons bientôt partir. Je te le promets.

Sans être convaincu pour autant, Balthazar hocha la tête.

Quand nous entrâmes dans le magasin, une femme âgée derrière le comptoir se mit à crier en chinois. Je crus d'abord qu'elle demandait à ce qu'on appelle les secours, mais ensuite un homme encore plus âgé, presque entièrement chauve, émergea de l'arrière-boutique. Apercevant Balthazar, il se précipita vers nous. Même si je ne compris rien à ses paroles – et à la réponse de Balthazar, aussi en chinois –, je vis que l'homme était inquiet.

— Vous êtes amis, remarquai-je.

— Depuis 1964.

Il me caressa la joue.

— S'il te plaît, fais attention.

— Promis. Balthazar, si on ne se revoit pas...

— T'inquiète. Je sais.

Il se pencha en avant, comme pour m'embrasser, puis grimaça. Le moindre mouvement était douloureux. J'attrapai sa main la moins abîmée et y déposai un baiser. Puis je le quittai et m'engouffrai dans la clameur des rues de Chinatown, afin de retrouver Lucas et plonger de nouveau dans la gueule du loup.

Chapitre dix

— Je peux te poser une question d'ordre personnel ? me demanda Raquel.

Je la regardai avec lassitude. Nous patrouillions avec Milos et Dana dans la zone de Grand Central, au milieu d'une foule compacte. La gare était magnifique, même avec cette quantité de boutiques : du marbre blanc, une vieille horloge, et un superbe plafond céruléen incrusté d'étoiles peintes en or. Malgré tout, ce n'était pas le meilleur endroit pour un tête-à-tête ; pourquoi Raquel avait-elle attendu jusqu'à maintenant ?

— Bien sûr, répondis-je néanmoins.

— Toi et Balthazar… Vous étiez proches…

— Je n'ai jamais été amoureuse de lui, si c'est ça que tu veux dire.

— Mais ce qu'a dit Lucas, il y a deux jours, quand il…

Raquel cherchait visiblement à décrire ce qui s'était passé sans prononcer le mot « meurtre ». Elle reprit :

— Il a affirmé que Balthazar avait essayé de te forcer

à coucher avec lui. Je croyais que vous étiez... Disons que je ne pensais pas qu'il ait eu à te forcer.

Raquel était en effet la seule personne capable de remettre en question le mensonge que Lucas et moi avions fabriqué. Un jour, j'espérais bien pouvoir lui raconter la vérité, mais pas maintenant.

— Lucas s'est mis en colère. Il a mal interprété certaines choses que j'ai pu lui dire et a pété un câble. Tu connais son sale caractère.

— Ah, ok.

Un agent de sécurité nous adressa un regard méfiant. En général, ils n'aimaient pas les adolescents qui traînent. Comme je me voyais mal lui expliquer que nous étions certes des adolescentes, mais que nous traînions car nous traquions des vampires, je me tournai vers Raquel.

— Viens, dis-je. Allons faire un tour.

Elle insista :

— Je sais que ce ne sont pas mes oignons, mais... Est-ce que tu as couché avec Balthazar ?

— Non.

Comme elle ne semblait pas me croire, j'ajoutai :

— Un jour, on a failli. Seulement on a été interrompus. Tu te souviens de cet incident avec le fantôme dans la salle vidéo ?

— Ouais. Quand on y pense, tu l'as échappé belle. Parce qu'une relation sexuelle avec un vampire... Berk !

Raquel observait scrupuleusement les gens, toujours aux aguets. Elle était douée.

— On aurait presque pu croire que les spectres essayaient de t'aider.

Je me souvins du halo glacial bleu-vert qui régnait dans la pièce ce soir-là, quand les spectres avaient tenté de me tuer afin que je devienne un des leurs.

— Oui, presque, conclus-je.

Nous empruntâmes une contre-allée un peu plus à l'écart du monde. Des passagers en transit arpentaient les couloirs dans tous les sens, certains pressés, d'autres plus rêveurs, leurs iPod à l'oreille. Tout me paraissait normal.

— C'est curieux que tu n'aies rien remarqué, poursuivit Raquel.

— Comment ça ?

— Que Balthazar était un vampire. Tu n'as jamais constaté que son cœur ne battait pas ? Ou que la température de son corps était basse ?

Ses questions me prirent légèrement au dépourvu.

— Euh… Eh bien, c'est-à-dire que… Ça ne m'a pas traversé l'esprit. La plupart des filles ne se disent pas : « Tiens, faut que je vérifie si le gars avec qui je sors est bien vivant », si ?

— Oui, peut-être.

Je sentis qu'elle voulait poursuivre mais quelque chose retint alors son attention. Elle tendit le doigt.

— Regarde. Le type avec la parka.

Je compris tout de suite. Les vampires, qui souvent avaient froid là où les humains avaient chaud, portaient parfois des vêtements d'hiver en été. C'était un des indices les plus faciles à repérer. (Mes parents mettaient tout simplement plusieurs couches de vêtements.) Et en effet, un type devant nous avec une grosse doudoune blanche traversait la gare, se dirigeant dans le sens opposé à la plupart des gens.

— Il est peut-être juste bizarre.

— C'est possible, on est à New York, après tout.

Mais il s'agissait d'un vampire, j'en étais certaine – sans doute à cause de ce sixième sens que Balthazar m'avait dit que j'acquerrais avec le temps. Le type avec la parka blanche et les dreadlocks auburn était un vampire.

Mon cœur s'arrêta de battre. Depuis que j'étais à la Croix noire, je redoutais cet instant. La chasse aux vampires allait commencer, et il fallait que je trouve un moyen de sauver celui-là si je ne voulais pas devenir une meurtrière.

La meilleure solution aurait été de convaincre Raquel qu'il s'agissait d'un humain lambda. Malheureusement, il était trop tard. Elle ne le quittait pas des yeux.

— Regarde comme il est pâle, s'écria-t-elle, l'air fébrile. Et il a ce... je ne saurais pas le décrire, mais quand je l'imagine à Evernight, je vois tout de suite qu'il s'intégrerait parfaitement.

— En es-tu sûre ?

— Oui.

Elle accéléra le pas afin de ne pas le lâcher.

— Enfin, on en a un.

« Et zut ! » soupirai-je intérieurement.

— Tu crois qu'il faut qu'on aille chercher Milos et

Dana ? demanda-t-elle, une pointe d'excitation dans la voix.

Si deux chasseurs expérimentés se joignaient à nous, j'aurais vraiment beaucoup de mal à protéger ce type.

— On peut se débrouiller seules, non ?

Le vampire aux dreadlocks se faufila dans le couloir en marbre qui menait à l'extérieur de la gare. Il faisait encore jour mais il pleuvait à présent. Comme nous n'avions pas de parapluie, nous longeâmes le bâtiment. Heureusement, le vampire eut la même idée.

— Il tourne à l'angle, murmura-t-elle.

— Je le vois.

Nous suivîmes le vampire sur quelques pâtés de maisons. Les trottoirs étaient congestionnés, les klaxons des taxis assourdissants et les possibilités de fuite innombrables. Le vampire pouvait nous échapper à chaque seconde.

« Qu'est-ce que je vais faire ? » me demandai-je.

Le vampire prit une rue perpendiculaire à la nôtre puis s'engouffra dans un bâtiment dont la porte d'entrée était difficile à voir, cachée entre deux devantures de magasins.

Raquel sortit son téléphone portable.

— J'appelle Dana, annonça-t-elle.

— Non, ne fais pas ça.

— Bianca, t'es cinglée ? C'est un vampire ! Et ce bâtiment abrite sûrement un repaire de vampires ! On a besoin de renforts.

— Oui, mais on ne sait pas ce qu'il se passe vraiment là-dedans.

Mon argument était pauvre et Raquel ne daigna même pas répondre. Alors qu'elle approchait le combiné de son oreille, je m'avançai vers la porte et collai mon nez à la vitre. Dans l'entrée de l'immeuble se trouvaient plusieurs interphones avec des noms.

Tout à coup, une jeune femme horriblement maigre et à peine plus âgée que moi sortit. Elle me sourit et me tint la porte. Elle devait penser que j'habitais là. Je pus pénétrer à l'intérieur sans même éveiller les soupçons du gardien qui n'avait pas levé le nez de son magazine.

— Qu'est-ce que tu fais ? me demanda Raquel, restée de l'autre côté.

— Je vais faire un tour, ok ?

— Sérieux, Bianca, faut qu'on attende les autres.

Sans l'écouter, je me dirigeai vers l'ascenseur. Les numéros des étages étaient inscrits au-dessus dans un joli cadre doré. Grâce à mon ouïe hyper-développée, je pourrais peut-être retrouver le vampire.

Ensuite, j'entendis un murmure :

— Toi, là.

Je tournai la tête. Dans un cagibi au bout du couloir, près d'une porte dérobée, se tenait le vampire. Il était légèrement penché en avant, comme s'il allait bondir ; il me fixait de ses yeux bleus perçants.

— Tu es comme nous, observa-t-il, et son accent me fit penser qu'il était australien. Alors qu'est-ce que tu fais avec la Croix noire ?

Au moins, il nous avait repérées.

— C'est une très longue histoire, répondis-je fébrilement. Ils ne vont pas te lâcher. Il faut que tu partes, vite.

Il haussa les épaules.

— Je viens tout juste de dégotter cet appart. Tu sais à quel point c'est dur de trouver un logement dans l'East Side ?

— Ne pars pas définitivement ! Quelques jours seulement. Ils s'imaginent que nous n'avons pas de maisons ou d'amis, donc ils ne reviennent jamais sur les lieux où ils ont déjà croisé des vampires.

L'amertume dans ma voix me surprit. Je pensais avoir accepté ma situation, du moins pour le moment ; manifestement, j'étais pleine de rancœur vis-à-vis de la Croix noire.

— Ben voyons, j'ai qu'à aller à la plage, en attendant, dit-il d'une voix railleuse.

Pourquoi se moquait-il de moi alors que j'essayais de lui sauver la vie ? Ensuite, il sourit, ce qui ajouta à ma confusion.

— Tu es née comme ça ?

— Oui, répondis-je, souriant à mon tour.

— Moi, c'est Shepherd. Est-ce qu'on a cinq minutes ? J'aimerais prendre quelques affaires avant de m'enfuir.

— Peut-être. Ils ne te trouveront pas tout de suite, même s'ils ont des moyens…

— On fera vite, interrompit-il. Tu m'accompagnes ?

Nous prîmes l'ascenseur jusqu'au neuvième étage. Pendant le trajet, j'avais du mal à respirer. Je craignais que Raquel n'appelle ou que des chasseurs de la Croix noire ne soient déjà là. Mais il n'y eut aucun incident.

— Il faut que tu te dépêches, dis-je à Shepherd alors qu'il ouvrait la porte. Quelques vêtements, de l'argent, tes papiers.

— T'en fais pas, j'ai bien compris.

J'entrai dans l'appartement, prête à l'aider à rassembler ses affaires – et je tombai sur Charity. Je me tournai vers Shepherd, écœurée par ma propre naïveté.

— J'essayais de te rendre service !

— Sache que l'ennemi de ton ennemi n'est pas nécessairement ton ami, ricana-t-il.

Elle était assise jambes croisées sur un canapé en cuir blanc, fumant une cigarette de manière ostentatoire.

— C'est bien elle ? lui demanda Shepherd. Celle que tu as cru voir l'autre jour ?

— Oui, répondit Charity d'une voix douce. C'est elle.

Puis elle enchaîna :

— Ne t'en va pas, implora-t-elle une demi-seconde avant que je décampe. Nous avons tant de choses à discuter. Ce que l'on ne peut pas faire si on te court après.

Rester était risqué, mais m'enfuir serait sans doute encore plus dangereux. Charity et son ami n'hésiteraient pas à me poursuivre ; ici, j'avais des chances d'être en sécurité : Charity n'avait jamais cherché à me faire du mal.

— Alors comme ça, tu es à New York, déclarai-je.

— Mon frère a disparu. Il a suivi Mrs Bethany dans

l'une de ses missions idiotes. Je crois qu'il espérait te retrouver.

J'observai quelques secondes l'appartement. Personne n'y avait fait le ménage depuis plusieurs jours. La moquette épaisse était couverte d'empreintes de chaussures et de mégots de cigarettes. Dans un coin, on voyait des traces de sang. Une énorme télé pendait légèrement de travers sur un mur, comme si on l'avait heurtée. Une odeur aigre flottait dans l'air et je compris qu'un humain était mort ici peu auparavant.

Charity avait piètre allure. Elle avait les cheveux sales, le teint blafard. Elle portait une nuisette en soie lavande élimée et tachée qui ne faisait qu'accentuer son jeune âge. Elle était morte à 14 ans seulement.

— Balthazar va bien, répondis-je d'une voix que j'espérais maîtrisée.

— Tu en es sûre ? Sûre et certaine ?

Elle bondit du canapé, le visage plein d'espoir. J'avais beau savoir que cette fille était une dangereuse psychopathe, j'avais parfois encore envie de la protéger. Elle me semblait si fragile…

Balthazar aurait souhaité que je la rassure.

— Oui. Je l'ai vu il y a deux jours à peine, lui répondis-je. Il a été blessé mais il va mieux. Il est en sécurité.

— Il y a deux jours !

Elle soupira de soulagement. Puis elle approcha son visage du mien. Je crus qu'elle allait m'embrasser – ce que j'aurais déjà trouvé bizarre. Mais elle prit une grande respiration, ce que je trouvai encore plus bizarre.

— Oui, tu l'as vu. Je sens son odeur sur toi.

— Ok…

Sa réflexion me mit mal à l'aise.

— Où est-il ?

Je secouai la tête.

— Si Balthazar voulait te voir, il serait déjà parti à ta recherche. Blessé ou pas. Charity, il faut que tu le laisses tranquille.

— Tu ne vas pas me dire où il est ?

— L'hiver dernier, tu voulais qu'il t'oublie. Qu'est-ce qui a changé ?

— Je ne m'étais pas rendu compte à quel point il avait sombré répondit-elle – ce qui, de sa part, était particulièrement ironique. Ni à quel point il était devenu hypocrite. Avant, il admettait être un tueur. Il reconnaissait m'avoir tuée. Dis-moi où il est, Bianca. J'aimerais le lui rappeler.

Pouvais-je m'enfuir avant qu'elle ne me rattrape ? J'en doutais. En revanche, ne me voyant pas revenir, Raquel irait certainement chercher de l'aide. La meilleure chose à faire restait de gagner du temps.

— Je suis désolée, Charity. Ce n'est pas possible.

— Tu es une tueuse de vampires, maintenant ? demanda-t-elle en désignant le pieu accroché à ma ceinture.

J'avais la main posée dessus, manifestation évidente mais inconsciente de mon instinct de survie.

— Tu appartiens à la Croix noire ? Comme ton cher Lucas ? Balthazar n'est pas le seul à avoir perdu la raison.

Elle fit un pas en avant. Je reculai. Étirant son bras squelettique, elle ferma la porte de l'appartement. Du fait de sa silhouette fragile, qu'elle soit aussi grande – à peine plus petite que son frère – me surprenait toujours. Mais je craignais avant tout sa cruauté.

« Il faut que je la distraie », pensai-je.

— Mrs Bethany est folle de rage, dis-je.

— J'imagine ! s'écria-t-elle. C'est dommage, j'aurais adoré voir ça, surtout la façon dont son nez se fronce quand elle est en colère.

Elle imita alors si bien Mrs Bethany que, malgré mon stress, je faillis esquisser un sourire. Mais je savais que Charity espérait seulement que je baisse la garde.

— Mrs Bethany a des dizaines de vampires à sa suite. Des centaines, même.

J'avais dit ça par provocation. Voyant son regard s'assombrir, je compris que j'avais visé juste.

— Il faut empêcher ça, me murmura-t-elle à l'oreille. Les tribus ne doivent pas s'unir derrière Mrs Bethany. C'est important.

— Tu peux me dire pourquoi ?

— Oui, répondit-elle avec un grand sourire. Dès que tu m'auras dit où est mon frère. Ce que tu ne vas pas manquer de faire.

S'élançant à toute vitesse, Shepherd me sauta dessus. Je pus l'éviter de justesse et je trébuchai contre le mur. Alors qu'il revenait à la charge, mon entraînement intensif à la Croix noire me revint – esquiver, attraper son bras, le faire pivoter et le repousser. Shepherd alla violemment percuter la porte.

Un instant, j'eus l'impression d'être un super-héros. Du moins jusqu'à ce que Charity m'immobilise par-derrière.

— Laisse-moi ! m'écriai-je. Les renforts vont arriver !

— Ce sera trop tard.

Elle me jeta sur la moquette.

Un sentiment de panique m'envahit, au point que j'étais incapable de réagir. Puis, tout à coup, la vitre explosa. Alors que je m'efforçais d'éviter les morceaux de verre, j'entendis Shepherd hurler de douleur. Il tomba, atterrissant sur moi. Il avait un carreau dans le dos.

« Une arbalète ! Quelqu'un a tiré à travers la fenêtre ! »

Charity pesta, se précipita vers Shepherd et lui retira la flèche. Heureusement qu'elle avait d'autres priorités parce que j'étais encore à sa merci.

— On se reverra, siffla-t-elle tout en aidant Shepherd à se lever. Allez, on se tire !

Ils s'éclipsèrent, et je restai seule un moment. J'avais du mal à penser. Ensuite, j'entendis Dana crier :

— Où est Bianca ?

— Dana ! lançai-je.

Je me relevai, difficilement. J'avais les jambes en compote.

— Dana, je vais bien !

Pas de réponse. Dans le couloir, on se battait. Je perçus de l'agitation, des cris, des pas.

Passant la tête dans l'encadrement de la porte, je jetai un œil dehors. Charity avait disparu. Shepherd et Dana s'affrontaient seuls près de l'issue de secours. Celle-ci semblait s'en sortir plutôt bien. Observant le visage de Shepherd, je vis qu'il avait sorti ses crocs et s'apprêtait à mordre.

— Attention ! criai-je.

Dana se déroba puis donna un coup de poing à Shepherd, qui passa à travers la porte et s'écroula dans l'escalier. On l'entendit rouler le long des marches.

— Viens ! ordonna-t-elle. Faut qu'on le rattrape !

Je me mis à courir, aussi vite que mes jambes me le permettaient. Malheureusement, quand nous arrivâmes dans la rue, Shepherd s'était volatilisé.

Nous quittâmes le bâtiment, marchant sous la pluie. Être mouillée m'indifférait, je voulais surtout ne plus jamais remettre les pieds dans cet immeuble. Raquel s'illumina quand elle nous vit arriver.

— Dieu merci, vous n'avez rien !

— Tu l'as vu ? demanda Dana. Le rasta ?

— Non, personne n'est passé par ici. Peut-être que Milos l'a aperçu.

Raquel leva les yeux. Suivant son regard, j'aperçus sur le toit d'en face une silhouette avec une arbalète. Milos, l'un des meilleurs tueurs de vampires. C'était lui qui m'avait sauvé la vie.

— Tu trembles, constata Dana en posant la main sur mon épaule. Est-ce que ça va ?

Je secouai la tête. Elle me prit dans ses bras, et Raquel fit de même. Leur soulagement était manifeste.

Dana et Raquel étaient mes amies. Elles étaient aussi des chasseurs de vampires et avaient laissé Balthazar se faire torturer sans rien dire. J'étais tellement en colère contre elles que j'en aurais hurlé, et je les aimais tellement que c'en était douloureux. Elles avaient tort de pourchasser les vampires ; en même temps, le vampire que j'avais essayé de sauver m'avait trahie. Tout ça n'avait aucun sens. Il fallait simplement que j'apprenne à vivre avec.

Je les serrai à mon tour contre moi. À partir de maintenant, plus rien n'avait d'importance.

Le lendemain, on me dispensa de patrouille, ce que j'appréciai. Mais Eliza prolongea sa bienveillance à mon égard en excusant aussi Lucas. Nous avions une journée de libre. Enfin, pas tout à fait puisque nous étions chargés de fouiller les décombres de notre ancien QG. D'autres nous rejoindraient peut-être plus tard, en attendant, la tâche nous incombait. Du moment que j'étais avec Lucas, ça m'était égal.

— Tu es sûre que ça va ? demanda-t-il pour la énième fois.

Nous étions au milieu des débris, près d'une ancienne rame de métro. Et couverts de poussière de la tête aux pieds.

— Oui, je vais bien. Charity m'a fait peur. C'est tout.

— Elle veut te transformer, poursuivit Lucas. On dirait qu'elle a l'intention de te traquer.

— Je ne risque rien tant que j'ai mon garde du corps avec moi, plaisantai-je en enfonçant mon index dans son bras.

Lucas avait enlevé son t-shirt. Il faisait une chaleur à mourir à l'intérieur des tunnels, et tellement humide que je dégoulinais de sueur en permanence.

Il m'embrassa, d'une manière à la fois empressée et charmeuse qui, dans d'autres circonstances, m'aurait poussée à me jeter sur lui.

— Il faut vraiment qu'on trouve le moyen d'être ensemble.

— Bientôt, on sera tout seuls, tout le temps, dis-je en effleurant son torse.

Puis, timidement, j'ajoutai :

— J'ai hâte.

Il scruta mon visage, l'air à la fois curieux et impatient. D'une voix délicieusement enrouée, il dit :

— Quand tu seras prête... Tu sais que je ne te forcerai pas.

Je l'embrassai à mon tour, presque étourdie de désir à présent.

— Je veux être avec toi. Entièrement.

Lucas se pencha vers moi mais s'interrompit. J'avais vraiment la tête qui tournait, et ce n'était pas uniquement à cause de notre conversation. Posant les mains sur mes épaules, il me fit m'asseoir.

— Tu es pâle. Bianca, tu es sûre que ça va ?

— Il fait très chaud, ici, admis-je. Et j'ai un peu faim.

— On peut s'arrêter quand tu veux. C'est pas comme si ça allait changer quoi que ce soit, on en a pour des mois à fouiller les décombres.

— J'aimerais retrouver certaines choses.

Je repoussai une mèche de mon front et observai Lucas. J'étais bien trop consciente des battements de son cœur et du sang coulant dans ses veines.

— Je crois qu'il faut que je mange un peu, avouai-je.

— Tu as besoin de sang ?

— Oui.

— Je vais t'en trouver.

— Pas le tien, insistai-je.

Il secoua la tête.

— Il y a un hôpital pas trop loin d'ici. Je vais aller voir à la banque de sang. Je te rapporterai de l'eau aussi.

— Super.

Après son départ, je restai assise un long moment, essayant de me rassurer. Si je ne me sentais pas bien, c'était à cause de la chaleur, de l'effort, de mon aventure d'hier. J'avais seulement besoin de sang, n'est-ce pas ? Pourtant, ma faiblesse me semblait plus profonde, comme si j'avais de la fièvre. Tombant rarement malade, j'avais du mal à reconnaître les signes avant-coureurs mais, selon toute probabilité, je couvais un rhume.

Soupirant, je me redressai. Autant travailler un peu, de toute façon, j'allais être dans cet état toute la journée.

Je pénétrai dans la vieille rame de métro qui avait abrité ma couchette et allumai ma lampe torche. Le sol était recouvert de gravats et de débris de verre. J'aperçus un morceau du dessin de Raquel accroché au mur, ce qui me fit sourire.

Au bout de quelques minutes passées à déplacer des cailloux, je touchai un morceau de tissu que je tentai de saisir. Tirant de toutes mes forces, je sortis mon sac des décombres. Mes habits seraient sûrement abîmés, mais peut-être que non…

Fantastique ! J'avais retrouvé la broche que Lucas m'avait offerte au début de notre relation. Elle ne semblait pas trop avoir souffert. Ravie, je l'accrochai à mon t-shirt mais il était de trop mauvaise qualité et je ne réussis qu'à le trouer. Je fixai alors la broche à la ceinture de mon jean.

— Bianca ? interrogea Lucas qui revenait, deux sacs en papier dans les mains.

— Regarde ce que j'ai trouvé ! dis-je en m'élançant vers lui. Elle est comme au premier jour.

— C'est quand même incroyable que tu aies réussi à conserver cette broche malgré tout, reconnut-il.

— Elle ne me quittera jamais, affirmai-je.

Lucas souleva l'un des sacs en papier :

— Eau, annonça-t-il.

Puis il me tendit l'autre :

— Pas de l'eau.

Il arrivait même à plaisanter sur ce sujet. Souriant, j'ouvris le sac et sortis une poche de sang, toute fraîche. D'habitude, je préférais le sang à température du corps, mais par une journée comme aujourd'hui, un peu de fraîcheur me ferait du bien.

— Mince, soupira Lucas en plissant le front. Je n'ai pas pensé à te prendre une paille.

— Je peux le déchirer avec mes crocs.

Puis je me ravisai :

— Ou bien faire une entaille avec ton couteau.

— Pourquoi ne veux-tu pas sortir tes crocs ?

— Ça ne te dérange pas de me voir comme ça ?

— Disons qu'en général je suis allongé sous toi et traversé par des sensations plutôt agréables, alors non, ça ne me dérange pas.

Il me défiait presque.

— Ok, répondis-je, comblée.

Comme je tenais une poche de sang, ce ne fut pas difficile de succomber à la tentation – déjà je sentais cette douleur familière dans ma mâchoire tandis que mes canines s'allongeaient. Par réflexe, je posai ma main sur ma bouche puis la rabaissai.

— Voilà, dis-je, quelque peu gênée.

Il sourit, et je me sentis invincible.

— Allez, vas-y, m'encouragea-t-il.

Je mordis dans le sac, avalant goulument la première gorgée de sang. Lucas n'avait pu dérober qu'une seule poche, alors je pris mon temps. Fermant les yeux afin de mieux savourer le délicieux breuvage, je…

— Bianca !

C'était la voix de Raquel.

Lucas et moi fîmes volte-face. Devant nous se tenaient Dana et Raquel. Eliza nous avait dit que d'autres personnes viendraient nous rejoindre, mais elles étaient en avance. Elles étaient ici, maintenant.

Et elles m'avaient vue boire du sang.

Chapitre onze

— Attendez, commençai-je. Je peux tout vous expliquer...

Raquel et Dana ne partirent pas en courant, mais elles ne semblaient pas non plus prêtes à m'écouter. Elles me dévisageaient, transies de terreur.

La poche de sang tomba, éclaboussant le sol. J'avais envie de disparaître. Mes canines se rétractèrent.

Pourquoi ne les avais-je pas entendues ? Mes sens hyper-développés auraient dû me prévenir. Mais je ne me sentais pas très bien, et Lucas m'avait distraite – et voilà le résultat.

Pendant ce qui me parut être une éternité, nous nous observâmes, sans bouger, sans presque respirer. Lisant dans les yeux de Raquel toute l'horreur de la situation, j'eus envie de pleurer ; je me retins.

Dana brisa le silence.

— Vous feriez mieux de nous expliquer. Et vite.

— Non, dit Raquel.

— Je sais ce que tu ressens, poursuivit Dana en se tournant vers elle. Crois-moi, je le sais. Mais autant entendre ce qu'ils ont à dire.

— S'il te plaît, commençai-je, alors que Raquel baissait la tête.

Lucas me regarda. Il parviendrait certainement mieux à convaincre Dana que je n'y arriverais avec Raquel.

— Vous voulez la version longue ou la version courte ? demanda-t-il.

— Les deux, répondit Dana. Et avec les bonus, aussi.

— Bianca est fille de vampires, expliqua Lucas.

Voyant Dana froncer les sourcils, il ajouta :

— Oui, je sais. En fait, les vampires peuvent avoir des enfants. Ça n'arrive pas souvent, mais ça arrive. Petite, elle pensait qu'elle deviendrait un jour un vampire, parce que c'est l'avenir que lui promettaient son père et sa mère et qu'à cet âge-là on prend ce que disent les parents pour argent comptant. Ensuite, elle est allée à Evernight, et on s'est rencontrés, et elle a pris conscience de ce dont étaient vraiment capables les vampires. Alors elle est partie et a rejoint la Croix noire pour être avec moi. Elle n'est pas un vampire à part entière, et ne le sera jamais.

Il avait omis certaines vérités, mais je ne comptais pas m'y attarder plus que lui pour le moment. Je trouvais qu'il s'en était bien sorti.

Dana le pensait-elle aussi ? Aucune idée. Elle se tenait parfaitement immobile, la main sur le pieu accroché à sa ceinture.

— C'est drôle, en la voyant boire du sang, j'ai pensé que c'était un vampire.

— J'ai besoin de sang tout comme j'ai besoin de nourriture plus classique. Je suis à moitié vampire. Je n'y peux rien.

— C'est quoi, la différence ? demanda Dana. Parce que s'ils ont tous des crocs et boivent du sang, ça revient au même.

Prudemment, je m'avançai. Raquel recula, ce qui me fit l'effet d'une gifle. Néanmoins, je poursuivis, lentement, rassurée par la présence de Lucas derrière moi.

— La différence, c'est que je suis vivante, dis-je. Tu peux prendre mon pouls, si tu veux vérifier. Je t'en prie.

Morte de peur, je tendis le bras.

Dana m'attrapa le poignet d'un geste léger. Sentirait-elle à quel point j'étais terrorisée ?

Elle leva les yeux vers Lucas.

— Depuis quand es-tu au courant ?

— Depuis le milieu de mon année à Evernight. J'ai découvert la vérité un peu comme vous.

Il posa la main dans mon dos afin de me réconforter.

— Ensuite, Bianca m'a tout raconté. Je me suis rendu compte que ça m'était égal qu'elle soit un vampire. C'est elle que j'aimais.

— On dirait que tu l'as bien embobiné, celui-là, fit remarquer Dana en me toisant.

Était-elle en train de plaisanter ? Je n'osai l'espérer.

— Je ne sais pas, tentai-je. Tu le connais, il est têtu.

— Dana, intervint Lucas, sérieux. Qu'est-ce que tu comptes faire ?

— Franchement, je n'en sais rien. Je vous crois, mais il est évident qu'avoir un vampire parmi nous, alors que nous savons ce que nous savons, ne me paraît pas être une bonne idée. Je me fiche que Bianca ne soit pas un vampire à part entière, elle n'a rien à faire avec la Croix noire.

Là-dessus, on était tous parfaitement d'accord.

— Nous n'avons pas l'intention de rester, répondis-je.

— Ouais, et vous attendiez le bon moment pour partir, c'est ça ?

Lucas s'approcha d'elle.

— On sera partis dans quelques semaines, promit-il. Si tu ne penses pas pouvoir garder le secret jusque-là, dis-le-nous maintenant, et Bianca et moi on disparaît dans l'instant. C'est à toi de voir.

— Tu es bien décidé à t'en aller ? À abandonner notre mission ?

Elle paraissait déçue ; non, pire, elle paraissait effondrée. Lucas était son meilleur ami, depuis presque toujours. Le perdre et découvrir qu'il lui cachait un secret aussi énorme, et depuis si longtemps, l'avait profondément affectée.

— Je pensais que c'était ta vie. Que tu étais dévoué à la cause.

— C'est plus compliqué que ce que je croyais. Ils ne sont pas tous méchants, Dana.

Il lui adressa un sourire maladroit qui me brisa le cœur.

— Et puis, je l'aime. Elle a besoin de moi. C'est vite vu.

— Il faut que je réfléchisse, déclara Dana.

Elle se mit à faire les cent pas dans le tunnel, évitant du mieux possible les gravats. Il ne restait plus que Raquel, qui n'avait encore rien dit.

— Raquel ? hasardai-je.

Pas de réponse.

— Je sais que tu es en colère. Je ne t'en veux pas. Mais tu peux comprendre que j'aie choisi de garder ça pour moi, non ?

Elle hocha lentement la tête.

— Vraiment ?

C'était au moins déjà ça.

— Je suis toujours la même.

— Tant mieux, murmura-t-elle.

Je me détendis. Peut-être que tout irait bien.

Lucas me prit la main et je la lui serrai avec vigueur. Allait-on devoir partir en courant ? Vu les circonstances, ce serait difficile, d'autant plus que je me sentais toujours aussi faible.

— Quelques semaines, dis-tu ? reprit Dana en s'arrêtant de marcher. Pourquoi attendre ?

— Eduardo a pris l'argent que j'avais mis de côté, expliqua Lucas. Il me faut du temps pour économiser de nouveau.

— Logique, lança-t-elle, la mine renfrognée.

— Écoute, Dana, crache le morceau à la fin, poursuivit Lucas, presque en colère. Que vas-tu dire aux autres ?

— Rien.

— Ne me mens pas.

— Je viens de te le dire : je ne dirai rien.

Elle me paraissait sincère.

— On ferait mieux de rentrer, conclut-elle.

— Ils voudront savoir pourquoi on a arrêté de fouiller les décombres, observai-je, n'osant croire que la crise était passée.

— Et on leur dira qu'il fait trop chaud ! Je crois qu'on a eu assez d'émotions pour la journée.

Elle se dirigea vers la sortie puis se retourna.

— Allez, on y va.

Il n'y avait rien d'autre à faire que de la suivre et se fier à sa parole. Le retour se fit dans un silence pesant.

Je passai la soirée dans un état de stress avancé.

Pendant le dîner, Lucas et moi étions assis l'un à côté de l'autre et nous évitions de regarder Dana et Raquel. Nous mangions du riz blanc pour la dixième fois consécutive et chaque grain me restait coincé en travers de la gorge. Raquel et Dana nous ignoraient. D'ailleurs, elles nous ignoraient tant que je craignais que les autres le remarquent.

Mais les chasseurs avaient d'autres préoccupations.

— Pour sa propre sécurité, il faut que Lucas change de cellule régulièrement, déclara Eliza. Ou du moins jusqu'à ce qu'on ait neutralisé Mrs Bethany.

« Bon courage ! », pensai-je. Les meilleurs éléments de la Croix noire avaient tenté de faire tomber

Mrs Bethany à trois reprises ces derniers mois. Elle en avait tué une bonne dizaine sans même une égratignure.

Kate ne mangeait pas depuis la mort d'Eduardo. Elle se contentait de tracer des sillons dans son assiette avec sa fourchette.

— Es-tu en train de me dire que je ne peux pas garder mon fils auprès de moi ?

Eliza ne se démonta pas.

— Je pense que tu devrais dissoudre ta cellule.

— Je suis avec ce groupe depuis longtemps, intervint Dana.

C'était la première fois de la soirée qu'elle prenait la parole. Je tressaillis.

— Depuis presque toujours. Lucas aussi.

— Cette cellule aurait dû être plus dynamique, continua Eliza. Vous le savez.

— Oui, soupira Kate. Je le sais.

Elle reposa sa fourchette.

Lucas se crispa, un nœud se formant au niveau de ses épaules. Malgré les velléités d'indépendance dont il avait fait preuve, la vie avec la Croix noire était la seule qu'il connaissait, et ce groupe était son unique famille. En cet instant, il devait se sentir seul, perdu. Parfois, en dépit de tout, je me rendais compte qu'Evernight me manquait. Au moins, là-bas, j'avais eu un toit au-dessus de la tête, de la bonne nourriture et des parents attentifs.

Ici, j'avais peur en permanence et mes meilleures amies risquaient de me trahir d'une seconde à l'autre.

Je levai les yeux, espérant croiser le regard de Raquel, mais elle observait Dana. L'expression sur son visage était insondable.

— Sois patiente, murmura Lucas alors que nous nous couchions.

Il se mit sur le côté et m'attira contre lui. Je n'avais jamais été aussi heureuse de le sentir si près de moi.

— Je pense que ça va aller.

— Mais Dana…

Dana avait grandi au sein de la Croix noire. Elle n'avait pas réagi quand Balthazar avait été capturé. Réussirait-elle à faire la part des choses ?

— Chut, susurra-t-il.

On aurait pu croire qu'il me réconfortait mais je savais qu'il m'avertissait. À présent, n'importe qui pourrait nous entendre.

Les lumières s'éteignirent. Lucas s'endormit rapidement, à en juger par sa lente respiration régulière et le poids soudain de ses bras autour de ma taille.

« Tu vois, Lucas ne s'inquiète pas. Il pense que tout va bien », me dis-je.

Non, c'est un soldat. Il sait tirer parti des rares moments dont il dispose pour se reposer. Ça n'a rien à voir.

Ok. Je vais faire comme lui. »

Je fermai les yeux, acceptant de laisser la fatigue prendre le dessus. Mes paupières, ma tête, mes membres, tout me paraissait lourd.

L'obscurité m'enveloppa, et je sombrai dans le sommeil.

— Debout.

Le faisceau de la lampe torche m'aveugla, me réveillant en sursaut. Lucas grogna et se redressa.

— Qu'est-ce qui se passe ?

— Debout, répéta Eliza d'un ton sec.

Je me levai. Plissant les yeux, j'aperçus des silhouettes dans la pièce. Les chasseurs nous encerclaient, l'arme à la main.

Dana leur avait parlé de moi.

Une crampe me tordit l'estomac si violemment que j'eus envie de vomir. Les battements de mon cœur s'accélérèrent, étouffant les bruits alentour. Je ne cessais de penser : « Reviens en arrière, reviens en arrière », comme si j'avais pu arrêter le temps et échapper à la suite. Il devait bien y avoir une solution ; pourtant, je ne voyais pas laquelle.

Lucas me prit la main.

— De quoi s'agit-il ? demanda-t-il.

Même s'il avait sûrement aussi peur que moi, sa voix resta posée.

— Tu le sais très bien, répondit Eliza.

— Oui, je suppose.

Il inspira lentement tout en observant la pièce. Dana n'était pas là – la lâche – et elle avait visiblement emmené Raquel afin qu'elle ne puisse pas protester. Mais ce n'était pas elles que Lucas cherchait des yeux. C'était sa mère. Aucun signe de Kate. Était-elle au courant ? Probablement pas. Eliza avait dû trouver un prétexte pour l'éloigner. La seule personne qui aurait pu nous aider était malheureusement absente.

— Que va-t-il se passer, maintenant ?

— Maintenant, on va discuter au rez-de-chaussée.

Autrement dit, dans la pièce où Balthazar avait été torturé.

Je ne pouvais pas bouger. Ils allaient devoir me traîner jusque là-haut. Mais Lucas me serra la main et dit : « Allons-y, Bianca. Tous les deux. »

Sa force me donna l'énergie pour me lever.

— Est-ce que j'ai le temps de m'habiller ? demandai-je, la voix étonnamment calme.

Eliza haussa les épaules.

— Oui. Mais dépêchez-vous.

En jean et en t-shirt, nous grimpâmes les marches menant à la vieille gare. Il était tard – ou très tôt, selon le point de vue ; il faisait nuit noire. Le flot habituel de la circulation n'était plus qu'un murmure. Nous passâmes dehors brièvement, et je goûtai à un instant de liberté éphémère avant d'entrer dans le hangar. Le sol était maculé de sang.

Contrairement à ce que je craignais, ils ne nous attachèrent pas. Lucas et moi restâmes debout dans un coin. Les autres nous entourèrent. Quelqu'un alluma la lumière, révélant des visages furieux et des armes. Un frisson glacial me traversa.

— Qui est-elle ? demanda Eliza à Lucas.

— C'est la fille de deux vampires, ce qui arrive parfois…

— Laisse tomber. On connaît déjà la petite histoire. Ce que je veux, ce sont des informations : sa force, ses pouvoirs.

— Vous l'avez vue se battre et s'entraîner, répondit-il.

Il se tenait légèrement devant moi, comme pour me protéger.

— Si vous ne savez pas ce dont elle est capable, c'est de votre faute.

— C'est vraiment pas le moment de faire le malin, rétorqua Eliza.

Lucas haussa les épaules.

— Au point où on en est…

— Je te le fais pas dire, intervint un chasseur.

Ils regardaient tous Lucas. C'était à lui qu'ils parlaient, c'était de lui qu'ils voulaient une explication. Ils avaient beau être en colère, ils le considéraient encore comme un des leurs.

Moi, je n'étais plus qu'un vampire.

Eliza étreignit son pieu. Comptait-elle vraiment s'en servir ? J'étais vivante, si je prenais un coup de pieu dans le cœur, je mourrais. Je savais que personne dans cette pièce excepté Lucas ne s'en souciait. Et il y avait peu de chances qu'il puisse me défendre contre vingt guerriers armés de la Croix noire, si fort soit-il.

— Combien sont-ils ? demanda quelqu'un au fond. Ces… rejetons de vampires.

— Nous sommes très peu nombreux, bredouillai-je. Il en naît environ cinq par siècle, d'après ce qu'on m'a dit.

Un murmure d'hésitation parcourut la pièce. Ils avaient visiblement envie d'en savoir plus mais répugnaient à m'interroger directement – cela reviendrait à me traiter comme un être humain.

Du coup, ce serait plus difficile pour eux de me tuer.

J'étais terrorisée. J'avais les jambes qui tremblaient et beaucoup de mal à tenir debout. Seule la présence de Lucas m'empêchait de m'effondrer. J'eus une pensée désespérée pour mes parents, qui ignoraient tout de mon sort. Je voulais qu'ils viennent me sauver. Je voulais qu'ils me prennent dans leurs bras une dernière fois.

— Il faut qu'on en sache le plus possible, déclara Milos. Connaître leurs forces et leurs faiblesses.

Il brandit un pistolet à eau vert fluo et je tressaillis. Il était certainement plein d'eau bénite. Ils allaient me torturer. « Sois courageuse », pensai-je. Cela fonctionnerait-il avec moi ? Sûrement. Les terres consacrées et les croix m'avaient toujours posé problème.

Je ne détournai pas la tête, ne reculai pas. Il était hors de question de leur montrer que j'avais peur.

— Ne fais pas ça, intervint Lucas en avançant les deux mains. Vous pourriez au moins m'écouter, non ?

Milos appuya sur la détente ; Lucas s'interposa entre le jet d'eau bénite et moi. Je lui en fus reconnaissante, du moins jusqu'à ce que je me rende compte qu'il venait de commettre la plus grave erreur de sa vie.

L'eau l'éclaboussa et sa peau grésilla. Il hurla, brûlé à vif, comme l'aurait été un vampire.

— Qu'est-ce qui se passe ? demanda Milos.

Un vent d'incompréhension agita l'assemblée. J'étais presque aussi surprise qu'eux. Ensuite, je réalisai que Lucas avait entamé sa métamorphose dès la première fois où j'avais bu son sang. Désormais, il craignait autant que moi l'eau bénite. Il grimaça de douleur puis son visage prit un air horrifié. Nos regards se croisèrent et je vis qu'il avait saisi l'ampleur de la tragédie. À leurs yeux, il était maintenant un monstre.

Eliza fit un pas en avant. Aucun mot ne pourrait décrire le profond mépris avec lequel elle fixait Lucas.

— Lucas la nourrit.

Un silence glacial s'installa. J'essayai de trouver quelque chose à dire, en vain. Je lui pris la main, voulant uniquement sentir ses doigts entre les miens, et rien de plus. Pour que nous soyons un instant seuls au monde.

— Écoutez-moi, commença Lucas.

Milos leva son arme, lui intimant de se taire.

— Emmenons-les voir un des professeurs, déclara Eliza. On a besoin de les étudier, de comprendre comment ils se sont transformés et pourquoi. Il nous faut récolter un maximum d'infos.

Elle n'eut pas à ajouter « Avant qu'ils meurent ». Tout le monde avait compris.

— Menottez-les, ordonna-t-elle d'une voix dure. Mettez-les dans la fourgonnette. Virez-moi ces ordures.

Ils nous menottèrent et nous escortèrent jusqu'au van. À ma grande stupéfaction, je vis Dana s'installer à la place du conducteur. Elle ne nous regarda pas. Qu'éprouvait-elle ? De la culpabilité ? Du dégoût ? Ou bien était-elle devenue indifférente ?

Milos s'assit à côté d'elle, gardant un pieu et de l'eau bénite à portée de main. On fixa nos menottes à une barre en métal accrochée sur la paroi du véhicule. Dana vint vérifier que nous étions bien attachés. Je la regardai avec haine – je n'aurais d'ailleurs jamais pensé éprouver autant de haine pour un autre être humain. Elle ne parut pas le remarquer et entreprit d'examiner les liens de Lucas.

Puis elle retourna s'asseoir et démarra. Deux voitures nous suivaient, je voyais les phares se refléter dans la vitre arrière du fourgon.

— Je te parie qu'ils n'ont pas brûlé l'autre, dit Milos à Dana. Il va falloir qu'on parte à la recherche de Joli-Cœur.

L'horreur. Il fallait prévenir Balthazar.

De désespoir, je me tournai vers Lucas. Il ne paraissait pas aussi affligé que moi. D'ailleurs, il ne semblait pas du tout inquiet. Il semblait… fébrile.

Lentement, il ouvrit la main, révélant la clé des menottes.

Comment avait-il fait ça ? Peu importe. Si on parvenait à se détacher, peut-être qu'on avait une chance de s'enfuir.

Dana alluma la radio, inondant l'habitacle de musique disco. Lucas glissa alors la clé dans la serrure de ses menottes, se libérant en quelques secondes. Il secoua ensuite ses poignets ankylosés. Nous jetâmes un coup d'œil vers l'avant, mais ni Milos ni Dana ne nous surveillaient. Il se pencha en avant et me tendit la clé.

J'avais les mains moites et peur de laisser échapper la clé, mais je parvins à me libérer. Maintenant que nous étions détachés, comment allions-nous procéder ?

Sauter de l'arrière du van et partir en courant ? C'était risqué, d'autant plus que deux voitures de la Croix noire nous suivaient. Pourtant, en dernier recours, je n'hésiterais pas.

— Hé, dit Milos. Arrête-toi. Le feu est orange.

— Je peux passer, répondit Dana d'un air nonchalant.

— Mince ! siffla-t-il en regardant par le rétroviseur. Les autres sont restés coincés au feu.

— Et alors ? continua Dana. Ils savent où on va.

Lucas se jeta en avant, collant un couteau sur la nuque de Dana. Elle poussa un cri.

— Sors de ce van ou je lui coupe la gorge, ordonna Lucas à Milos.

Mon cœur se mit à tambouriner. Où Lucas avait-il déniché ce couteau ?

Milos observa Lucas un instant puis hocha la tête. Dana se gara.

— Vous n'irez pas loin, déclara Milos en descendant de la fourgonnette.

— On ira bien assez loin, répondit Lucas.

Il se pencha et ferma la porte. Brusquement, Dana appuya sur l'accélérateur, faisant grincer les pneus sur le macadam.

— Tu penses qu'ils vont te croire ? demanda Lucas à Dana.

Comment ça ? Avant que je ne puisse poser de questions, Dana répondit :

— Je ne sais pas. Faut qu'on se grouille.

— Qu'est-ce qui se passe ? intervins-je, perplexe.

— Dana m'a donné la clé des menottes. Ensuite, j'ai improvisé. Ce que je ne sais pas, c'est si Dana a prévu autre chose.

— Non, répondit-elle. J'ai pas vraiment eu le temps.

— Pourquoi est-ce que tu fais ça ? enchaînai-je. Pourquoi nous dénoncer et ensuite nous aider à nous échapper ? Tu as eu des remords ?

Dana resta silencieuse un moment. Puis, elle lâcha :

— Bianca, je ne vous ai pas dénoncés.

Raquel !

Une douleur aiguë me comprima les entrailles. Pourtant, je n'étais pas en colère. Je pensai à ce fameux pique-nique que Raquel avait organisé afin de me remonter le moral. Nous avions mangé des sandwichs tous ensemble. C'était au printemps. Quelques mois plus tard, elle me trahissait, me condamnant à une mort certaine.

— Ne sois pas fâchée, poursuivit Dana. Tout ça est nouveau pour elle. Elle est perdue. Je sais qu'elle va s'en vouloir.

— Bon, qu'est-ce qu'on fait ? demanda Lucas, mettant un terme à la discussion.

— Je vous dépose vers Grand Central, annonça Dana. De là, vous pourrez prendre le train.

— Pas si on est fauchés, ripostai-je d'une voix dure, m'étonnant moi-même. Tu as pensé à prendre un peu d'argent ?

— Non, désolée ! s'excusa-t-elle. C'est pas la meilleure évasion du monde, je sais.

— C'est très bien, dit Lucas. Dépose-nous n'importe où et on se débrouille.

Elle s'arrêta dans une ruelle. Il ne faisait pas encore jour mais le ciel blanchissait légèrement. À ma grande surprise, Dana descendit du van. Elle et Lucas se fixèrent longuement.

— Tu ne sais toujours pas quoi penser, n'est-ce pas ? demanda-t-il.

Elle secoua la tête.

— Non. Mais tu es le frère que je n'ai jamais eu. Je préfère avoir tort en te libérant plutôt qu'avoir raison en te gardant prisonnier.

Lucas se racla discrètement la gorge. L'instant d'après, ils se serraient l'un l'autre dans les bras. Une larme coula le long de la joue de Dana.

Quand ils relâchèrent leur étreinte, je pensai la remercier mais j'étais encore trop en colère contre elle.

— Que vas-tu dire aux autres ? demandai-je.

— Que Lucas m'a menacée.

— Vont-ils te croire ?

Milos ne serait pas le seul à être méfiant.

— Il suffit que Lucas rende cela convaincant, répondit-elle en baissant les épaules.

Je ne voyais pas où elle voulait en venir. Lucas, si. Il grimaça.

— Je n'ai pas tellement envie.

— Laisse-moi t'expliquer vite fait comment ça marche. Je te sauve la mise, tu me sauves la mise. Tu comprends ?

Soudain, Lucas la cogna au visage si fort qu'elle alla percuter l'arrière du fourgon. Elle vacilla mais parvint à rester debout.

— Ça va ? s'enquit Lucas.

— Ça ira, bredouilla-t-elle, la lèvre fendue.

— Dana, commençai-je, tu es sûre que…

— Qu'est-ce que vous attendez ? lança-t-elle.

Lucas m'attrapa la main et nous détalâmes en courant. J'avais eu tellement peur que j'en avais les muscles engourdis, mais je forçai mes jambes à aller de plus en plus vite. Derrière moi, j'entendis Dana crier : « Disparaissez tant qu'il est encore temps ! »

Chapitre douze

Heureusement, il n'y avait pas de contrôleur dans le métro et cela nous arrangeait bien.

Nous attendîmes la rame en silence, assis sur de vieux bancs en bois couverts de graffitis. J'avais l'impression d'être très loin de tout, et je devais sans cesse me rappeler que les événements de la nuit s'étaient bel et bien déroulés. C'était comme si mon cerveau cherchait à oublier l'horreur de la situation.

Un panneau accroché au plafond déclencha néanmoins dans ma tête une réaction en chaîne. Je me redressai.

— Vers le sud, dis-je. C'est par là que nous devons aller.

— On va où tu veux, souffla Lucas. Du moment qu'on s'éloigne d'eux, ça me va.

Il parlait machinalement, essayant de paraître confiant afin de me rassurer.

— Tu n'as pas besoin de faire semblant, dis-je.

Il ferma les yeux.

— Je ne sais pas tellement quoi faire d'autre.

Lucas n'avait connu que la Croix noire dans sa vie. Ce que j'avais enduré était certes éprouvant, mais ce n'était rien comparé à ce qu'il subissait actuellement. Il venait de perdre sa mère et sa meilleure amie. Peut-être était-ce à mon tour d'être forte pour deux.

— Ça va aller, murmurai-je en lui prenant la main.

Un courant d'air envahit la station, annonçant l'arrivée d'un train. Alors que nous montions à bord, j'observai le quai ; apparemment personne ne nous avait suivis. Dans la rame, un unique passager dormait allongé sur les sièges.

Le métro redémarra. Je restai debout afin de consulter le plan.

— Tu connais mieux la ville que moi. Est-ce qu'on va dans la bonne direction ? demandai-je.

Lucas posa un regard morne et fatigué sur la carte. Il souhaitait visiblement m'aider mais semblait un peu dépassé.

— Je ne suis pas certain qu'il y ait une bonne direction.

— Bien sûr que si, répondis-je, étonnée de constater que Lucas n'était pas encore arrivé à la même conclusion que moi.

— On a besoin d'argent et d'un endroit sûr où se cacher pendant quelques jours, repris-je. En clair, on a besoin d'un ami.

— Balthazar.

Je hochai la tête.

— Alors, est-ce qu'on va vers Chinatown ?
— Oui. On est dans la bonne direction.

Bien que Lucas se rappelât le nom de la rue où on avait déposé Balthazar, nous eûmes du mal à retrouver le magasin. Aucun n'était ouvert et ils se ressemblaient tous. Nous devions patienter.

Or, il n'y a absolument rien à faire au petit matin dans ce quartier quand on est désargenté. De plus, nous étions toujours inquiets de tomber sur une patrouille de la Croix noire. Bref, l'attente me parut infinie.

— On aurait dû rester dans le métro, remarquai-je alors que nous arpentions le pâté de maisons depuis deux heures. On aurait au moins pu dormir.

— Franchement, tu penses que tu aurais pu fermer l'œil ?

— Non, peut-être pas, soupirai-je.

Lucas me jeta alors un regard en coin. Un sourire se dessina sur son visage.

— Qu'est-ce qu'il y a ? demandai-je.

— Surtout, ne te mets pas en colère.

— C'est mes cheveux, c'est ça ?

Profitant d'une vitrine, j'observai mon reflet. Ma silhouette était un peu floue du fait de mes carences en sang, mais je voyais bien que mes cheveux étaient complètement et totalement emmêlés. Vite, je passai les doigts entre mes mèches, essayant de leur donner un semblant de forme.

— Quelle horreur !

— Tu es très bien, m'assura Lucas. C'est original.

— Oui, ben tu devrais voir ta tête, me moquai-je.

Il se frotta le menton, prenant conscience de sa barbe naissante. Avec ses habits froissés, ses cheveux en désordre et son visage fatigué, il était presque inquiétant. À cet instant, j'étais la seule à savoir qui se cachait vraiment derrière cet air de voyou.

— Peut-être qu'on devrait prendre rendez-vous chez l'esthéticienne ? suggéra-t-il.

J'éclatai de rire.

— Toi, t'as envie de retourner à Evernight à la rentrée !

— Ce serait génial ! « Bonjour, Mrs Bethany ! Je vous ai manqué ? »

Nous rîmes un instant, ravis de relâcher un peu la pression. Puis il me prit dans ses bras, et je serais bien restée là pendant des heures, mais quelque chose me rentrait dans le ventre.

Soulevant mon t-shirt, j'aperçus ma broche, que j'avais accrochée à ma ceinture la veille. Doucement, je passai la main dessus.

— Tu l'as toujours avec toi, constata Lucas. De toutes les choses qu'on aurait pu emporter, je suis content que tu aies pris ça. Même si, à choisir, j'aurais aussi aimé prendre ma boîte avec mes économies.

— On peut la mettre en gage de nouveau, proposai-je, bien que l'idée me peinât.

Lucas secoua vigoureusement la tête.

— Non. Je ne pourrais pas la récupérer.

Enfin, les magasins ouvrirent leurs portes. Malheureusement, même ouverts, ils se ressemblaient tous autant. Ils vendaient les mêmes articles bon marché pour touristes : éventails, dragons en porcelaine, kimonos. Néanmoins, je finis par apercevoir un visage vaguement familier, derrière un comptoir.

— Excusez-moi, dis-je en m'avançant vers la dame. Nous cherchons Balthazar.

Elle se figea et je craignis tout à coup qu'elle ne s'affole. Il faut dire que nous faisions sûrement peur à voir. Ensuite, elle me reconnut. Elle se précipita à l'arrière du magasin, tira le rideau et cria quelque chose en chinois. Le vieil homme que j'avais déjà croisé apparut. En voyant Lucas, il plissa le front. Puis, il m'aperçut. D'un signe de la main, il nous fit signe de le suivre. Nous grimpâmes deux séries de marches branlantes jusqu'à une porte. Il frappa deux fois, interpella Balthazar et ouvrit.

J'entrai. La pièce était petite, sous les combles. Un lit double emplissait la majorité de l'espace, le reste étant encombré d'ombrelles et de lampions en papier. Un abat-jour orangé conférait à l'ensemble un éclairage doux, presque accueillant. Balthazar était allongé au milieu du lit, sous une couverture noire ornée d'un dragon.

— Bianca ? murmura-t-il, y croyant à peine. Lucas ?

— Ça a l'air d'aller mieux, dis-je.

C'était le cas, même s'il avait encore des cicatrices sur le menton et les joues. Il ne portait pas de t-shirt, et je vis sur son torse une sinistre marque violette, là où Lucas l'avait transpercé avec un pieu. Balthazar semblait peu s'en soucier. Un immense sourire se dessina sur son visage.

— C'est très gentil d'être venus, dit-il. Mais c'est dangereux.

— Malheureusement, on n'en est plus là, répondit Lucas en fermant la porte. La Croix noire veut notre peau, à nous aussi.

— Quoi ?

— J'ai commis une erreur, confessai-je. Raquel m'a vue boire du sang et elle… Elle m'a dénoncée. On a pu s'enfuir de justesse.

— Raquel ? C'est impossible, elle ne ferait pas ça.

Il marqua une pause, réfléchit un instant puis soupira.

— Je suis désolé.

— Changeons de sujet, insistai-je. Si je commence à pleurer, je ne vais jamais m'arrêter.

— Asseyez-vous, offrit-il gentiment.

Je me posai sur le lit, mais l'envie de m'allonger me submergea et je n'y résistai pas. Assis en tailleur, Lucas se mit à me caresser les jambes. Le lit de Balthazar me parut être l'endroit le plus confortable de la planète ; je pris conscience alors du fait que je n'avais pas dormi sur un vrai matelas depuis six semaines. J'avais presque oublié combien c'était agréable.

— De quoi avez-vous besoin ? demanda Balthazar.

— D'argent, répondit Lucas sans sourciller. Si tu en as.

Balthazar désigna une commode dans un coin.

— Mon portefeuille est là. Prends-le, s'il te plaît.

Lucas le tendit à Balthazar, qui en sortit sept billets de cent. Alors qu'il les déposait dans la paume de Lucas, j'écarquillai les yeux.

— Malheureusement, c'est tout ce que j'ai. Sinon, je vous en aurais donné plus.

— Holà ! s'écria Lucas. C'est... C'est beaucoup.

— Tu m'as sauvé la vie, Lucas. Je te dois beaucoup.

Je protestai :

— Balthazar, on ne va pas te prendre tout ton argent !

Il se mit à rire.

— C'est loin d'être tout mon argent.

Nous voyant hausser un sourcil, il poursuivit :

— J'ai investi dans le sucre au XVIIIe siècle. Dans le charbon au XIXe. Au début du XXe, j'ai acheté des actions Ford, que j'ai revendues à la fin du siècle et placées dans l'informatique. Je n'ai pas de problèmes d'argent. Si vous pouvez rester à New York une semaine, j'irai à la banque.

— Pas la peine, Rockefeller, plaisanta Lucas. Ça devrait nous suffire pour quitter la ville.

— Si c'est une question de fierté, je te demande de réfléchir, gronda Balthazar d'un ton sévère. L'essentiel, c'est que Bianca soit en sécurité.

Lucas le fusilla du regard.

— Ça n'a rien à voir avec ma fierté. Impossible qu'on passe une journée à New York. Il se peut qu'ils soient déjà en train de surveiller la gare routière et la gare centrale.

Balthazar leva la main en signe d'apaisement.

— Vous n'avez même pas le temps de vous reposer ?

— Faut croire que non, déplorai-je.

À regret, je me redressai.

— On pourra te joindre ici ?

— Oui, je vais rester encore une ou deux semaines, le temps d'être complètement rétabli.

— Mais après ? Est-ce que les gens qui t'hébergent pourront te transmettre des messages ? Ou bien as-tu un numéro de téléphone ?

Un nœud se forma dans ma gorge.

— Il doit bien y avoir un moyen pour qu'on se parle. Ce n'est pas la dernière fois que je te vois, si ?

Balthazar et Lucas échangèrent un regard. Manifestement, ils pensaient que ce serait mieux pour tout le monde si nos chemins se séparaient à jamais. Je voyais bien que Balthazar était aussi désolé que moi, mais ne l'admettrait jamais pour ne pas fâcher Lucas.

— Prends une des cartes de visite qui sont près de la caisse, en bas, me dit-il. Je serai joignable à ce numéro tant que je serai ici. Ensuite, je consulterai mes messages de temps en temps. Tu peux aussi te renseigner sur les moyens de transport – il est possible de quitter la ville sans passer par une gare.

Il hésita un instant puis poursuivit :

— Et demande-leur quelques poches de sang. Ils en ont récupéré à l'hôpital hier. Je pense que cela peut vous être utile.

— Avant qu'on parte, il faut que je te dise quelque chose.

Parler de ça à Balthazar me troublait, mais je préférais que cela vienne de moi plutôt que d'un autre.

— Charity est à New York, annonçai-je.

— Quoi ? Est-ce qu'elle me cherche ? Elle a besoin d'aide ?

— Oh oui, elle a besoin d'aide ! intervint Lucas.

Je le regardai sévèrement.

— Charity va bien, dis-je à Balthazar. Elle s'inquiétait pour toi, c'est tout.

Devais-je lui parler de sa petite attaque surprise ? Je décidai que non. Il avait déjà assez de soucis comme ça.

— Encore une chose, enchaîna Lucas. La Croix noire nous soupçonne de t'avoir laissé partir. Ils vont te traquer. Si j'étais toi, je ne resterais pas à Manhattan trop longtemps.

— Je comprends.

Je m'approchai de Balthazar et l'enlaçai. Parce qu'il était blessé, je ne pouvais pas le serrer contre moi comme je l'aurais voulu, mais je fis de mon mieux. Il posa la tête sur mon épaule.

— Merci, murmurai-je.

— Non, merci à toi, fit-il. À vous deux.

Depuis que je m'étais moi aussi retrouvée au milieu d'un groupe de tueurs de vampires armés, je saisissais un peu mieux l'étendue de la gratitude que Balthazar devait éprouver.

Le relâchant, je descendis du lit sans rien dire. Nos adieux s'arrêtaient là, même si je ne cessai de sourire à Balthazar alors que nous sortions. Il leva la main et nous salua. L'instant d'après, la porte se refermait.

Dans l'escalier étroit, Lucas se tourna vers moi. D'une voix grave, il murmura :

— Si tu veux rester ici, dis-le-moi maintenant.

Pour toute réponse, je l'embrassai. Cela lui suffit.

Chapitre treize

Les amis de Balthazar nous orientèrent vers un bus de Chinatown, qui permettait aux nouveaux immigrés chinois de se rendre à leur travail dans un restaurant asiatique quelque part sur la côte Est. Il y avait toutes sortes de gens dans le bus en partance pour Philadelphie – des personnes âgées et surtout des étudiants, le nez rivé sur leur ordinateur portable.

Le bus partit en retard et progressa lentement. Les pluies plus au nord avaient, semblait-il, inondé l'autoroute. Ça nous était égal. Nous étions au chaud et nous avions assez d'argent pour tenir plusieurs jours.

Je posai la tête sur l'épaule de Lucas. Peut-être le bus était-il confortable, peut-être étions-nous de toute manière tellement épuisés que n'importe quoi nous aurait convenu. Quoi qu'il en soit, nous nous endormîmes rapidement. Notre sommeil fut agité. J'avais parfois le sentiment que les rêves et la réalité se confondaient, créant un flou pâle et inquiétant. Mais la présence réconfortante de Lucas à côté de moi me rassurait, ainsi que le sentiment d'être pour un temps en sécurité.

Je pus enfin me reposer.

— N'est-ce pas magnifique ?

J'emmenai Lucas dans le grand hall d'Evernight, décoré pour le bal d'automne. Des bougies conféraient à la salle une atmosphère feutrée ; les danseurs se déplaçaient avec grâce sur le parterre tandis que jouaient les musiciens.

Lucas secoua la tête et tripota le nœud de sa cravate.

— Ce n'est pas mon genre d'ambiance. Mais quand je te vois, ça en vaut la peine.

Je portais une robe blanche qui descendait jusqu'au sol. J'avais des fleurs blanches dans les cheveux. Je ne m'étais jamais sentie aussi belle.

Pourtant ce n'était pas à cause de la robe. C'était parce que j'étais là avec Lucas.

— Est-ce que tu sais danser la valse ? lui demandai-je.

— Non ! Mais si tu veux, on peut faire semblant, répondit-il en souriant.

Il me prit le bras et nous pénétrâmes sur la piste. Non, il ne savait pas danser, mais ça n'avait aucune importance. J'observai néanmoins les autres danseurs – Joséphine avec Balthazar, Courtney se moquant des pas hésitants de Ranulf, Dana faisant tournoyer Raquel.

Soudain, une silhouette s'immisça parmi les danseurs, une forme turquoise qui scintillait. Le spectre s'approcha de nous et dit :

— Je peux ?

— Bien sûr, répondis-je, tout en me demandant comment elle connaissait Lucas et pourquoi elle souhaitait danser avec lui.

À ma surprise, elle me prit la main. Alors que le spectre m'attirait au milieu des danseurs, je lançai un regard désolé à Lucas. Il me suivit des yeux ; puis, il fut avalé par la foule.

Je me réveillai en sursaut. Désorientée, il me fallut quelques secondes pour comprendre où j'étais. Je reposai la tête sur l'épaule de Lucas. Il marmonna quelque chose dans son sommeil puis se tourna vers moi et je lui souris.

Nous arrivâmes à Philadelphie en fin d'après-midi. Notre choix de destination était surtout dicté par le fait que c'était une grande ville permettant l'anonymat et qu'il n'y avait aucune cellule de la Croix noire sur place. Ils auraient plus de mal à nous retrouver.

— On va rester ici quelques jours, déclara Lucas. On va s'installer dans un endroit pas cher et réfléchir à la suite.

— On pourrait aussi s'acheter des vêtements ? demandai-je en désignant mon jean et mon t-shirt élimés. Histoire de moins ressembler à des SDF.

— On est des SDF, dit Lucas. Autant en avoir l'air.

Je n'y avais jamais pensé.

J'insistai pourtant.

— Des habits, repris-je. On ne va pas s'acheter des milliards de trucs mais il nous faut au moins des habits neufs et propres. Et une brosse à dents, du dentifrice, du déo…

— Ok, j'ai compris.

Une excursion dans un supermarché régla cet aspect-là du problème. Je choisis deux robes légères et confortables, l'une bleu marine, l'autre vert bouteille, un sac fourre-tout et des sandales qui me permettraient de tenir tout l'été. Lucas prit un pantalon kaki et quelques t-shirts noirs.

En tournant dans une allée, j'aperçus le rayon des préservatifs. Mon premier réflexe fut de détourner le regard – même les emballages me mettaient mal à l'aise. Puis, je me ressaisis.

— Peut-être qu'on devrait en acheter, lançai-je.

J'avais essayé de prendre l'air assuré, mais au final ma voix était enrouée.

— Peut-être.

Il me fixa un instant.

— Bianca, tu sais que rien ne presse.

Il était aussi indécis que j'étais mal à l'aise.

— Je sais, répondis-je. Mais ce serait bête, si jamais… Au cas où.

Nous restâmes immobiles quelques secondes, puis Lucas attrapa la boîte la plus proche et la déposa dans le panier. Je me surpris à sourire. Néanmoins, je fus incapable de regarder la caissière dans les yeux. Elle avait l'air de s'en moquer royalement.

Nous trouvâmes une chambre dans un motel du centre-ville, près de la gare routière. C'était plus sympa que j'aurais cru, compte tenu du prix – une cafetière, une grande télé, une jolie salle de bains avec un sèche-cheveux et d'épaisses serviettes de toilette, et un immense lit.

— On devrait se reposer dans un premier temps, suggérai-je.

Nous étions épuisés et je ne pensais qu'à dormir.

Lucas acquiesça.

— Ça marche. Il y a quelques restaurants dans le coin où on pourra aller ensuite.

— Tu connais Philadelphie ?

— Je suis venu une ou deux fois.

Nous nous mîmes au lit. J'imaginais déjà le bonheur que ce serait de fermer les yeux, de me laisser glisser dans le sommeil – jusqu'à ce que je frôle la jambe de Lucas.

Nous nous jetâmes l'un sur l'autre. Lucas posa ses lèvres sur les miennes et nous nous embrassâmes avec fougue, comme si nous ne nous étions pas vus depuis des années. Il me serra contre lui, j'enroulai mes jambes autour des siennes, sans cesser de l'embrasser.

Nous étions encore trop éloignés à mon goût. J'attrapai son t-shirt et l'enlevai ; il m'aida ensuite à retirer le mien. De petites décharges électriques me parcoururent le corps tandis qu'il m'embrassait de nouveau. Ce n'était toujours pas assez. Les mains tremblantes, je fis glisser les bretelles de mon soutien-gorge, puis le dégrafai.

À ma grande surprise, me retrouver nue devant un garçon ne me gêna pas. Lucas me regardait comme si j'étais la plus belle femme du monde. Il me caressa le ventre, provoquant en moi une merveilleuse sensation.

Je lui pris la main. Je voulais me sentir belle des pieds à la tête.

Il me déshabilla et se débarrassa ensuite de son pantalon, qu'il envoya valser de l'autre côté de la pièce. Je n'avais encore jamais vu un garçon nu, à part sur des tableaux ou Internet, et j'en gardais une image graphique, presque médicale. Lucas me parut magnifique, j'aimais son corps, la douceur de sa peau sous mes doigts. Lucas savait s'y prendre, chassant mes hésitations et mes peurs par des baisers passionnés.

« Il est à moi », pensai-je. Je ressentais à présent ce même empressement qui s'emparait de moi quand l'envie de boire son sang me prenait. Sauf que ce désir aveugle de mordre avait disparu, remplacé par autre chose, quelque chose qui n'avait rien à voir avec le fait d'être un vampire. Au contraire, je me sentais pleinement vivante. Enfin, Lucas m'appartenait, et je pouvais profiter de lui encore et encore.

Juste avant que la situation nous échappe complètement, Lucas murmura :

— Bianca, tu es sûre ?

— Oui, répondis-je, passant les mains dans ses cheveux. On ne pourrait pas rêver mieux.

— C'est vrai.

Il m'embrassa de nouveau. Pour la première fois depuis des mois, je sus qu'en cet instant tout était parfait.

Le lendemain matin, alors que je me réveillais lentement, je pris conscience que j'étais dans un lit, que Lucas était à mes côtés et le souvenir de la nuit explosa dans mon cerveau.

J'écarquillai les yeux.

Est-ce que j'avais bien... ?

Oui, j'avais bien.

J'étais heureuse, et jamais je ne m'étais sentie aussi aimée, aussi sûre de mes sentiments. Mais tout me paraissait irréel. Moi, dans un lit avec un garçon. Je me rallongeai, un immense sourire aux lèvres, à présent décidée à partager ma joie avec Lucas.

Je lui chatouillai la jambe du bout du pied et il remua légèrement. Encore groggy, il ouvrit un œil. Puis il me sauta dessus. Alors que je hurlais de rire, il m'attira vers lui.

— Bonjour, murmura-t-il entre deux baisers. Je crois que je pourrais m'habituer à ce genre de réveil.

— Moi aussi.

Nous nous embrassâmes pendant un long moment, heureux de vivre quelques instants d'insouciance. Au fur et à mesure, la chaleur montait, si bien que je me demandai s'il n'était pas temps de réessayer.

Lucas interrompit mes réflexions et me sourit.

— Tu sais ce qu'on va faire ?

— C'est-à-dire qu'on est tous les deux nus dans un lit...

— Non, pas ça ! rit-il. Ce que je voulais dire, c'est que je sais comment on va faire pour trouver de l'argent et peut-être même un endroit où vivre un peu. Cela nous oblige à emprunter de nouveau, ce qui ne me plaît pas, mais je crois qu'on n'a pas le choix et que je dois m'y résoudre. Parce que l'argent de Balthazar va filer vite.

Demander de l'aide ne me posait aucun problème. On en avait bien besoin.

— Tu connais quelqu'un à Philadelphie ?

— Oui, et toi aussi.

L'image d'une casquette rouge avec la mascotte de l'équipe de baseball de Philadelphie me vint immédiatement à l'esprit.

— Vic ! m'écriai-je.

Lucas appela Vic et lui donna rendez-vous pour le déjeuner dans un des restaurants du centre-ville qu'il connaissait. Nous nous y rendîmes à pied, main dans la main. Tout en sachant que c'était ridicule, je ne pouvais m'empêcher de trouver que les gens nous regardaient différemment, comme s'ils étaient au courant. Moi, je me sentais la même, mais en mille fois plus heureuse. Lucas, aussi, semblait détendu. Je l'avais rarement vu aussi serein.

Quand nous entrâmes, Vic était déjà assis à une table, avec Ranulf. Il leva la main.

— Oh là là, comme je suis content de vous voir !

J'embrassai Vic, puis Ranulf. Ce dernier était toujours aussi maigre et ne s'était pas départi de sa coupe au bol hérité du Moyen Âge, mais il portait à présent un treillis et une chemise hawaiienne très similaire à celle de Vic. La lui avait-il empruntée ou bien se l'était-il achetée en copiant les goûts de son ami afin de mieux s'intégrer dans la société moderne ? Malheureusement pour Ranulf, copier Vic ne garantissait en rien de mieux s'intégrer, au contraire.

— Lucas, voici Ranulf, celui qui t'a remplacé comme camarade de chambre après ta disparition. Ranulf, voici Lucas. Je ne sais pas si vous vous connaissiez à Evernight.

— On s'est parlé une fois, répondit Ranulf. Dans la bibliothèque. Je t'ai demandé si tu connaissais le nom des saints de La Nouvelle-Orléans et tu m'as expliqué que c'était le nom de l'équipe de football. J'ai trouvé ça très intéressant.

— Ah oui, bien sûr ! Comment ai-je pu oublier !

Lucas adressa un sourire à Ranulf. Il restait par nature méfiant envers les vampires, mais il sentait bien que Ranulf ne ferait de mal à personne.

— Alors, que faites-vous à Philadelphie ? demanda Vic. Avez-vous décidé de vous marier en secret ? Vous avez besoin de Ranulf et moi comme témoins ?

— Non, dis-je en riant, un peu gênée.

Je me sentis rougir, sans savoir si c'était l'idée du mariage qui m'embarrassait ou le fait que nous venions de passer notre nuit de noces.

— On a besoin de se poser un peu. Et de rester cachés.

Vic fronça les sourcils.

— Tu as appelé tes parents ?

— Je leur ai envoyé un e-mail. Ils savent que je vais bien.

Lucas prit un air étonné.

— Ah bon ? Quand ?

Oh non ! Je n'avais pas parlé à Lucas de ce mail aux conséquences désastreuses. J'avais eu l'intention de lui dire la vérité, mais l'arrivée de Balthazar m'avait perturbée. À présent, je devais tout lui avouer, même si je détestais le faire devant nos amis.

— La première fois qu'on est partis patrouiller. Quand je me suis éclipsée pour trouver un truc à manger.

— Bianca !

Il passa les mains dans ses cheveux. Depuis le temps, je savais ce que signifiait ce geste : il essayait de garder son calme.

— Tu n'as pris aucune précaution ! As-tu seulement une idée de ce que tu as fait ?

Oui. La Croix noire avait été attaquée et Eduardo était mort.

D'une petite voix misérable, je dis :

— Je suis vraiment désolée, Lucas.

Il soupira.

— Vic et Ranulf n'ont pas besoin de nous entendre parler de nos problèmes. On verra ça plus tard.

— Ok.

Lucas était visiblement en colère, et il avait raison. Je me sentais toujours aussi responsable de ce qui s'était passé, et cela perdurerait encore longtemps. Néanmoins, je parvins à mettre de côté ma culpabilité afin de poursuivre la conversation avec Vic.

— En fait, Vic, on est recherchés. Pas par la police, mais il ne faut pas qu'on nous trouve. Et on a besoin d'un endroit où dormir, on a besoin d'acheter à manger, ce qui revient très cher…

— Mon argent est votre argent, déclara-t-il comme si ce n'était rien.

— Tu es sûr ?

Vic avait beau venir d'une famille très aisée, cela me gênait de mendier de la sorte.

— On a un peu d'argent, et on compte trouver du boulot.

— Non, mais sérieux. Tout ce que vous voulez. Hé ! Je viens d'avoir une super idée ! Il y a la cave.

— La cave ? répéta Lucas, se détournant enfin de la fenêtre qu'il fixait furieusement depuis qu'il avait compris que j'avais trahi la Croix noire.

— On a une immense cave à vin sous la maison. C'est très spacieux parce que, contrairement à mon grand-père, mon père n'y entrepose pas de vin. Et il y a même une salle de bains à côté.

Dormir dans un sous-sol ? Pourquoi pas ? Et puis ce serait gratuit…

— C'est vraiment bien, insista Vic.

Ranulf hocha la tête de manière encourageante.

— Je vous inviterais bien à rester dans la maison, mais mes parents sont sur le point d'y installer un tout nouveau système de sécurité. Le cellier a une entrée séparée et une alarme qui s'éteint avec un code à quatre chiffres. Je peux vous donner le code. Dès le début des vacances, l'endroit est à vous. Ça vous dit ?

— Carrément, répondit Lucas. Vic, t'es le meilleur.

Il faisait tous les efforts du monde pour rester calme.

— Oui, je sais. Mais je suis ravi que tu t'en rendes compte, dit Vic en souriant.

— Et Ranulf ? demandai-je.

N'avait-il pas lui aussi besoin d'un refuge ?

— Où va-t-il aller pendant ton absence ?

— Je pars moi aussi, répondit-il en souriant. Les parents de Vic m'ont proposé d'aller avec eux tous en vacances. Cela fait une éternité que je ne suis pas allé en Italie et j'ai hâte de voir comment ça a changé.

Sur ce, la serveuse vint prendre notre commande. Pendant que Vic et Ranulf parlaient, Lucas et moi échangeâmes un regard. Vic savait-il qu'il avait invité un vampire en vacances ? Cela dit, Ranulf ne lui ferait jamais de mal, ce qu'il devait sentir.

Ce garçon était toujours aussi surprenant. J'ignorais encore jusqu'à quel point.

— Au fait, reprit-il, je pense que je vais retourner à Evernight à l'automne.

J'écarquillai les yeux.

— Quoi ? parvins-je à bredouiller.

— Oui, je sais. L'endroit est super flippant et il n'y a même pas de réseau, mais j'y suis habitué. Et puis j'ai très envie de prendre des cours d'escrime et je n'en ai pas encore eu l'occasion.

— Tu peux faire ça ailleurs, intervint Lucas en se penchant légèrement en avant. Vic, écoute-moi bien. N'y retourne pas.

— Pourquoi ?

Il semblait sincèrement étonné, tout comme Ranulf qui aurait pourtant dû comprendre nos réticences.

J'aurais pu lui dire la vérité. De toute manière, il ne m'aurait jamais crue. Avant tout, je ne voulais pas qu'il se trouve à proximité de Mrs Bethany.

— Il y a plein de bonnes raisons, non ? L'incendie, et tous les trucs bizarres qui s'y passent…

Je m'interrompis. Comment lui expliquer ?

— Disons que l'incendie, c'est l'arbre qui cache la forêt, tenta Lucas. On peut en rester là ?

Vic nous observa un instant.

— Attendez. Ne me dites pas que vous avez peur à cause des vampires ?

Mes oreilles fonctionnaient-elles bien ?

— Hein ? marmonnai-je.

— C'est parce que c'est une école de vampires ! poursuivit Vic. C'est pour ça que vous êtes inquiets !

La serveuse arriva à ce moment-là avec nos plats. Vic lui adressa un grand sourire et Ranulf se jeta sur son plat comme s'il avait vraiment l'intention de le manger.

— Voyons, Bianca. Toi-même tu es un vampire. Enfin, à moitié.

Je me tournai vers Ranulf, furieuse.

— Tu lui as dit ?

— Non ! protesta-t-il. Euh… si. Quand il m'a posé la question, je lui ai dit la vérité sur toi. Mais pas sur l'école. Il l'avait deviné tout seul.

— Comment tu as fait ? demanda Lucas.

— J'avais compris dès la première année. Franchement, vous me prenez pour qui ? C'était évident ! La moitié des élèves sont complètement à côté de la plaque. Un jour, une fille a été surprise d'apprendre qu'on ne pendait plus les criminels !… Ah oui, et puis il y a l'obligation pour chacun de manger dans sa chambre. C'est à la fois mystérieux et étrange, sans parler du fait que la plupart des élèves ne commandent jamais aucune nourriture. Et enfin, les écureuils morts partout. Ça, c'est un peu la signature d'une école bizarre. Pas la peine d'être un génie.

Sauf que Vic, lui, était un génie. Nous étions sans voix.

— Tu savais que tu étais entouré de vampires, et ça ne te dérangeait pas ?

Vic haussa les épaules.

— Je préfère ne pas juger.

— Tu n'as jamais eu peur ? demandai-je, à peine remise du choc.

— Si, la première nuit, après avoir recomposé le puzzle et réalisé où j'étais, j'ai un peu flippé, admit-il. Mais après, je me suis dit : « Hé, ça fait deux mois que je suis là. Personne n'a été mangé. Où est le problème ? » Les vampires me paraissaient inoffensifs et j'aimais bien l'idée qu'ils aient un endroit où vivre en sécurité.

— Ne pas avoir à dissimuler ma vraie nature a été pour moi un soulagement, reconnut à son tour Ranulf.

— Tu ne m'as jamais rien dit, remarqua Lucas.

— Je ne voulais pas t'effrayer. Et puis t'as fait comme moi, tu as appris à vivre avec. C'est fou comme c'est convaincant une jolie jeune fille ! dit-il en me souriant.

— J'arrive pas à y croire, soufflai-je.

— Et toi, cher camarade un peu lent d'esprit ? demanda Vic à Lucas. Comment t'as su ?

— J'ai toujours su pour les vampires, répondit Lucas en remarquant pour la première fois son assiette.

— Non, mais je veux dire, pas comme dans *Dracula*. Pour de vrai. Comment tu as découvert la vérité ? insista Vic.

— Il connaît la vérité depuis le début, dis-je. Lucas a grandi au sein de la Croix noire.

Tout à coup, Ranulf laissa tomber sa fourchette et saisit son couteau. Il observait Lucas avec de grands yeux, prêt à bondir – soit pour déguerpir, soit pour se battre.

— Je n'appartiens plus à la Croix noire, déclara Lucas d'une voix lasse. Je ne vais pas te faire de mal. Détends-toi.

Ranulf baissa le bras.

— C'est quoi, la Croix noire ? demanda Vic.

— Un groupe de tueurs de vampires, expliquai-je. Les vampires d'Evernight sont inoffensifs, du moins pour la plupart. Mais ailleurs, ce n'est pas pareil. Certains sont dangereux.

— Ils n'attaquent pas que ceux qui sont dangereux, intervint Ranulf, l'air sombre.

— Je sais, affirma Lucas. Quand ils ont découvert ce qu'était Bianca, ils ont cherché à s'en prendre à elle. C'est bien pour ça qu'on s'est enfuis.

Vic hocha la tête.

— Si vos vies n'étaient pas en danger, je crois que je trouverais tout ce qui se passe super cool.

Après le déjeuner, Vic suggéra qu'on aille chez lui.

— Je vous ferai faire le tour du propriétaire. Et je vous montrerai où est l'arrêt de bus, j'imagine que vous aurez besoin de le prendre pour aller travailler. Qu'est-ce que vous comptez faire ?

— Je répare des voitures et des camions depuis que je suis tout petit, répondit Lucas. Peut-être qu'il y a un garage qui voudra de moi.

Et moi ? Je n'en avais pas la moindre idée. Mon seul domaine d'expertise, c'était l'astronomie.

Nous arrivâmes devant la voiture de Vic, un cabriolet jaune pétant. Ranulf me proposa de monter à l'avant, ce que je trouvai très courtois de sa part, d'autant plus que cela l'obligeait à être assis près de Lucas. Ce dernier était toujours aussi fâché – être à distance de lui quelque temps ne serait pas si mal. Le fait qu'il parvienne à maîtriser sa colère m'impressionnait, mais d'un autre côté, savoir que quelqu'un vous en veut et attend uniquement le bon moment pour une explication est extrêmement stressant.

Vic me tira de mes réflexions.

— Oh, et il y a autre chose qu'on doit faire à la maison.

— Quoi donc ? demandai-je.

— Il faut que je vous présente le fantôme.

Chapitre quatorze

— J'ai comme l'impression que tu as oublié tout ce qui s'est passé l'année dernière, dis-je alors que la voiture s'avançait dans l'immense allée menant à la maison de Vic.

Il habitait dans une imposante demeure. Malheureusement, je n'eus pas la présence d'esprit de l'admirer : cette histoire de fantôme me rendait anxieuse.

— Tu te souviens que les spectres n'ont pas cessé de s'en prendre à moi ?

— Est-ce que je peux sortir ? nous interrompit alors Ranulf. Je ne sens plus mes jambes.

— Personne ne bouge, déclara Lucas.

Il passa sa tête entre les deux sièges avant afin de mieux parler à Vic.

— Je ne suis pas sûr que ce soit sans danger.

— Tu n'étais même pas là l'année dernière, riposta Vic.

— Moi, j'étais là, repris-je. Et je me souviens très bien des lueurs turquoise et des morceaux de glace tombant du plafond. Hors de question que j'entre dans une maison où vit un fantôme.

Vic ne savait pas – peu de gens savaient, vampires inclus – que les enfants nés de vampires résultaient d'un marché passé entre les spectres et les vampires ; les spectres avaient l'intention de faire de moi une des leurs.

C'était pour cela qu'ils avaient maintes fois essayé de me tuer pendant l'année scolaire précédente.

Vic soupira. Nous étions garés devant chez lui depuis deux minutes et nous nous disputions au sujet des spectres depuis notre départ.

— Je pense que nous sommes arrivés à une impasse, déclara-t-il.

— J'aimerais faire une remarque, dit Ranulf.

— On sait, il faut que tu sortes de la voiture, rétorqua Lucas, exaspéré.

— Non, fit Ranulf. Ce que je veux dire, c'est qu'il me semble que tu portes une obsidienne en pendentif, Bianca.

Instinctivement, je posai la main sur le bijou que m'avaient offert mes parents lors du Noël précédent. J'avais cru au départ qu'il ne s'agissait que d'un joli cadeau – mes parents savaient que j'aimais les objets vintage. Mrs Bethany m'avait expliqué plus tard que l'obsidienne était une des pierres qui repoussaient les spectres.

En d'autres termes, la pierre me prémunirait des attaques de fantômes. Depuis, je ne l'avais jamais enlevée et je l'avais même presque oubliée.

— Oui, l'obsidienne me protège, dis-je. Mais je ne connais pas son efficacité.

— Ce fantôme n'est vraiment pas méchant, je t'assure, poursuivit Vic. Elle est super sympa. Enfin, je crois que c'est une fille.

— Est-ce que tu lui as parlé ? demanda Lucas.

— Pas tout à fait, mais...

— Alors comment sais-tu qu'elle est super sympa ?

— De la même façon que je sais quand on me prend pour un idiot, répondit Vic en plissant les yeux. Je le sais, c'est tout.

Je n'étais toujours pas convaincue. Ne pouvait-on pas retourner au motel ? Nous n'avions pas beaucoup d'argent. Vic nous en prêterait certainement mais je voulais emprunter le moins possible. Or, si on ne squattait pas chez lui, il nous faudrait lui demander plusieurs milliers de dollars, ce que je préférais éviter.

— Je vais entrer, déclarai-je enfin, agrippant toujours le pendentif.

— Bianca, non.

Lucas paraissait furieux. Je posai la main sur son bras.

— Toi et Ranulf, vous restez ici. Si tu entends des cris ou si les vitres se recouvrent de givre, tu...

— Ça ne me plaît pas du tout.

— Lucas, fais-moi confiance, d'accord ?

Ma décision était prise ; je ne voulais plus en débattre. Au contraire, je comptais prendre mon courage à deux mains et pénétrer dans cette maison le plus vite possible.

— S'il m'arrive quoi que ce soit, volez à mon secours. Pour le moment, je vais y aller avec Vic.

Bien que mécontent, Lucas accepta. Vic escalada la portière de la voiture sans l'ouvrir et profitant de ce que je sortais, Ranulf s'étira en soupirant de soulagement.

La maison était vide – les parents de Vic étaient absents. L'intérieur était magnifique, aussi beau que dans un magazine de déco sur papier glacé. Un parquet ancien, une belle hauteur sous plafond, des lustres, et une odeur de cire. Nous empruntâmes l'escalier central, aux larges marches en marbre. Dans ma petite robe d'été, je ne me sentais pas à ma place.

Cela dit, Vic non plus ne semblait pas à sa place, et pourtant c'était sa maison. Sa fantaisie était-elle pour lui un moyen de contrebalancer le train de vie bourgeois de ses parents ?

— Elle vit au grenier, m'expliqua Vic. C'est son endroit bien à elle.

— Tu peux la voir ?

— Non. Mais je sais qu'elle est là. Et de temps en temps... Ben, tu verras. Je ne veux pas te donner de faux espoir.

Mon seul espoir était de ne pas me transformer en statue de glace. Avant de suivre Vic qui ouvrait lentement la porte menant au grenier, je remerciai en silence mes parents pour le pendentif et pris une grande respiration.

Le grenier des Woodson était le seul coin mal rangé de la maison, mais même leur désordre était chic : des vases chinois, des tapis persans, un vieux mannequin en tissu portant un chapeau à plumes victorien, des livres. L'atmosphère générale était plutôt agréable.

— Je viens souvent ici, me confia Vic d'un air étonnamment sérieux. C'est l'endroit que je préfère dans la maison.

— C'est là que tu te sens bien.

— Je vois que tu comprends.

Je lui souris.

— Oui, je comprends.

— Ok, asseyons-nous. Peut-être qu'elle va venir.

Nous nous assîmes sur un tapis et attendîmes. Chaque grincement du bois me faisait sursauter et je ne quittais pas des yeux la lucarne derrière le mannequin. Aucune trace de givre pour le moment.

— Je vais te donner l'argent à toi, pas à Lucas, reprit Vic en jouant avec les lacets de ses baskets. J'ai environ six cents dollars. D'habitude, j'ai plus, mais je viens de m'acheter une guitare électrique.

Il baissa la tête.

— Je me sens bête d'avoir dépensé autant d'argent pour une guitare alors que je sais à peine jouer. Si j'avais su…

— Tu ne pouvais pas savoir. Et puis c'est ton argent, et tu as le droit de le dépenser comme tu le veux. C'est déjà tellement bien que tu puisses nous en prêter un peu. Mais pourquoi moi et pas Lucas ?

— Parce que Lucas n'accepterait pas six cents dollars. Il s'arrêterait à cent. Il est trop fier pour reconnaître qu'il a besoin d'aide.

— Il sait qu'on est vraiment fauchés.

— Non, Lucas a trop d'amour-propre. Heureusement que toi, tu es raisonnable.

— Je lui ferai passer le message ! plaisantai-je.

— Il est au courant, répondit Vic. Vous faites une bonne équipe.

Le souvenir de la nuit précédente me revint en mémoire et je rougis légèrement.

— Oui, c'est vrai, dis-je doucement.

Un sourire se dessina sur le visage de Vic et pendant une horrible seconde, je crus qu'il avait lu dans mes pensées. Mais ce n'était pas pour ça qu'il souriait.

— Tu le sens ?

Un courant d'air glacial m'enveloppa. Je croisai les bras.

— Oui.

Pas de cristaux. Pas de visage taillé dans le givre sur la fenêtre. Aucun signe visible. N'empêche, Vic et moi n'étions plus seuls.

J'étais perplexe. Pourquoi l'arrivée de ce spectre ne s'accompagnait-elle pas de toutes les autres formes de manifestation dont j'avais été témoin ? Les spectres que je connaissais n'avaient pas pour habitude d'entrer discrètement, ils débarquaient en trombe à coups de pic à glace. Du moins, c'était ainsi à Evernight.

Sauf si… L'école avait été construite afin de repousser les spectres – les murs et les poutres contenaient de grandes quantités de fer et de cuivre, métaux qu'ils détestaient. Ils étaient parvenus à pénétrer dans l'enceinte, mais il leur avait fallu beaucoup de persévérance. Les incidents précédents n'étaient-ils que les résultats de cette ténacité ? Peut-être que dans une simple maison, ils n'avaient pas besoin de pareilles mises en scène.

— Salut, dit Vic d'un ton enjoué. Je te présente Bianca, une amie. Elle va passer du temps dans la cave à vin au sous-sol avec Lucas, qui est aussi un ami. Ils sont super, tu vas les adorer. Ils sont un peu nerveux parce que Blanche-Neige a eu quelques mauvaises expériences avec les fantômes, mais n'y vois rien de personnel, ok ? Je suis sûr que vous allez bien vous entendre.

Vic n'obtint pas de réponse, bien entendu. La lumière me semblait plus claire dans cette partie de la pièce, peut-être même un peu bleutée, mais je n'en étais pas certaine.

Puis je la vis.

Pas avec les yeux. Il s'agissait plus d'un souvenir, en fait : une image jaillit violemment dans mon esprit, au point d'occulter tout le reste. C'était la même jeune fille que dans mes rêves – je l'avais déjà croisée l'année précédente à Evernight. Était-ce le fantôme de Vic ? Un autre ? Elle avait le visage anguleux et les cheveux presque blancs.

De toute manière, ça n'a pas d'importance, dit-elle. *Autant que tu t'installes ici.*

Puis elle disparut. Comme une bulle qui éclate. Surprise, je clignai des yeux, essayant de me ressaisir.

— Qu'est-ce qui s'est passé ? demanda Vic.

Il regardait tout autour de lui, espérant apercevoir quelque chose.

— Tu t'es absentée pendant quelques secondes. Est-ce que tout va bien ?

Qu'avait-elle voulu dire ? Depuis le début, j'avais du mal à la comprendre.

Je me remis de mes émotions. Je n'avais pas peur, elle n'avait montré aucune hostilité, n'avait lancé aucun ultimatum. Soit elle appréciait Vic autant qu'il l'appréciait et donc, elle nous laisserait tranquilles, soit mon pendentif l'avait efficacement maintenue éloignée.

— Alors ? insista Vic en me dévisageant.

— On peut rester, répondis-je, l'air assuré.

Lucas et moi avions trouvé un toit.

Vic nous reconduisit à l'hôtel. Avant de repartir, il fit un petit détour discret par le distributeur automatique et me donna les six cents dollars qu'il m'avait promis. Je les enfouis dans mon sac. Dès qu'on aurait un emploi, on pourrait commencer à économiser. Je serrai Vic dans mes bras de toutes mes forces.

Puis ce fut l'heure pour moi d'affronter Lucas.

Il n'avait pas souri depuis notre départ du restaurant. Il avait un peu discuté avec Vic et Ranulf, remerciant Vic chaleureusement ; mais moi, j'étais devenue invisible. Il s'était maîtrisé le temps que nous réglions les affaires urgentes. À présent, il s'assombrissait de minute en minute.

Nous prîmes l'ascenseur en silence. Il régnait une telle tension entre nous que j'avais du mal à respirer. Dans ma tête, je revoyais la scène de la mort d'Eduardo : les mains de Mrs Bethany qui lui tordaient le cou, le craquement sec des os, encore et encore.

Quand nous entrâmes dans la chambre, je m'attendais à ce qu'il explose, mais il ne fit rien. Il se dirigea vers la salle de bains et se lava les mains et le visage avec une précision presque maniaque.

Alors qu'il se séchait les mains, je craquai.

— Dis quelque chose. N'importe quoi. Hurle-moi dessus si tu veux. Parle !

— Que veux-tu que je te dise ? Je t'avais demandé de ne pas envoyer d'e-mail. Et nous savons tous les deux que tu ne m'as pas écouté.

— Tu ne m'as jamais expliqué pourquoi… commençai-je.

Il me lança un regard noir.

— Je sais, ce n'est pas une excuse…

— Je t'ai prévenue il y a des mois qu'il y avait de fortes chances que les e-mails soient interceptés. Tu penses que si je ne t'ai pas écrit l'année dernière, c'est parce que je n'en avais pas envie ? Ça aurait quand même dû te mettre sur la voie, non ?

— Pourquoi tu cries ?

— Oh, pardon. Je ne devrais pas m'emporter pour un truc aussi insignifiant que la mort de quelques personnes !

La terrible réalité me percuta alors violemment. La fumée, les cris, les pas affolés, tout me revint en mémoire. Je revis le regard d'Eduardo s'éteindre au dernier instant de sa vie.

Les yeux remplis de larmes, je m'enfuis de la chambre. Je ne pouvais pas affronter la colère de Lucas, même si je la méritais amplement. Le poids de ma culpabilité m'oppressait désormais, me torturant davantage que le moindre de ses reproches. J'avais besoin d'être seule, de pleurer à en disparaître. Mais où pouvais-je aller ?

Dans le couloir, je me mis à courir, le plus vite possible, comme si j'avais pu prendre de vitesse mes erreurs et changer le cours des choses. Je parvins à la piscine. Quelques gamins jouaient dans le petit bain, mais il n'y avait personne dans le grand bassin. J'enlevai mes sandales, m'assis, glissai mes pieds dans l'eau, et sanglotai jusqu'à être à court de larmes.

Au crépuscule, quelqu'un vint s'asseoir à côté de moi – Lucas. Je ne pouvais pas le regarder. Il retira ses chaussures et trempa ses pieds dans l'eau. J'aurais dû trouver ça encourageant, mais j'étais au fond du trou.

Il parla le premier.

— Je n'aurais pas dû crier.

— Si j'avais su ce qui allait arriver, que Mrs Bethany nous retrouverait et attaquerait la cellule, je n'aurais jamais envoyé cet e-mail. Je te le jure.

— Je le sais. Mais tu aurais pu écrire. Ou demander à Vic d'appeler tes parents. Si tu avais réfléchi un peu…

— Ce que je n'ai pas fait.

— Non, soupira-t-il.

Mon aveuglement avait coûté cher à Lucas. Certains membres de la Croix noire y avaient même perdu la vie. Ils ne méritaient bien entendu pas de mourir comme ça, quand bien même je ne les portais pas dans mon cœur.

— Lucas, je suis désolée. Je suis vraiment désolée. Je ne sais pas quoi dire…

— Ça aussi, je le sais. Mais ça ne change rien.

Il observait les lumières de la ville.

— Ce qui me chagrine, c'est que Maman est toute seule. Elle a perdu Eduardo. Elle m'a perdu aussi, et elle n'a même plus de cellule de la Croix noire à diriger. Que va-t-elle faire ? Qui sera là pour elle ? J'avais prévu de partir avec toi, et je ne le regrette pas, mais j'avais pensé qu'Eduardo serait avec elle. Elle a l'air forte, et elle l'est, mais…

Tellement préoccupée par mes propres problèmes, je n'avais même pas pensé à Kate. Sa situation était semblable à celle de mes parents – pire encore, parce que mes parents pouvaient compter l'un sur l'autre. Kate n'avait plus personne.

— Quand on sera installés, tu pourras l'appeler, non ?

— Si je la contacte, elle en informera la Croix noire. Ce sont les règles et elle s'y tiendra.

— Même si c'est toi ?

Contrairement à Lucas, je n'y croyais pas un instant.

Il contempla nos reflets à la surface de la piscine. Sa colère avait cédé la place à la mélancolie. Il semblait las, déprimé. C'était tout aussi douloureux à voir.

— Ma mère est un bon soldat. Comme j'aurais aimé l'être.

— Tu l'es.

— Les bons soldats ne font pas passer l'amour avant la cause.

— L'amour est la meilleure des causes.

Il sourit d'un air triste.

— Tu es ma cause. Même quand tu fais des erreurs. Et Dieu sait que j'en fais moi aussi.

Je voulus le serrer dans mes bras mais le moment était mal choisi. Lucas s'attaquait à ses démons intérieurs. Il fallait qu'il s'exprime.

— J'ai passé toute ma vie au sein de la Croix noire, continua-t-il. J'ai toujours su qui j'étais, quel serait mon destin. Je pensais pourchasser des vampires pour l'éternité. Mais tout ça, c'est terminé.

— Je sais ce que c'est. Moi, j'ai toujours pensé que je serais un vampire. Plus maintenant. C'est effrayant.

Lucas me prit la main.

— Tant qu'on est ensemble, ça ira, déclara-t-il.

— Oui. Mais, Lucas, qu'est-ce qu'on va devenir ?

— Aucune idée, avoua-t-il.

Je mis mes bras autour de son cou, m'accrochant à lui. Il nous faudrait aussi croire à la force de l'amour.

Les jours suivants furent calmes. Lucas pensait encore régulièrement à sa mère mais notre dispute était terminée. Nous regardions la télé, partions à la découverte de la ville. Un matin, nous nous séparâmes afin de chercher du travail – moi comme serveuse, lui comme mécanicien. À notre grand soulagement, nous décrochâmes chacun un job qui devait commencer après le week-end ! L'avenir – du moins le proche – prenait forme.

Nous passions tous les soirs dans la chambre, ensemble.

Je n'aurais jamais cru possible d'avoir toujours plus d'élan pour quelqu'un. Je n'éprouvais désormais plus aucune gêne. Je n'avais plus de doutes. Lucas me connaissait comme personne d'autre au monde. Je ne me sentais vraiment en sécurité que quand j'étais avec lui, entièrement. Ensuite, je me blottissais contre lui et m'endormais d'un sommeil lourd, dépourvu de rêves.

Une nuit cependant je fis un rêve particulièrement intense.

— Je suis là, dit le spectre.

La forme se tenait devant moi, pareille à n'importe quel être humain. Elle dégageait une impression de mort.

— Où sommes-nous ? demandai-je.

J'observai les alentours sans rien voir. L'obscurité régnait.

— Regarde, m'offrit-elle comme seule réponse.

Baissant les yeux, j'aperçus la Terre, au loin. Nous flottions dans le ciel nocturne. Comme les étoiles, pensai-je. Et pendant un instant, je me sentis heureuse.

Deux êtres marchaient tout en bas. Je les reconnus. Lucas se dirigeait vers un arbre qui ployait sous le vent. Balthazar avançait derrière lui.

— Que font-ils ? demandai-je.

— *Ils ont un travail à terminer.*

— *Je veux voir ça de plus près.*

— *Non, répondit-elle. Tu ne veux pas. Crois-moi.*

Une rafale de vent nous fit tournoyer.

— *Pourquoi ne veux-tu pas que j'aille voir ? insistai-je quand j'eus retrouvé l'équilibre.*

— *Vas-y, si tu y tiens vraiment, dit-elle en souriant tristement. Mais tu vas le regretter.*

Oui… non… – réveille-toi, réveille-toi !

Je me redressai brusquement dans le lit, le cœur tambourinant. Pourquoi ce rêve me troublait-il à ce point ?

Le lendemain, après un coup de fil de Vic nous signalant que la voie était libre, nous quittâmes l'hôtel. Le trajet en bus jusqu'à chez lui fut un peu long, mais dès que nous pénétrâmes dans le cellier, nous fûmes récompensés.

— Wouah ! s'écria Lucas tandis que nos yeux s'habituaient à la pénombre. C'est immense, ici !

La maison était énorme et la cave occupait tout le sous-sol. Des cloisons recréaient des espaces.

Dans l'une des pièces, une lampe éclairait un petit trésor : des draps, des serviettes, des couvertures, un sommier, un matelas encore emballé, une petite table avec des chaises, un panier rempli d'assiettes, couverts et verres dépareillés, une guirlande de Noël, un mini-frigo, des livres, des dvd, une vieille télé et un tapis persan.

Je pris le morceau de papier posé sur la table :

« Salut, les amis, lis-je. Ranulf et moi avons descendu quelques affaires du grenier pour vous. La télé n'a pas d'antenne, mais vous pouvez regarder des dvd. Il y a des sodas et des fruits dans le frigo et Ranulf a laissé quelques poches de sang pour Bianca. J'espère que ça peut vous dépanner. On revient à la mi-août. Surtout soyez sages ! Je vous embrasse, Vic. »

— « Soyez sages ! » se moqua Lucas. Il nous prend pour qui ?

Nous nous installâmes dans un coin du cellier. Les tables et les chaises délimiteraient l'espace salle à manger. Je posai la lampe sur la table. Nous déroulâmes le tapis et Lucas escalada les étagères à vin pour accrocher la guirlandc. Le matelas était gonflable et le transporter sur le sommier ne fut pas difficile. Je pris du plaisir à faire le lit, choisissant les plus jolis draps et les couvertures les plus douces. Les murs étaient vert sapin, et quand tout fut fini, je me dis qu'il n'y avait pas un appartement plus beau que le nôtre à Philadelphie.

J'avais enfin l'impression que la vie nous souriait. Nos amis nous avaient aidés jusque-là et grâce à notre travail, nous pourrions bientôt les rembourser. Nous avions échappé à Mrs Bethany et à la Croix noire, et le seul spectre dans les parages ne semblait pas hostile. Tout allait bien.

À deux reprises, pourtant, mon humeur s'assombrit.

La première fois, ce fut après le dîner. Nous venions de finir une pizza achetée à quelques pâtés de maisons.

Je me demandais comment j'allais nettoyer les assiettes dans le lavabo de la salle de bains, quand je me mis à penser aux délicieux plats que ma mère me cuisinait.

Puis je me souvins que je ne pouvais pas lui demander conseil.

Un peu après, alors que nous examinions les dvd, je levai les yeux sur les murs du cellier. Immédiatement, les collages de Raquel me revinrent en mémoire, dans toute leur symphonie de couleurs et de formes. Il était loin le temps où elle me les montrait avec fierté. Maintenant, mon ex-compagne de chambre me détestait tellement qu'elle m'avait dénoncée auprès de gens qui avaient essayé de me tuer.

Je n'étais même pas en colère ; j'avais encore trop mal pour lui en vouloir. Je savais que cette blessure ne guérirait jamais complètement.

— Hé, dit Lucas, inquiet. À quoi tu penses ?

— À Raquel.

— Je te jure, si je la croise, je...

Je secouai la tête.

— Non, dis-je, ça ne fait rien.

Je me mordis la lèvre pour ne pas pleurer. Que Raquel s'imagine ce qu'elle voulait. Je l'aimais, et rien ne pourrait changer cela.

Tout me paraissait aller merveilleusement bien – jusqu'au lendemain. Notre première journée de boulot. Je n'avais jamais travaillé de ma vie, pas même pour faire du baby-sitting. D'après mes parents, les enfants remarquaient bien plus de choses que les adultes et il valait mieux que les vampires ne les fréquentent pas de trop près.

En clair, j'ignorais que travailler est difficile.

— La table 8 n'a pas encore ses boissons, hurla Reggie, mon supérieur hiérarchique au Hamburger Rodeo.

J'étais interloquée. Reggie avait à peine quatre ans de plus que moi.

Il avait ce même regard méprisant que beaucoup de vampires à Evernight, sauf qu'il n'avait pas leur puissance. Tout juste un badge indiquant « Manager ». Nous, les serveurs, devions porter des chapeaux de cowboy et des cravates ficelle.

— C'est quoi le problème, Bianca ?

— Je m'en occupe !

Un soda, une bière, et… Quoi, déjà ? Je sortis le carnet de mon tablier ; il était couvert de sauce vinaigrette. Après une séance de formation d'une heure – visiblement trop courte –, on m'avait jetée dans la fosse aux lions. Rapidement, je versai des glaçons dans des verres en plastique et me dirigeai vers les machines à boissons. Vite, vite !

Je servis les boissons mais les clients ne parurent pas satisfaits pour autant. Ils voulaient savoir pourquoi ils n'avaient pas encore eu le reste de leur commande.

Je me précipitai en cuisine.

— J'ai besoin de la commande de la table 8 !

— Bianca ! hurla Reggie derrière moi. La table 12

n'a même pas de couverts. Les couverts, ça vient avec les menus, tu te souviens ?

— Oui, oui.

Je faisais allers-retours après allers-retours. J'avais horriblement mal aux pieds. Reggie n'arrêtait pas de me crier dessus et les clients me toisaient méchamment parce que je ne leur apportais pas leur nourriture assez vite. Ce job avait tout d'une visite en enfer.

— Ce n'est pas une bonne première journée, marmonna Reggie alors que je vérifiais les ingrédients au salad bar.

— Je suis nulle.

— Tout le monde est nul le premier jour, me dit une serveuse, gentiment. Au bout de quelque temps, ce travail n'aura plus de mystère pour toi.

L'idée de passer du temps au Hamburger Rodeo me donna le tournis. Il fallait que je trouve un autre but à ma vie.

Puis je réalisai que je ne me sentais vraiment pas bien.

— Je crois que je vais m'évanouir, murmurai-je.

— Bianca, est-ce que…

Je n'entendis pas la fin de sa phrase. Je sombrai dans le noir.

Quand je rouvris les yeux, j'étais allongée par terre.

— Ça va ? demanda la serveuse.

Des serveurs et commis m'entouraient, l'air inquiet.

— Je ne sais pas.

— Tu ne vas pas vomir, au moins ? s'enquit Reggie.

Me voyant secouer la tête, il poursuivit :

— Est-ce un accident de travail ?

Je soupirai.

— Je crois qu'il faut juste que je rentre à la maison.

Reggie pinça les lèvres, mécontent. Pourtant, il me laissa partir.

Le malaise persista alors que j'attendais le bus et pendant le trajet de retour. Dans ma poche, j'avais fourré les quelques billets de un dollar que j'avais reçus en pourboire.

Je m'efforçai de ne pas m'effondrer.

Ce n'était pas la première fois que je me sentais faible de la sorte. Je me souvenais du jour où Lucas et moi avions fouillé les décombres au QG de la Croix noire. Et il y avait eu d'autres fois encore.

« Pas de panique », me dis-je.

Mais j'avais du mal à me raisonner. Il se passait quelque chose, je le sentais. Un changement se profilait à l'horizon.

Chapitre quinze

— Ce n'est pas drôle, répétai-je pour la quatrième fois.

Pourtant, je n'arrivais pas à dissimuler mon sourire.

— Je sais que ce n'est pas drôle. En plus, on a besoin d'argent, répondit Lucas, qui parvenait, lui, à ne pas rire. Franchement, c'est déjà énorme que tu aies tenu quatre jours au Hamburger Rodeo. C'est presque un record.

— Tais-toi !

Je lui donnai une tape sur l'épaule et nous éclatâmes de rire. Deux jours après être retournée au restaurant, j'avais été renvoyée pour trop grande maladresse.

Comme presque tous les soirs, Lucas sortit une pizza surgelée de son emballage. Nos repas étaient très répétitifs, mais c'était quand même mieux que les plats sinistres qu'on nous servait à la Croix noire, et nous ne pouvions pas tellement nous permettre plus.

— Comment s'est passée ta journée ?

Lucas ne parlait pas souvent de son travail au garage.

— Comme d'hab, répondit-il, laconique. Écoute, ne t'en fais pas pour le restaurant. Tu trouveras mieux. Tu devrais chercher un boulot dans un domaine qui te plaît, dans une librairie, par exemple.

— Oui, c'est une bonne idée.

Je mis la table en commençant à penser à ma future carrière de libraire. Mais alors que je me penchais en avant pour prendre deux verres dans un panier, un vertige me saisit de nouveau.

J'eus l'impression que le monde devenait gris, avec des étoiles partout. Un frisson me parcourut. Je plaquai la main contre le mur, essayant de me ressaisir.

— Ça va ? me demanda Lucas, inquiet.

Je souris.

— Oui, je me suis relevée trop vite, c'est tout.

Il ne semblait pas convaincu, mais fut distrait par la sonnerie du micro-ondes.

Devais-je parler à Lucas de ces malaises ? Je ne lui avais même pas dit que je m'étais évanouie au boulot. Mais cela reviendrait à admettre qu'il y avait un problème – et je refusais cette idée.

Nous nous installâmes à table, prenant chacun des pages du journal que Lucas rapportait du boulot. Le papier sentait l'huile de moteur, comme Lucas. Étonnamment, je commençais à trouver cette odeur assez enivrante. Je pris les petites annonces, au cas où je verrais une offre intéressante. Lucas lisait en priorité les pages locales.

Soudain, il se raidit et me passa le journal.

— Regarde.

Une femme avait été retrouvée morte dans une ruelle du centre-ville.

« Plusieurs sources affirment que la victime a eu la gorge tranchée. L'absence de sang sur les lieux laisse la police penser qu'elle a été tuée ailleurs et déposée dans la ruelle ensuite. Si vous avez vu un individu ou un véhicule suspect dans le coin entre 22 heures et 6 heures, merci de prendre contact avec les autorités. »

— Un vampire, murmurai-je.

— Un vampire qui vient de faire une énorme erreur puisqu'on sait maintenant où il chasse, ajouta Lucas.

— Tu… Tu veux le retrouver ?

— Il a tué des gens.

— Mais… que vas-tu faire ? Le tuer ?

— Ce ne serait pas la première fois, répondit-il, tendu.

Il avait tué un vampire afin de protéger Raquel lors de son année à Evernight. Il n'avait pas eu le choix, je le savais, la vie de Raquel était vraiment en danger. Cependant, l'idée de traquer un vampire et de l'assassiner me rendait malade.

— N'y a-t-il pas autre chose à faire ?

— Je ne vois pas.

Il se leva, déjà prêt à l'action.

Mon hésitation dut se lire sur mes traits parce que Lucas me prit la main.

— Il se peut qu'il s'enfuie dès qu'il saura qu'on est

à sa recherche. Ça arrive souvent. Les vampires prennent peur et disparaissent.

— Je vais croiser les doigts.

Il m'adressa un sourire maladroit.

— Tu en as vraiment besoin, n'est-ce pas ? repris-je. D'une mission. D'une raison…

« D'être », avais-je voulu ajouter, mais l'expression sur le visage de Lucas m'en empêcha.

— Hé, c'est toi ma raison. Ça fait longtemps que j'attends d'avoir une existence normale, tu le sais. Être avec toi, c'est la vie idéale.

Je croisai les bras.

— Tu n'as pas besoin d'une mission, repris-je, mais tu aimes en avoir une.

Timidement, il hocha la tête. Si l'enjeu avait été moins grave, je pense que j'aurais souri. Il était tellement mignon !

Bien que mon entraînement à la Croix noire n'ait pas fait de moi une tueuse, j'avais appris deux-trois trucs, et notamment qu'on ne partait jamais chasser sans arme. Malheureusement, nous ne disposions pas de l'arsenal de la Croix noire. Nous fouillâmes le garage des Woodson dans l'espoir de trouver quelque chose qui pourrait servir. N'importe quoi serait mieux que rien. Lucas dénicha des bouts de bois qui feraient des pieux convenables.

Nous étions samedi soir. Lucas ne travaillant pas le dimanche, j'avais imaginé toutes sortes d'activités que nous pourrions faire si nous avions été un couple normal : une visite du centre historique de Philadelphie, la grasse matinée, aller au cinéma…

Au lieu de ça, nous nous rendîmes dans la ruelle où le corps avait été retrouvé.

Nous arrivâmes alors que le soleil se couchait. Nous ne pouvions pas aller très loin, un ruban jaune entourait les lieux et nous empêchait d'accéder à la scène du crime.

— On peut passer en dessous, suggérai-je. Si la police nous voit, on dira que c'était pour un pari.

— Non, pas la peine, dit Lucas. On sait comment ça a fini. Ce qu'il faut, c'est trouver comment et où ça a commencé.

Nous arpentâmes le quartier. Un bar portant une enseigne au néon attira notre attention. Cela nous parut un bon endroit pour un vampire voulant repérer une proie.

— Je vais y aller, annonça Lucas. Histoire de me faire une idée des clients.

— *On* va y aller, rectifiai-je.

— Non, dit-il. Tu n'as pas l'âge légal pour consommer de l'alcool. Tu n'as même pas 18 ans…

Je me renfrognai.

— Je les aurai dans deux semaines !

— Peut-être, mais tu as 17 ans et tu as vraiment l'air d'avoir 17 ans. Si j'y vais seul, je ne risque pas d'attirer l'attention. Ce qui ne sera pas le cas si on entre tous les deux, surtout avec ta tenue.

Il laissa son regard courir sur ma robe.

— Vu comme ça, souris-je.

Il m'embrassa rapidement.

— Trouve-toi plutôt quelque chose à manger, murmura-t-il. Les provisions de Ranulf sont épuisées depuis deux jours. Tu dois être affamée.

Je n'avais même pas remarqué.

— T'inquiète, dis-je.

Il me dévisagea un instant, puis disparut dans la cohue du bar.

J'observai les environs, cherchant un quelconque signe de vie. Que je n'aie pas envie de sang importait peu, décidai-je. J'avais été malade, peut-être que j'avais eu une sorte de grippe à la mode vampire. Et tout le monde perd l'appétit dans ces cas-là. D'ailleurs, un peu de sang me ferait sûrement le plus grand bien.

Rien de tel qu'une ruelle pour localiser une proie. Au bout d'une minute, j'entendis comme un crissement derrière une poubelle. Ignorant l'odeur, je me précipitai sur l'animal – un rat. Je le saisis par la queue. Il sentait tout aussi mauvais que son environnement et je n'aimais pas savoir qu'il avait traîné dans les ordures toute la journée.

D'habitude, ma soif de sang était si grande qu'elle surpassait mon dégoût. Mais comme je n'avais aucun appétit…

Le rat se tortillait entre mes doigts.

— Désolée, lui dis-je.

Avant de changer d'avis, je le mordis.

Le sang m'emplit la bouche. Étonnamment, le goût était fade. Je me forçai à avaler plusieurs gorgées ; j'eus la même impression. En réalité, je trouvais ça immonde.

Je me souvins de la grimace qu'avait faite Lucas la première fois qu'il en avait bu. Je comprenais enfin ce qu'il avait ressenti.

Je balançai le rat mort dans la poubelle puis sortis des bonbons à la menthe de mon sac.

Les bonbons me parurent tout aussi insipides. Peut-être que je n'avais encore rien remarqué parce que nous mangions des plats surgelés d'ordinaire sans saveur, mais, visiblement, la nourriture humaine ne me convenait pas non plus.

« Qu'est-ce qui m'arrive ? » me demandai-je.

— Qu'est-ce qui t'arrive ?

Alertée, je tendis l'oreille. La voix féminine provenait d'une contre-allée voisine. Grâce à mes pouvoirs sensoriels de vampire, je l'entendais parfaitement.

— Rien, répondit un homme.

— Tes dents… reprit-elle.

— Eh bien ? Tu ne vas pas te fier aux apparences, si ?

Je sortis un pieu de mon sac et me dirigeai vers le vampire. Avec un peu de chance, Lucas l'aurait repéré, lui aussi ; seule, je ne voyais pas tellement ce que je pouvais faire. Je remarquai soudain un bruit à mes pieds. Les semelles de mes sandales claquaient à chacun de mes pas et je regrettai de ne pas avoir choisi des chaussures plus discrètes. J'espérais que le vampire serait trop occupé pour m'entendre.

Arrivée à l'angle de la rue, je m'arrêtai et jetai un œil aux alentours. Je distinguai deux silhouettes à la lumière d'un lampadaire. La nuit venait de tomber.

Lui n'était pas grand mais il était puissant ; la femme, minuscule.

— Je ne te connais pas, dit-elle.

Elle parlait d'un ton léger mais je sentais son angoisse monter.

Elle refusait certainement d'admettre qu'elle avait peur. Les vampires comptaient d'ailleurs principalement là-dessus : la capacité qu'ont les humains à se convaincre que tout va bien.

Le vampire fit un pas en avant, la forçant à reculer contre le mur en briques du bâtiment derrière.

— C'est plus excitant quand on ne se connaît pas, non ?

— Peut-être, répondit-elle faiblement.

J'en avais assez vu. Bien que sans illusion quant à mes propres forces, j'espérais au moins le surprendre et le faire fuir.

Brandissant le pieu, je m'approchai du couple.

— Laisse-la ! Ou bien…

Il se retourna. Un sourire narquois se dessina sur son visage. Il n'avait pas l'air surpris.

— Ou bien quoi, fillette ?

— Ou bien je te paralyse avec ça. Et après, qui sait ?

Il écarquilla légèrement les yeux. Que je sache comment fonctionnait un pieu l'étonna mais il ne semblait vraiment pas intimidé.

— Essaye toujours, lança-t-il.

Il se détourna de la femme qui en profita aussitôt pour partir en courant. Roulant des épaules, le vampire se dirigea vers moi.

« Lucas, pensai-je, rejoins-moi vite, je t'en supplie ! »

— Mais… Tu n'es pas humaine, constata le vampire, un instant surpris.

Puis il haussa les épaules.

— Peu importe d'où vient le sang, dit-il en se rapprochant encore.

Tout à coup, une voix s'éleva :

— Surtout si c'est le tien !

— Lucas ! m'écriai-je.

Il se mit à courir en direction du vampire, sans même me regarder. Le vampire s'élança à son tour, mais Lucas l'évita et lui asséna un violent coup de coude dans le dos. Le vampire s'étala sur le sol.

Ils avaient beau ne plus faire attention à moi, je ne les quittai pas des yeux. J'attrapai une brique par terre et la lançai sur le vampire. Il la reçut dans le ventre. Il se tourna vers moi.

— Quitte la ville, lui conseillai-je. Disparais une bonne fois pour toutes. Ça nous évitera d'avoir à te tuer.

— Ah, parce que vous pensez vraiment en être capables ? ricana le vampire.

Lucas lui sauta dessus et ils roulèrent au sol. Les combats rapprochés tournaient plutôt à l'avantage des vampires – c'était plus facile de mordre. Je me précipitai au secours de Lucas.

— Tu es plus fort qu'un humain, haleta le vampire.

— Mais je suis encore humain, assura Lucas.

Le vampire sourit – un sourire si incongru vu la situation que c'en était encore plus effrayant.

— Je recherche l'un de nos enfants, expliqua-t-il à Lucas dans un souffle. Pour le compte de la reine de ma tribu. Une femme prénommée Charity.

La tribu de Charity ! Je tressaillis.

— Oui, je la connais, répondit Lucas en s'efforçant de maintenir le bras du vampire dans son dos. Je lui ai même enfoncé un pieu dans le cœur. (Il se garda bien de lui dire que Charity s'était échappée et nous traquait activement.) Et si tu crois que je ne suis pas capable de faire pareil avec toi, tu vas vite déchanter.

Ils étaient de force égale et Lucas ne réussit pas à prendre l'avantage. Il n'avait même pas eu l'occasion de sortir son arme. Et la chance pouvait tourner d'un instant à l'autre.

C'était à moi de l'aider – en tuant un autre vampire.

« Est-ce que je peux y arriver ? Est-ce que je peux tuer un autre vampire ? » Cela me parut impossible, à la limite de la sauvagerie. Mais si c'était le seul moyen de sauver Lucas, je n'hésiterais pas.

Le pieu glissait dans ma main tremblante et moite. Il fallait que je réussisse du premier coup.

Une montée de stress vint s'ajouter à ma nausée persistante. Le monde vacilla. Je ne m'évanouis pas mais perdis pied et me retins contre le mur. Je lâchai le pieu.

— Bianca ? s'inquiéta Lucas.

Saisissant l'occasion, le vampire repoussa Lucas, qui tomba en arrière. Horrifiée, je me précipitai vers eux ; je trouverais la force de protéger Lucas, à tout prix.

Heureusement, le vampire préféra prendre la fuite, nous laissant seuls dans la ruelle.

Lucas rampa jusqu'à moi. J'étais à quatre pattes au milieu des ordures et la puanteur était si saisissante que je crus que j'allais vomir. Ma tête me semblait lourde.

— Ça va… balbutiai-je.

— Non, apparemment pas du tout !

Lucas m'attira vers lui et je posai la tête contre son épaule. Mon cœur battait à tout rompre dans ma poitrine.

— Bianca, qu'est-ce qui ne va pas ?

— Je ne sais pas.

La lumière crue du lampadaire rendait le décor sinistre.

— Tu penses… Tu penses que le vampire va quitter la ville ?

— Ne t'inquiète pas pour ça. Je vais m'occuper de toi.

Lucas me prit dans ses bras. En un instant, la pluie se mit à tomber, mouillant aussitôt nos cheveux et nos vêtements. Lucas semblait ne pas s'en soucier et il me serra plus fort encore. Quant à moi…

Je n'avais même pas la force de bouger.

Chapitre seize

Lucas réajusta un coussin sous ma tête et remonta la couverture.

— Tu es sûre que ça va ? demanda-t-il pour la vingtième fois.

— Oui, Lucas. J'ai besoin de me reposer. C'est tout.

J'aurais aimé qu'il cesse de s'inquiéter. Sur le trajet du retour, il m'avait serrée contre lui et j'avais ressenti toute l'étendue de son appréhension.

— Le vampire… il connaît Charity. Il va lui dire où on est.

— C'est pour cela qu'on ne va plus jamais aller patrouiller dans cette ville.

Je posai la main sur mon front. Soit il était brûlant, soit ma main était glacée. Mes cheveux étaient encore mouillés, ce qui n'arrangeait rien. Un éclair illumina la pièce, suivi par un coup de tonnerre. L'orage se rapprochait.

— Tu n'as pas assez mangé ? demanda-t-il.

Il frotta mes mains entre les siennes, essayant de les

réchauffer. Je voyais qu'il ne pourrait pas se reposer, il ne pourrait même pas réfléchir tant qu'il n'aurait pas réglé le problème.

— Ou alors… Mon Dieu ! Tu es…

Il pâlit. Je savais très bien à quoi il pensait et je me mis à rire malgré moi.

— Non. Je ne suis pas enceinte.

— Tu en es sûre ?

En me voyant hocher la tête, il soupira de soulagement.

— Tu verras, dis-je bravement, dès que j'aurai un peu dormi, j'irai beaucoup mieux.

— Tu as besoin de sang ?

— Non, j'ai mangé tout à l'heure.

L'idée d'avaler du sang me dégoûtait.

Lucas me dévisagea, anxieux. Il avait envie de me poser des questions auxquelles je ne voulais pas répondre. Je voulais faire semblant que tout allait bien, encore quelque temps.

Je fus soulagée de l'entendre dire « Ok ». Il se pencha en avant et m'embrassa sur la joue. Fermant les yeux, j'imaginai un instant que nous étions dans une magnifique maison et que nous vivions heureux, sans le moindre souci.

Le lendemain cependant, toujours aussi inquiet, Lucas insista pour que je reste au lit.

— Tu es épuisée. Entre l'incendie d'Evernight et

les entraînements de la Croix noire, ces deux derniers mois ont été durs.

— Pour toi aussi, remarquai-je.

Il haussa les épaules.

— Ta vie a plus changé que la mienne, Bianca. Tu as besoin de repos. Fais une pause. Je me charge de tout pendant les deux prochaines semaines.

Il ne gagnait pas beaucoup d'argent, mais cela suffirait pour acheter à manger et payer le bus. En revanche, nous ne pourrions rien mettre de côté pour rembourser Vic et Balthazar.

Lucas était déterminé, et je ne pouvais que l'en aimer davantage.

— Une semaine, dis-je.

Cela suffirait pour que je me remette sur pied.

— Disons une semaine et demie. Tu ne veux pas reprendre le travail lundi prochain, si ?

Ce lundi-là serait le jour de mon anniversaire ! J'allais avoir 18 ans. Lucas n'avait pas oublié !

La semaine fut douce et reposante pour moi. J'eus enfin l'impression d'être en vacances. J'allais me promener, je regardais des dvd, je lisais les livres que Vic nous avait sélectionnés. Je faisais la sieste. Au bout de quatre jours, je pus constater que les malaises avaient disparu ; il n'y avait plus de raison de s'inquiéter.

Cependant, un après-midi, je fis un rêve étrange.

— Que signifie ce rêve ? demandai-je.

Le spectre sourit.

— Enfin, tu comprends !

Nous étions sur le toit d'Evernight. Le soleil se levait à peine, la brume enveloppait encore le domaine. Je savais que la forme et moi n'étions pas seules même si je ne voyais qu'elle. Le monde était gris, presque immatériel, et sans les pierres et les gargouilles, j'aurais pu croire que nous étions suspendues dans le vide.

— Tu me parles à travers mes rêves, déclarai-je.

Elle secoua la tête.

— On se reverra bientôt. Je ne sais rien de plus.

— Comment c'est possible ?

— Je ne te révèle pas ton avenir, poursuivit-elle. C'est toi qui y as accès. Pas moi.

Je pouvais donc voir l'avenir ? J'en doutais, surtout compte tenu des nombreuses mauvaises surprises que j'avais eues.

— Je pense que ce ne sont que des rêves. Je n'ai pas à y prêter attention.

Elle s'éleva dans le ciel. Je crus un instant qu'elle m'abandonnait, puis je me rendis compte que je lévitais moi aussi. Mes pieds ne touchaient plus le toit, mais ça n'avait aucune importance.

Elle se tourna vers moi, le visage triste.

— Il faudra bien que tu regardes la vérité en face, Bianca. Tu ne peux pas te cacher toute ta vie derrière des mensonges.

Elle montait plus vite que moi. Je tendis les bras, espérant accélérer mon ascension.

— Attends, m'écriai-je. Attends !

Je me réveillai sur le canapé, me sentant étrangement calme. C'était la première fois qu'un rêve impliquant le spectre ne me terrifiait pas.

Il était clair que je n'étais ni voyante ni prophète. Mais certains de mes rêves s'étaient réalisés : les fleurs noires et la broche de Lucas, Charity et l'incendie d'Evernight. Avais-je la capacité de connaître l'avenir ? Il faudrait que je me penche sérieusement sur la question plus tard.

Pour le moment, je ne pouvais oublier la dernière chose que m'avait dite le spectre : *Tu ne peux pas te cacher toute ta vie derrière des mensonges.*

— Je me sens idiote avec ce bandeau sur les yeux, dis-je. Je parie que tous les gens dans le bus nous prennent pour des fous.

Alors que j'essayais de le retirer, Lucas m'attrapa les mains.

— Non, ils trouvent ça super que je te fasse une surprise.

— Je n'aime pas les surprises ! déclarai-je.

Ce n'était pas vrai, et nous le savions tous les deux. J'adorais qu'il m'ait organisé une surprise pour mon anniversaire.

— Ne bouge pas comme ça. On est bientôt arrivés.

Quand nous parvînmes à notre arrêt, Lucas m'aida à descendre du bus. La lumière éclatante du soleil éclaira l'écharpe, mais je ne voyais toujours rien de plus que son bleu turquoise.

— Tu es prête ?

Il commença à défaire le nœud. Je trépignais d'impatience. Nous étions devant un musée. Et pas n'importe lequel.

— L'Institut Franklin, m'écriai-je. Le planétarium !

— J'ai pensé que ça te plairait.

— C'est génial !

J'avais perdu mon télescope lors de l'incendie d'Evernight, et ces derniers mois avaient été tellement intenses que je n'avais pas eu l'occasion d'observer les étoiles. Ça me manquait beaucoup. Lucas venait tout simplement de m'offrir le plus beau des cadeaux.

Nous entrâmes et attendîmes la projection en visitant les expos temporaires. Évidemment, le clou du spectacle fut de pénétrer dans le planétarium.

J'adore les planétariums. Ce sont des endroits calmes, vastes, frais, avec de hauts plafonds voûtés. Ils me rappellent qu'il existe un univers infini et presque sacré dont je ne suis qu'une infime partie.

Lucas et moi prîmes nos places. Je remarquai un type avec un t-shirt ridicule quand Lucas se pencha vers moi :

— Je pense qu'il vaut mieux faire ça avant que les lumières s'éteignent.

— Faire quoi ?

De sa poche, il sortit un superbe bracelet en corail rouge. J'écarquillai les yeux.

— Il te plaît ? demanda-t-il. Je ne savais pas trop quoi choisir, mais j'ai pensé que c'était un peu comme la broche.

— Il est magnifique !

Entre chaque perle de corail, il y avait des perles cubiques en argent sur lesquelles étaient ciselés des dragons.

— Lucas, je l'adore, mais…

— Attention, ne me parle pas d'argent, me coupa-t-il d'un ton ferme. Je vais bien évidemment rembourser chaque centime que l'on a emprunté, même si ça doit me prendre toute la vie. Mais franchement, tu mérites un beau cadeau d'anniversaire.

Je ne pouvais pas protester. Je me jetai dans ses bras.

Prenant du recul, il passa le bracelet autour de mon poignet.

— Voilà, dit-il, presque embarrassé. Joyeux anniversaire !

— Je t'aime.

— Moi aussi, je t'aime.

Les lumières s'éteignirent et des milliers d'étoiles se matérialisèrent dans le « ciel » au-dessus de nos têtes. Je me calai dans mon siège, serrant la main de Lucas tandis que le narrateur racontait la naissance des supernovas. Je sentais le poids du bracelet autour de mon poignet et déjà j'avais l'impression qu'il faisait partie de moi. Comme un talisman. Un lien entre moi et Lucas, semblable à la broche.

« Il veut s'occuper de moi, pensai-je. Il veut me protéger, à tout prix. »

Tu ne peux pas te cacher toute ta vie derrière des mensonges.

Ça ne pouvait plus durer. Je pris conscience que j'exigeais trop de choses de Lucas : qu'il me protège, qu'il règle tous nos problèmes, qu'il me trouve du sang. Et j'avais tort de me voiler la face. Lucas n'avait pas à affronter seul l'hostilité du monde. Et il méritait que je lui dise la vérité.

— Lucas, murmurai-je, faisant bien attention à ne déranger personne. Il faut que je te dise quelque chose.

Il se tourna vers moi.

— Quoi ?

— L'autre jour, quand je me suis évanouie... Ce n'était pas la première fois.

Sur l'écran au-dessus de nous, une étoile mourante explosa dans un feu d'artifice de lumières blanches. La salle s'illumina, me permettant d'apercevoir Lucas. Il me regardait d'un air soucieux.

— Bianca, qu'es-tu en train de me dire ?

— Ça remonte à plusieurs semaines. Depuis Manhattan. Mais les malaises sont de plus en plus fréquents et importants. Je n'ai plus envie de manger. Enfin, de boire. Je sais que j'aurais dû t'en parler plus tôt... Je ne voulais pas t'inquiéter.

Lucas ouvrit la bouche puis la referma. Il hésitait entre la colère et la peur, ce que je pouvais comprendre, même si les deux me brisaient le cœur.

Enfin, il dit :

— On va s'en sortir.

Acquiesçant, je posai la tête sur son épaule et observai la toute nouvelle nébuleuse qui s'ouvrait comme une fleur bleu pâle. Je n'avais pas résolu le problème mais au moins j'étais débarrassée du fardeau du secret.

Je pouvais enfin me concentrer sur les étoiles et sur mon anniversaire.

Quand la projection fut terminée, nous sortîmes du planétarium.

— C'était vraiment super, dis-je. Merci de m'avoir emmenée ici.

— Ouais, répondit Lucas, distrait.

Il opina et je lui pris la main.

— Viens, dit-il, on va discuter.

Nous marchâmes le long du trottoir. Le soleil se couchait. Nous étions dans un joli quartier, avec de belles maisons et de grands arbres dont les immenses branches oscillaient dans la brise. Nous arrivâmes dans un parc.

— Tu es sûre que tu n'es pas enceinte ? insista Lucas.

— Sûre.

Comme il me regardait toujours d'un air anxieux, je secouai la tête.

— Lucas, je te l'ai déjà dit. Je suis sûre et certaine de ne pas être enceinte.

Il passa son bras autour de mon épaule.

— Alors, qu'est-ce que c'est ? Tu as une idée ?

— Non, aucune, hésitai-je. Mais je n'arrête pas de penser à quelque chose que m'a dit ma mère. Le lendemain du soir où je t'ai mordu pour la première fois.

— Qu'est-ce qu'elle a dit ?

Je jetai un coup d'œil aux alentours afin de vérifier que nous étions bien seuls. Il y avait quelques promeneurs avec leur chien et des joggeurs mais ils étaient tous dans leur bulle et ne faisaient pas attention à nous.

J'aperçus aussi un groupe de gens aux vêtements usés et bigarrés qui riaient fort.

— Elle m'a expliqué que maintenant que j'avais goûté du sang humain, j'avais déclenché le compte à rebours. Et que je ne pourrais certainement pas rester telle quelle, moitié humaine et moitié vampire. Elle pensait que le vampire en moi prendrait le dessus, que je serais obligée de…

Je ne comptais pas prononcer le mot « tuer » en public.

— Que je serais obligée d'accomplir ma transformation, repris-je.

— Et ils ne t'ont jamais dit ce qui arriverait si tu ne le faisais pas ?

— Non. Je leur ai demandé des dizaines de fois, mais ils réagissaient comme si ne pas être un vampire n'était pas une option. Ils ne m'ont pas dit non plus de combien de temps je disposais. Maintenant, je me pose des questions.

— Tu crois que ces malaises, c'est ton corps qui te dit qu'il faut que tu tues quelqu'un ?

— Chut ! m'écriai-je. Ne parle pas si fort !

Lucas ralentit.

— Comment te sens-tu ?

— Là, maintenant ? Très bien, pourquoi ?

— Va falloir courir.

— De quoi tu parles ?

Soudain, je compris. Un deuxième groupe de personnes en haillons colorés traversaient la rue. Ce n'était pas un hasard. Nous étions encerclés.

L'une des silhouettes me parut familière : un profil aquilin, une peau pâle, des dreadlocks auburn. Shepherd.

— Ce type, là. Il travaille avec Charity.

Lucas m'attrapa la main.

— L'arrêt de bus, dit-il. On y va ! Vite !

Nous nous mîmes à courir. Dès nos premières foulées, les vampires cessèrent de faire semblant. Ils s'élancèrent à nos trousses ; ils ne plaisantaient plus.

Lucas accéléra l'allure, m'entraînant en avant. J'agrippai sa main de toutes mes forces. D'habitude, je courais plus vite que lui. Plus maintenant.

Nos poursuivants se rapprochaient de nous. Lucas me tirait tant bien que mal, mais nous savions désormais tous les deux que nous n'allions pas atteindre l'arrêt de bus à temps ; je ne courais pas assez vite. Je retirai ma main de celle de Lucas et partis vers la droite.

— Bianca ! cria-t-il.

Je ne me retournai pas.

Je pensais que les vampires se sépareraient en deux groupes, la moitié pourchassant Lucas et l'autre moitié, moi. Lucas parviendrait à échapper à ses poursuivants et moi, j'espérais m'en sortir en affrontant une formation réduite. Mais à les entendre, je compris qu'ils m'avaient tous suivie.

Je pensai : « Lucas, s'il te plaît, enfuis-toi ! » Je n'osai pas regarder derrière moi. Les vampires étaient trop près, ils allaient me rattraper.

Une main agrippa mon bras et me fit pivoter. Je faillis tomber mais Shepherd me tint fermement.

— Si tu pouvais sourire, ce serait bien, murmura-t-il. Il faut que les gens croient qu'on ne fait que s'amuser. Si tu veux, je peux te forcer.

Ils étaient une dizaine, et j'étais toute seule. Je souris. Un jeune couple avec une poussette qui nous observait avec curiosité reprit son chemin, satisfait.

— Lâchez-la !

Lucas se fraya un chemin parmi les vampires, qui le laissèrent passer. Shepherd me retenait toujours.

— On va l'emmener faire un tour, expliqua-t-il. Si tu tentes quoi que ce soit, je la tue. Et je te tue ensuite.

Nous n'avions pas d'armes sur nous. Nous étions sortis pour fêter mon anniversaire, pas pour combattre des vampires. Lucas croisa mon regard ; ici, c'était la défaite assurée.

— Tu as le choix, reprit Shepherd. Soit tu nous accompagnes, soit tu fais demi-tour et tu disparais.

— Lucas, s'il te plaît, implorai-je. Ce n'est que moi qu'ils veulent.

Il secoua la tête.

— Je viens avec vous.

Ils nous firent monter dans un fourgon garé dans une ruelle parallèle. La situation me rappelait celle de notre évasion de la Croix noire, mais cette fois Dana n'était pas là pour nous aider. De plus, l'arrière du van était séparé de l'avant par une cloison. Quand ils refermèrent les portières, nous nous retrouvâmes dans le noir.

Avant, l'obscurité ne m'aurait pas posé de problème. Maintenant, je n'y voyais presque rien.

— Tiens le coup, Bianca, murmura Lucas en passant son bras autour de mon épaule. Il nous faudra réagir vite lorsqu'ils ouvriront les portes.

— Ils sont beaucoup plus nombreux que nous. Et ils nous emmènent sur leur territoire. Ils auront l'avantage là-bas.

— Je sais. Mais on n'avait aucune chance dans le parc. Espérons qu'une occasion se présentera.

Je ne voyais pas comment cela allait être possible. J'admirais d'autant plus Lucas, qu'il réfléchissait comme un guerrier.

Nous roulâmes longtemps avant d'atteindre notre destination : un long immeuble d'un étage qui ressemblait à un gymnase abandonné. Plusieurs fenêtres étaient cassées et il y avait des graffitis sur les murs. La construction était vouée à la démolition et, en attendant, elle servait de QG à des vampires. Escortés de quatre gardes, nous descendîmes du fourgon.

— Allons à la piscine, annonça Shepherd.

Lucas me glissa un regard. Il m'enjoignait de bien étudier les lieux au cas où il existerait des armes ou un moyen de fuir. Je ne voyais toujours pas comment affronter autant de vampires, mais je fis un effort et me concentrai.

La piscine était encore plus délabrée que le reste. En entrant, je compris que les vampires y avaient élu domicile. Des cannettes de bière et des déchets jonchaient le sol et les rebords de fenêtre. Ça sentait la cigarette.

Au milieu, se trouvait la piscine, vidée de son eau ; à une extrémité, des toiles d'araignée pendaient d'un haut plongeoir.

Au début, la pièce me parut vide. Ensuite, je vis une ombre bouger dans un coin. Une personne aux vêtements sales et élimés que j'avais pris pour un tas d'ordures se réveillait.

Elle se redressa, dégageant de son visage ses mèches blond pâle. Puis, elle nous observa. Je la reconnus tout de suite. Je savais pour qui travaillaient ces vampires, mais cela ne rendait pas la réalité moins dérangeante.

— Charity, murmura Lucas.

Chapitre dix-sept

Charity s'approcha de nous. Ses cheveux lâchés lui donnaient l'air encore plus jeune. Elle portait une robe en coton qui avait dû être blanche et qui était maintenant tachée de sang. Ses pieds étaient nus. Elle ressemblait à une enfant réveillée de sa sieste et de mauvaise humeur.

— Tu les as amenés ici, dit-elle à Shepherd. Dans notre maison !

— Tu voulais la fille, non ? Eh bien, la voilà.

Il ne semblait pas remarquer la contrariété de Charity. Il sourit, content de lui.

— Tu as amené le garçon aussi, gémit-elle.

— Eh oui, répondit Lucas. Je t'ai manqué, Charity ?

Elle baissa le devant de sa robe, révélant la marque rose en forme d'étoile laissée par le pieu que Lucas lui avait planté dans le cœur lors de l'incendie d'Evernight. Elle passa son doigt sur le contour de la blessure.

— Je pense à toi tous les jours.

« Super, me dis-je. Elle fait une fixation sur nous

deux. » Je m'interposai entre elle et Lucas ; à peine un mètre nous séparait.

— Qu'est-ce que tu veux, Charity ? demandai-je. Balthazar n'est certainement plus à New York, alors je ne peux pas te dire grand-chose.

— Ah oui, j'ai réfléchi, dit-elle. Le meilleur moyen de retrouver Balthazar, c'est de ne pas le chercher. De l'obliger à venir à moi. Et pour cela, il me suffit d'avoir en ma possession quelque chose qu'il veut.

Mon sang ne fit qu'un tour. Elle faisait référence à moi.

— Je ne veux pas intégrer ta tribu, répondis-je d'une voix étonnamment posée.

— Je ne t'ai pas demandé ton avis.

Voilà. Point final. Nous ne pouvions pas nous échapper. Ils étaient plus nombreux que nous et nous encerclaient. Charity comptait me transformer en vampire. Ce soir, j'allais mourir.

Je tentai de me convaincre que ce n'était pas la pire chose qui puisse m'arriver. J'avais grandi en pensant devenir un vampire. Peut-être développerais-je un lien étrange avec Charity, comme c'était souvent le cas entre créateur et créature, mais, au fond, je ne changerais pas. Lucas m'aimerait toujours, nous pourrions être ensemble. Ce ne serait pas si terrible.

Sauf que j'aurais voulu avoir le choix. J'aurais aimé décider seule de mon destin. Et je n'aurais jamais cette possibilité.

— D'accord, dis-je, clignant des yeux pour chasser

mes larmes. Je ne peux pas t'en empêcher. Mais laisse partir Lucas.

— Bianca ! supplia aussitôt ce dernier.

Je refusai de le regarder, ne lâchant pas des yeux Charity dont le visage se renfrognait. À croire qu'elle voulait que je sois heureuse de devenir un vampire. Mais qu'espérait-elle ? Ne savait-elle pas que je la haïssais ?

— Tu veux m'y forcer ? repris-je. Comme ça, tu auras le sentiment d'être forte, d'avoir privé Balthazar d'un être cher ? Ok, vas-y.

— Elle n'appartient pas à Balthazar, intervint Lucas. Elle est à moi.

Je serrai les mâchoires. Il venait de commettre une énorme erreur.

— À toi ? reprit Charity en frappant dans ses mains. Bianca est à toi ! Donc, tu es à elle.

Afin qu'elle cesse de fixer Lucas, je me rapprochai encore d'elle.

— Laisse Lucas en dehors de tout ça.

— Mais vous vous appartenez l'un à l'autre ! Ce qui t'arrive à toi, Bianca, a des conséquences sur lui. Et vice versa.

Elle fit un geste de la main. Shepherd et un autre vampire attrapèrent Lucas et le tirèrent en arrière. Lucas se débattit, donnant à Shepherd un violent coup de coude dans les côtes et parvenant à se libérer. Il porta sa main à sa ceinture, où depuis des années s'était trouvé un pieu – un vieux réflexe désormais inutile.

Shepherd retrouva ses esprits. Un troisième vampire se joignit à eux et ils parvinrent à maîtriser Lucas.

— Qu'est-ce que vous faites ? criai-je. Lâchez-le !

— T'inquiète, tu vas pouvoir décider de son sort, déclara Charity. Et toi seulement.

— Balthazar a toujours soutenu que les vampires ne changeaient pas, que c'était là toute la tragédie de notre condition.

M'inclure dans le même lot que Charity, reconnaître que nous serions bientôt pareilles, me laissa un arrière-goût amer.

— C'est uniquement pour cela qu'il tient à toi, Charity. Il pense que tu n'as pas changé, mais il se trompe. Tu es devenue un monstre.

Elle secoua la tête.

— Mon pauvre frère n'a jamais rien compris. Je n'ai pas changé. J'ai toujours été comme ça, même vivante.

Elle semblait à présent perdue dans ses souvenirs.

— La différence, poursuivit-elle, c'est que j'ai maintenant le courage d'agir.

— Celui-ci est fort, déclara Shepherd alors que Lucas se débattait toujours. Trop fort.

Un sourire illumina alors le visage de Charity.

— Il est doté d'une force surhumaine ? Bianca, tu as bu son sang ! C'était bon ? À le voir, je pense que oui. J'aimerais bien y goûter.

— Ne le mords pas, lançai-je d'une voix tremblante.

— Si je bois son sang et qu'il meure, chantonna-t-elle, il deviendra un vampire. Est-ce que tu accepteras ensuite de te transformer ? Pour rejoindre ton amant ?

D'un coup, je la giflai. Sa tête bascula sur le côté. Les vampires retinrent leur souffle, n'osant croire que quelqu'un ait pu frapper Charity. Mais elle réagit comme si de rien n'était.

— D'ici peu, tu me supplieras de te prendre avec moi, dit-elle.

— Comment peux-tu croire que…

Je m'interrompis, comprenant tout à coup ce qu'elle envisageait de faire.

— Tu m'imploreras, murmura-t-elle. Sinon, je le tuerai.

Lucas redoubla d'efforts pour se libérer mais les vampires le tenaient bien et ils lui attachèrent les poignets et les chevilles avec du gros scotch. Shepherd le balança ensuite sur son épaule, comme un vulgaire colis.

— Monte l'échelle, ordonna Charity à Shepherd.

Il escalada l'échelle menant au plongeoir. Charity s'approcha du rebord de la piscine et je la suivis, redoutant le pire. Quand je jetai un œil au fond, mon estomac se retourna. Le sol était maculé de traînées de sang séché. Voyant mon visage horrifié, Charity chuchota :

— Parfois, quand on s'ennuie, on annonce à nos invités que s'ils survivent à la chute, on les laissera partir. C'est tellement drôle de les voir s'agiter sur le plongeoir. Ils pleurent, ils hurlent, ils supplient. Au final, ils sautent toujours. Ils pensent tous avoir une chance. Ensuite, ils s'écrasent. C'est pas très beau à voir. Et tout ce sang gâché…

— Tu es immonde.

— Parfois, il leur faut des heures pour mourir. Ou bien des jours. Il y en a un qui a passé une semaine à gémir. À ton avis, combien de temps Lucas va-t-il souffrir ?

Les yeux de Charity brillaient au souvenir de la douleur de ses victimes.

— Supplie-moi.

— De toute façon, ça ne marchera pas. Je ne peux devenir un vampire que si je prends une vie.

— Si je te vide de ton sang, tu deviendras si désespérée que tu attaqueras le premier humain venu. Je promets de t'éloigner de ton cher petit ami, même si dans l'état où tu seras, cela n'aura aucune importance.

Je repensai aux moments où j'avais été en manque de sang, notamment lors de mon séjour à la Croix noire. J'avais d'ailleurs mis la vie de Lucas en danger. Aucun doute, Charity disait la vérité.

— Refuse, Bianca, intervint Lucas. De toute façon, elle va me tuer.

— Non, ce n'est pas vrai, je le jure, gémit-elle en me regardant. Un jour, tu m'as rendu un service. Je n'ai pas oublié. Tu peux choisir. Tu peux sortir d'ici, saine et sauve, et reprendre ta vie en tant que… chose hybride. On attendra que tu sois loin avant de le pousser dans le vide. Tu n'entendras rien. Ou bien, tu peux me supplier gentiment de boire ton sang, et on l'autorisera à partir. Bien sûr, il assistera à ta mort, il nous faut bien un témoin. Mais on le laissera vivre. Tu as ma parole.

Si fou que cela puisse paraître, je la crus. Charity était manipulatrice et sadique – elle aimait passer des marchés et torturer les gens. Si elle avait voulu me transformer en vampire et ensuite tuer Lucas, elle me l'aurait dit, rien que pour le plaisir de m'entendre crier. En m'obligeant à choisir, elle pensait me rendre la tâche encore plus difficile. Sauf que j'avais désormais la possibilité de sauver Lucas. Et je comptais saisir ma chance.

— S'il te plaît, dis-je lentement.

— Bianca, non ! hurla Lucas.

Charity m'adressa le plus chaleureux des sourires, comme si j'avais été l'enfant prodigue.

— S'il te plaît ?

— S'il te plaît, permets-moi de rejoindre ta tribu.

Était-ce suffisant ? Sûrement pas. Prononcer ces mots était une véritable torture. En même temps, je me concentrais sur les battements de mon cœur – ils auraient bientôt disparu. Brisée, je songeai soudain que j'allais mourir le jour de mon anniversaire. On me volait ma vie et il fallait en plus que je supplie. Mais j'acceptai, pour Lucas.

— S'il te plaît. Fais de moi un vampire.

— Est-ce que tu veux rester avec moi pour toujours ? demanda-t-elle en posant les mains sur mes joues. On sera comme des sœurs, toi et moi. Et Balthazar verra que tu es à moi, et pas à lui. Ce sera bien fait pour lui. S'il te plaît, dis oui. Dis-moi que c'est ce que tu veux.

Voilà pourquoi elle voulait que je l'implore. Elle voulait se convaincre que ma démarche était sincère, qu'elle se reconstruisait une famille. Elle ne cherchait pas à spolier son frère. Elle cherchait à le remplacer.

Je tremblais tellement que j'avais du mal à tenir debout.

— Oui. C'est ce que je veux. S'il te plaît, parvins-je à articuler.

Elle se mit alors à bouder.

— Si c'était vraiment ce que tu désirais le plus au monde, tu me supplierais à genoux.

Je la haïssais – plus que tout. Mais pensant à Lucas, je finis par m'agenouiller. Le carrelage froid me vrilla les nerfs. J'enroulai mes doigts autour du bracelet en corail que m'avait offert Lucas, chérissant cette dernière preuve d'amour.

— S'il te plaît, Charity. Ma vie est à toi.

— Eh bien, voilà ! Ce n'était pas si difficile, si ?

Elle me sourit gentiment et j'aperçus ses crocs. Mon épreuve touchait à sa fin.

— Non ! hurla Lucas. Bianca, tu peux résister ! Oublie-moi !

Je penchai la tête en arrière, offrant mon cou à Charity. Mon regard se posa sur la charpente en métal du bâtiment. Ma vie s'arrêtait là.

« Je vais être un vampire, pensai-je. Faites que mes parents aient raison, que ce ne soit pas si terrible. »

Alors que Charity prenait mon visage entre ses mains, je vis une étrange lueur naître parmi les poutres. Comme une lumière se reflétant dans l'eau d'une piscine – sauf qu'il n'y avait pas d'eau dans la piscine.

J'écarquillai les yeux.

— Ça ne fera pas mal, promit Charity. Tu verras.

La lueur bleu-vert grossit et se dispersa, recouvrant

toute la surface du plafond et formant ce qui ressemblait à un halo. Un courant d'air froid traversa la pièce. Je frissonnai.

— Charity, murmura Shepherd. Qu'est-ce qui se passe ?

Tous les vampires scrutaient le plafond ; même Lucas avait cessé de se débattre.

— Ils ne vont quand même pas oser, souffla-t-elle. Ils ne vont pas oser !

Une pluie verglacée éclata. De grosses gouttes nous tombèrent dessus, rebondissant sur mes bras et percutant le sol. Charity s'éloigna de moi et je me relevai. J'aurais aimé partir en courant mais il était hors de question de laisser Lucas se débrouiller seul à présent que les spectres attaquaient.

Les gouttes se transformèrent en un rideau gris de flocons épais. Le froid nous brûlait la peau. Charity poussa un cri de douleur. Moi aussi, j'avais mal, mais j'oubliai mes soucis quand je vis se former devant moi une paroi de glace. Un visage s'y dessina, que je distinguai clairement malgré la neige.

Encore plus surprenant : je le reconnus. C'était le premier spectre à m'avoir parlé, celui que j'avais croisé dans la salle des archives d'Evernight. Il avait une barbe et de longs cheveux. « L'homme de givre », pensai-je.

D'une voix tonitruante comme un glacier qui se brise, il dit :

— Elle n'est pas à vous.

— Si ! hurla Charity. Elle est à moi !

Elle tapa du pied.

— Vous l'avez entendue. Elle a dit qu'elle voulait rejoindre ma tribu !

D'un air méprisant, le spectre inclina la tête. Puis un faisceau de glace jaillit et vint percuter Charity au ventre.

Elle ouvrit la bouche, mais aucun cri ne sortit. Son corps entier devint bleu pâle comme les fantômes. Je compris que le spectre la congelait – apparemment, on pouvait tuer un vampire ainsi.

Charity redressa pourtant la tête.

— Non ! vociféra-t-elle.

Rassemblant toutes ses forces, elle s'écarta, échappant à l'emprise de l'homme de givre. Elle ne saignait pas.

— On s'en va ! hurla-t-elle en trébuchant.

Shepherd jeta Lucas dans le vide.

Je poussai un cri, tendant les bras en vain alors qu'il tombait. Soudain, une lueur bleu-vert inonda la piscine et ralentit sa chute. Il atterrit tout de même au fond, mais sans dégâts. Le temps de reprendre ses esprits et il commença à défaire ses liens. Il allait bien.

« Le spectre l'a sauvé, songeai-je. Le spectre m'a sauvée. »

Je n'avais pas le temps de m'attarder là-dessus. Je me précipitai vers Lucas.

Je descendis l'échelle menant au fond, traversant le voile de lumière bleu-vert. Il y faisait froid, très froid, et pourtant ce n'était pas douloureux. J'avais plutôt l'impression d'être immergée dans un nuage d'électricité statique. Je me mis à courir, mais je n'allais pas vite. Quelque chose me ralentissait. Mes cheveux flottaient derrière moi, comme si j'étais en train de nager.

— Lucas !

Il se libéra les mains au moment où j'arrivai près de lui. Ensemble, nous enlevâmes le scotch autour de ses chevilles.

— C'est une attaque de spectres ? demanda-t-il.

— Oui. Il faut qu'on s'en aille !

Nous fendîmes les ondes qui vibraient d'énergie en direction de l'échelle. Lucas me souleva et me fit passer devant lui. En remontant, je vis l'homme de givre.

— Merci, murmurai-je, ne sachant pas quoi lui dire d'autre.

— Tu n'es pas à elle, répondit-il. Tu es à nous.

Ce n'était pas très réconfortant.

— Bianca ! Allez ! cria Lucas.

Nous partîmes en courant, subissant de plein fouet la tempête de grêle. Les spectres n'essayèrent pas de nous arrêter, en tout cas ils n'y parvinrent pas. Lucas ouvrit une porte d'un coup de pied et nous pénétrâmes dans un long couloir qui reliait la piscine au bâtiment principal. Il y faisait froid, mais ce n'était pas dû à l'activité d'êtres surnaturels.

— Toi ! s'écria Shepherd du bout du corridor. Tout ça, c'est à cause de toi !

Lucas me poussa dans une petite pièce sur la gauche.

— Par là ! Il y a une porte qui mène dehors.

Mais je ne vis aucune porte.

Shepherd se dirigeait vers nous, j'entendais résonner

le bruit de ses pas. Je voulais à tout prix éviter une confrontation.

Nous étions dans une sorte de cagibi. Lucas en bloqua l'entrée avec une chaise. L'endroit était sale, jonché d'ordures, de mégots, de bouteilles, de chiffons. Cependant, Lucas attrapa une bouteille de vodka pleine et un vieux chiffon.

— Trouve-moi un briquet, dit-il.

J'en repérai un sur un rebord de fenêtre.

— Qu'est-ce que tu fais ? demandai-je.

— Tu ne te souviens pas de ta formation ? répondit-il.

Il enroula le tissu autour du goulot de la bouteille, en plongeant un bout dans l'alcool.

Shepherd frappait contre la porte. La chaise se tordit et il était clair qu'elle ne tiendrait pas longtemps.

— Lucas, il est là !

— Parfait.

Il fit marcher le briquet. Dès que Shepherd entra dans la pièce, Lucas mit le feu au chiffon et lança la bouteille sur le vampire.

Nous nous précipitâmes au sol au moment où la bouteille en feu explosait. Shepherd hurla. Peut-être était-il déjà en train de mourir – le feu est une des seules choses à pouvoir tuer un vampire. Toujours plein de sang-froid, Lucas se leva, attrapa une chaise et la projeta contre la fenêtre au-dessus de nous. Des morceaux de verre volèrent dans tous les coins. Puis il me prit la main.

— Sortons d'ici.

Le cagibi avait pris feu. Shepherd ne criait plus. Je n'osai tourner la tête vers lui.

Je sautai par la fenêtre en évitant les morceaux de verre. Dans la cour, j'aperçus à une dizaine de mètres le fourgon qui avait servi à nous transporter jusqu'ici. Il n'y avait personne à l'intérieur. Les vampires ne tarderaient pas à nous rejoindre mais nous y arriverions les premiers.

La portière n'était pas verrouillée. Je me glissai sur le siège conducteur tandis que Lucas entrait côté passager.

— Espérons qu'ils ont laissé les clés, dit-il, essoufflé.

— Non. Mais heureusement, ça, ça faisait partie de ma formation.

Je me baissai, attrapant les fils sous le tableau de bord.

À la Croix noire, on m'avait appris à démarrer une voiture en toutes circonstances, sous prétexte qu'on pouvait avoir besoin de filer en vitesse. Sur ce point, ils avaient eu raison.

Une étincelle jaillit des fils entrecroisés et le moteur se mit en marche. J'appuyai de toutes mes forces sur l'accélérateur. Nous quittâmes le parking dans un crissement de pneus, enfin libres.

Quelques instants plus tard, quand j'éclatai d'un rire nerveux, Lucas me regarda avec inquiétude. Sans doute avais-je l'air un peu hystérique.

— Bianca, calme-toi. Tout va bien. On s'en est sortis.

Les yeux rivés sur la route, je bredouillai :

— Quel joyeux anniversaire !

Chapitre dix-huit

— On devrait se débarrasser du van, non ? demandai-je.

— Ralentis, ok ?

Lucas avait plaqué ses deux mains sur le tableau de bord, comme s'il craignait que je nous envoie dans le décor. Il n'avait pas tort.

— Je ne pense pas que les vampires le retrouveront. On le garera derrière la maison, pour que personne ne le voie. L'essentiel, pour l'instant, c'est de rentrer.

— Cette fourgonnette n'appartient pas aux vampires ! protestai-je. Ils l'ont volée. Si les flics nous arrêtent, ils vont penser que c'est nous qui l'avons volée.

— Si tu ralentis et que tu cesses de conduire comme une folle, personne ne nous arrêtera.

Il posa la main sur mon épaule.

— Allons, respire, Bianca. Lentement. Hé, là ! Tourne à gauche.

Je tournai à gauche et reconnus l'une des rues où passait notre bus habituel. Nous nous rapprochions de chez Vic. Je me détendis un peu. Il nous faudrait nous débarrasser du van, mais pour le moment, tout allait bien.

Nous nous garâmes derrière la maison.

Pénétrer dans le cellier me fit une drôle d'impression. L'endroit n'avait pas changé, c'était toujours aussi sombre et calme. Mais moi, j'avais le sentiment d'avoir changé. Lucas s'appuya au mur et baissa la tête, comme s'il n'avait pas la force d'aller plus loin. Il avait les poignets irrités et l'air abattu.

— Charity va continuer de te traquer, dit-il. Tu es devenue son obsession. Elle pense que tu es l'obstacle entre elle et Balthazar.

— Ça n'a pas d'importance, murmurai-je.

— Bianca, on ne peut pas rester à Philadelphie. Il faut qu'on s'éloigne. Où, je ne sais pas…

— Ce soir, ça n'a pas d'importance, répétai-je.

Je posai la main sur sa poitrine pour sentir chacun des battements de son cœur.

— On est vivants, dis-je. C'est ça que ça veut dire d'être vivant.

— Bianca…

— Chut…

Je caressai sa bouche, sa nuque. Je sentais son souffle s'insinuer entre mes doigts, de plus en plus vite. Il me semblait encore trop loin de moi. Les mains tremblantes, je lui enlevai son t-shirt. Je lui enlaçai la taille, heureuse de sentir sa peau. Je posai la tête contre son torse. Ce n'était pas assez.

J'approchai mes lèvres des siennes. Nous nous

embrassâmes. Sans jamais briser notre étreinte, je l'aidai à me déshabiller.

Mes vêtements tombèrent au sol. Nos peaux se touchaient, et la sienne dégageait cette éternelle et enivrante odeur de pin que je respirai avidement. À présent, je ne portais plus que le bracelet de corail qu'il m'avait offert, et celui-ci brillait dans la pièce alors que Lucas m'attirait vers le lit.

Le lendemain matin, je n'en menais pas large. Lucas s'affola. Il posa la main sur mon front.

— Tu as la tête qui tourne ?

— Ne t'inquiète pas, dis-je, m'efforçant de le rassurer.

Lucas soupira fortement.

— Bianca, je t'aime. Ce qui veut dire que je m'inquiète. Il y a quelque chose qui ne va pas chez toi et qui nous échappe. Il faut qu'on en discute avec des vampires, mais pas avec ceux qu'on a croisés hier soir.

— J'ai pensé contacter mes parents, avouai-je. Pas parce que j'en avais envie…

Il me prit la main afin de me montrer qu'il comprenait.

— Mais je ne pense pas qu'ils prendraient la peine de nous écouter.

Mes parents ne réagiraient que d'une seule façon : ils viendraient me chercher. Ils feraient ensuite le maximum pour me séparer de Lucas et me forceraient certainement à devenir un vampire.

Lucas y réfléchit un instant. Après quelques hésitations, il dit :

— Et Balthazar ?

Admettre que Balthazar puisse nous aider lui coûtait beaucoup, je le savais. Malheureusement, Balthazar ne nous apporterait aucune solution.

— Je lui en ai déjà parlé, l'année dernière. Il ne sait pas ce qui arrive aux enfants vampires qui ne vont pas au bout de leur métamorphose.

— Dommage.

Il sortit du lit et se mit à arpenter la pièce. Nichée sous la couette, je l'observai. « Laisse tomber, avais-je envie de lui dire. Peut-être que ce n'est rien. On a échappé à Charity. On devrait faire la fête ! »

Je voulais me convaincre que tout allait bien. Or, si j'avais avoué la vérité à Lucas, c'était en partie pour arrêter de me leurrer. Autant commencer maintenant.

Lucas s'arrêta.

— On part du principe que ce trouble provient de ton héritage vampirique. Mais peut-être que ça n'a rien à voir ? Peut-être que tu es tout simplement malade ? Que tu as une pneumonie ou un truc comme ça.

— C'est possible.

Les vrais vampires ne tombaient jamais malades. En grandissant, j'avais pourtant eu quelques rhumes, quelques maux d'estomac, comme n'importe quel enfant. Cependant, ces dernières années, j'avais été en bonne santé et mes parents en avaient conclu que j'avais le système immunitaire d'un vampire. Étais-je pour autant à l'abri ?

— Dana a eu une pneumonie il y a quelques années, poursuivit Lucas. Elle n'avait plus d'appétit, elle se sentait faible. C'est un peu pareil, non ?

— Peut-être.

Lucas se rassit sur le lit, l'air joyeux.

— Alors, je vais t'accompagner chez le médecin. Il va t'ausculter et trouver le problème.

La démarche me paraissait bonne, sauf qu'il y avait un souci.

— C'est cher, dis-je, hésitante.

— On peut se le permettre une fois. C'est toutes nos économies, mais tant pis.

— Et si j'ai besoin de médicaments ? Lucas, ça coûte une fortune.

— On vendra le fourgon.

— Le fourgon volé ?

— Tu as un autre fourgon caché quelque part ? rétorqua-t-il sans croiser mon regard.

— Lucas, on ne peut pas faire ça ! Ce van appartient à quelqu'un qui veut sûrement le récupérer.

Je n'arrivais pas à croire qu'il puisse envisager une chose pareille.

— Et puis comment ferait-on ? Ce n'est pas facile de vendre une voiture volée.

Il soupira.

— Bianca, c'est ce que je fais tous les jours. Je démonte des voitures volées.

— Je ne comprends pas, bredouillai-je. Je croyais que tu travaillais dans un garage.

— Oui, un garage qui ne s'occupe que de véhicules volés.

Il baissa la tête, fixant inconsciemment ses mains.

— On efface les numéros de série des voitures, on les repeint, on les réduit en pièces détachées, on change les plaques d'immatriculation... Je n'en suis pas fier.

— Pourquoi tu travailles dans un endroit pareil ?

— Bianca, redescends un peu sur terre. Je n'ai pas de formation, pas de diplôme, je n'ai même pas fini le lycée. Qui va m'embaucher ? La vérité, c'est que je déteste travailler avec des escrocs. Je déteste tellement que certains matins, ça me donne envie de vomir. Mais il faut bien qu'on mange, et c'est le seul endroit où j'ai pu obtenir un boulot.

J'avais les joues en feu. Je me sentais si bête ! Comment n'avais-je pas pu voir à quel point notre situation était critique ? Ni quels sacrifices Lucas avait dû faire ? Bien que tourmenté quotidiennement par sa conscience – il avait une haute opinion du bien et du mal –, il avait pris sur lui pour qu'on survive.

Je posai gentiment ma main sur la sienne.

— Je comprends.

Il retira sa main, puis continua :

— Je sais que le propriétaire de la voiture veut la récupérer. Mais s'il savait... S'il savait qu'on va s'en servir pour t'acheter des médicaments, tu crois qu'il accepterait qu'on la garde ?

Je hochai la tête, les larmes aux yeux. J'étais devenue un fardeau, Lucas travaillait pour des criminels et nous possédions une voiture volée. C'était douloureux, mais je devais faire face.

Nous découvrîmes qu'il y avait un service de consultation gratuite dans un hôpital près de chez nous. Lucas prit sa journée et m'y accompagna. J'eus un choc en entrant. La salle d'attente était pleine – quelques vieillards qui semblaient seuls et perdus, des jeunes couples avec enfants, des familles entières.

Je griffonnai mon nom en bas d'une très longue liste. Ensuite, Lucas m'obligea à m'asseoir. J'eus envie de lui dire de ne pas me couver autant, mais le fait est que j'avais vraiment besoin de m'asseoir. Je ne me sentais pas bien. Par moments, j'avais des bouffées de chaleur et l'instant d'après, je grelottais de froid.

— J'espère qu'on ne va pas attendre trop longtemps, murmurai-je.

Je me souvins de mon pédiatre à Arrowwood, le Dr Diamond. C'était un homme gentil avec des lunettes rondes qui me laissait choisir des pansements illustrés avant de me faire mes piqûres. Pendant quinze ans, il m'avait vaccinée et auscultée et il n'avait jamais remarqué quoi que ce soit d'anormal chez moi – même s'il trouvait que ma mère faisait très jeune pour son âge. Si j'avais un problème humain, un médecin pourrait m'aider.

Enfin, on appela mon nom. Lucas me fit un petit signe de la main tandis que j'entrais.

Une infirmière corpulente – Selma, selon son badge – me suivit dans la salle d'examen.

— Alors, qu'est-ce qui t'arrive ? demanda-t-elle.

— J'ai des vertiges. Et je n'ai plus d'appétit.

Selma me lança un regard curieux.

— Serais-tu enceinte ?

— Non ! m'écriai-je en rougissant.

J'aurais dû me douter qu'on me poserait la question mais je n'y étais pas préparée.

— C'est-à-dire que j'ai des relations sexuelles, repris-je, mais on fait attention. Je ne suis pas enceinte. J'en suis certaine.

— On va vérifier tout ça.

Elle coinça un thermomètre dans ma bouche et je le gardai sagement sous ma langue pendant qu'elle sortait le tensiomètre.

— Et aujourd'hui, comment tu te sens ?

Je fis un geste de la main : comme ci comme ça.

Elle hocha la tête. Elle s'apprêtait à enrouler le brassard autour de mon bras quand elle s'interrompit. Du coin de l'œil, je vis qu'elle regardait l'affichage du thermomètre : 32,7 °C.

J'avais toujours eu une température un peu basse. Le Dr Diamond plaisantait souvent à propos de mes 36,1 °C – qui n'avaient rien d'exceptionnel. Visiblement, 32,7, c'était exceptionnel.

Selma reprit le thermomètre, le réinitialisa et le remit dans ma bouche. Elle me prit ensuite la tension.

Je gardais les yeux rivés sur le petit écran. « Allez,

pensai-je. Monte. Au moins jusqu'à 36. Ça devrait la rassurer. »

L'appareil annonça 32,2 °C.

Selma écarquilla les yeux. Je crus qu'elle s'inquiétait de ma température mais compris ensuite que ma pression devait être anormale aussi. Elle dégrafa le brassard de mon bras.

— Allonge-toi, dit-elle. Je vais chercher le médecin.

— Ce n'est rien, protestai-je. Juste quelques vertiges.

— Allonge-toi. Sinon, tu vas tomber.

Elle me parlait gentiment, calmement, ce dont je lui étais reconnaissante. Ensuite, elle sortit et je restai étendue là, mains croisées sur le ventre, à essayer de me convaincre que ce n'était pas grave.

Peine perdue.

« Ma température ne serait pas aussi basse si j'avais une pneumonie. Ou la grippe ou un truc dans le genre. Les gens ont de la fièvre quand ils sont malades. Et je ne pense pas que cela altère leur pression artérielle. »

En d'autres termes, il y avait peu de chances que ça se règle à coups d'antibiotiques.

J'entendais l'infirmière parler d'une voix alarmée dans le couloir, certainement à un médecin. Étais-je un cas urgent ? Allaient-ils me transférer dans un autre service ? Et, si oui, quand pourrais-je en sortir ?

Je me redressai – trop vite. Un violent malaise me saisit et je crus que j'allais tomber. Je m'agrippai au rebord de la table en attendant que ça passe. Dès que je pus marcher, je me dirigeai vers la porte.

J'aperçus Selma dans le couloir, absorbée dans sa conversation avec un médecin.

— Je suis sûre que le thermomètre fonctionne, disait-elle. C'était il y a dix minutes. Je vous dis que…

Je devais me dépêcher. Je parcourus le couloir sur la pointe des pieds puis me précipitai dans la salle d'attente, surprenant une autre infirmière au passage. Je me forçai à ne pas m'arrêter.

— Lucas ! Il faut qu'on y aille.

Déconcerté, il me fixa un instant puis se leva d'un bond. Nous nous dirigeâmes vers la sortie. Dehors, la chaleur de cette journée de juillet m'avala tout entière. C'était insupportable et je dus m'appuyer contre la rambarde. L'escalier me donnait l'impression d'onduler sous mes pieds.

— Bianca !

Lucas me rattrapa et mit mon bras autour de ses épaules. Ainsi soutenue, je pus descendre les marches.

— Ne t'arrête pas, chuchotai-je. Je ne veux pas qu'ils nous rattrapent.

— Ok. Mais qu'est-ce qui s'est passé ?

— Les données relevées par l'infirmière étaient bizarres. Elle s'est affolée.

— Comment ça, « bizarres » ? demanda-t-il alors que nous tournions à l'angle de la rue.

La vérité me frappa alors de plein fouet. Toute ma vie je m'étais préparée à cet instant, d'une façon ou d'une autre, et pourtant c'était terrifiant.

— Je ne suis pas encore un vampire, murmurai-je. Mais je ne suis plus humaine.

Chapitre dix-neuf

Une fois de retour, Lucas me remit au lit. Je lui avais tout raconté.

— Ça ne t'était jamais arrivé auparavant ?

Je secouai la tête.

— Alors… Tu changes. Que ça te plaise ou non. Tu te transformes en vampire. À cent pour cent.

— Je ne peux pas être un vampire à part entière sans prendre une vie. Il n'y a que comme ça que ça marche.

— En es-tu vraiment sûre ?

Il s'allongea à côté de moi, restant au-dessus de la couverture.

— Personne ne sait vraiment comment ça se passe pour une personne comme toi.

— Mes parents savent. Ils ne m'ont pas tout expliqué mais ils ont été très clairs sur le fait que je devais tuer. On ne peut devenir vampire que de deux façons : soit, si tu es un humain, en étant mordu à plusieurs reprises et tué ; soit, si tu es comme moi, en prenant une vie. C'est tout.

— Alors qu'est-ce qui t'arrive à la fin ? Je n'en peux plus de ne pas savoir. Et ce doit être pire pour toi.

Il prit ma tête entre ses mains. Ses yeux verts brillaient d'angoisse.

Je posai les mains sur les siennes et tentai de sourire. À mesure que mon corps s'affaiblissait, je ressentais une sensation étrange, comme si je sombrais ou disparaissais. Quelque chose en moi s'en prenait à mon énergie vitale – et semblait sur le point de gagner la partie.

Mes parents avaient refusé de me dire quelles seraient les conséquences pour moi si je ne devenais pas un vampire. À présent, je devinais en quoi cela pouvait consister, et pourquoi cela les terrifiait tant.

Je commençais à croire que la seule solution serait de mourir.

Après un long silence, je dis :

— Si j'écris une lettre à mes parents, tu me promets de l'envoyer si...

Je fermai les yeux.

— S'il m'arrivait quelque chose.

— Bianca...

— Je ne veux plus en parler pour le moment. Mais promets-le-moi, je t'en prie...

Lucas réfléchit un instant.

— Je promets.

En me réveillant le lendemain, je sentis tout de suite qu'un changement s'était opéré en moi – et pas dans le bon sens.

Avant, je pouvais me lever et m'activer un peu, même les journées où j'étais le plus fatiguée. À présent, j'étais si faible que je ne pouvais pas me lever sans l'aide de Lucas. Il m'apporta le petit déjeuner au lit et je me forçai à manger une tartine.

— Tu veux que j'aille te chercher du sang ? demanda-t-il.

Il serrait si fort le dos de la chaise que les jointures de ses doigts étaient blanches.

— Je peux t'attraper un animal ou pénétrer en douce à la banque du sang.

— Je ne veux pas de sang. Je ne veux rien. Ou bien si, un verre d'eau.

Je n'avais pas envie d'un verre d'eau mais je savais que Lucas avait besoin de se donner l'illusion d'agir.

Je perdis la notion du temps ; je ne sortais jamais dehors. Lucas s'excusa à son travail en prétextant qu'il était malade. J'avais peur qu'il ne se fasse renvoyer, mais il balaya la question d'un revers de la main.

— Ils sont hors la loi, ils ne peuvent pas faire grand-chose. Ne t'inquiète pas pour moi, Bianca, ok ? Occupe-toi plutôt de toi.

Facile à dire…

Ce soir-là, il partit faire quelques courses. Il revint plus vite que prévu et déposa un sac en papier sur la table qu'il sembla oublier dans l'instant.

— Hé, dit-il. Tu as pu lire ?

— Un peu.

J'avais essayé de lire, mais sans succès. Les lignes noires sur les pages blanches me brûlaient les yeux.

Lucas hocha la tête, s'assit sur une chaise plutôt que sur le lit. Redoutait-il déjà d'être près de moi ? Ou bien voulait-il m'observer de loin ? Il fixait le plancher, la tête entre les mains. Inconsciemment, il frottait son pied contre le sol, signe de la nervosité qu'il avait jusque-là réussi à dissimuler.

— Si tu as quelque chose à me dire, murmurai-je, vas-y.

— J'ai écrit à Balthazar ce matin, répondit Lucas. J'ai envoyé un mail à Vic en lui demandant s'il pouvait rentrer, avec Ranulf aussi. Peut-être que l'un d'entre eux va revenir avec une solution ?

Vic ne pourrait pas nous aider et à mon avis Balthazar avait répondu à toutes nos questions. Ranulf était sur terre depuis bien longtemps, alors, peut-être...

— Tu as bien fait, dis-je.

Lucas secoua la tête, accablé.

— Je n'aurais jamais dû t'obliger à quitter Evernight.

— Comment peux-tu dire une chose pareille ?

Je tentai de me redresser mais fus prise d'un vertige. J'appuyai ma tête sur mon coude.

— Je voulais partir. C'est même moi qui te l'ai proposé !

— J'aurais dû dire non. Tes parents étaient au courant, reprit-il. Ils ont peut-être menti mais au moins ils auraient pu réagir. Ils se seraient occupés de toi. Et moi, je ne peux pas. Je ne sais absolument pas comment faire pour que tu ailles mieux.

— Lucas, arrête. Ce qui m'arrive est en lien avec ce que je suis. C'était même planifié avant ma naissance. Que je reste à Evernight n'aurait rien changé.

— Mais tes parents auraient pu empêcher ça.

— Peut-être pas. Ils auraient surtout insisté pour que je devienne un vampire à part entière, ce que je ne veux pas. Même maintenant.

Mais Lucas ne cessait pas de culpabiliser.

— Tu as subi tant d'épreuves, entre la Croix noire et les vampires ! On n'avait pas assez d'argent, tu ne pouvais même pas manger ce qui t'aurait fait plaisir. Je t'avais promis de m'occuper de toi. Et je t'ai laissée tomber.

— Tu ne m'as pas laissée tomber.

Ne comprenait-il pas qu'il était ma seule certitude ?

— Ces derniers mois ont été les plus beaux de toute ma vie. Malgré tout ce qui s'est passé, ça en valait la peine. Parce qu'on était ensemble, dis-je.

— J'aurais préféré qu'on soit séparés et que tu sois en bonne santé.

— Pas moi. Et c'était une décision qui m'appartenait. Je ne me suis pas trompée.

Lucas releva enfin la tête et me regarda ; je lui souris.

— Et si c'était à refaire, je le referais. Encore et encore si c'est pour être avec toi.

Lucas vint à moi et me prit dans ses bras. Son geste me rendit de la force.

Mais mon répit fut de courte durée.

— Tiens le coup, d'accord ? me dit Lucas en me caressant le dos. S'il te plaît, tiens le coup.

— Je ne peux pas ! répondis-je, terrorisée.

Je tremblais comme une feuille. Ce n'était pas une crise parce que je ne perdis pas connaissance ; seulement je ne pouvais pas m'empêcher de trembler. Ça avait commencé pendant mon sommeil, réveillant Lucas qui, pris de panique, m'avait ensuite réveillée. Il avait été obligé de crier plusieurs fois mon nom avant que je ne sorte de ma torpeur.

— Bianca, s'il te plaît.

— Je n'arrive pas à m'arrêter.

Au bout d'une heure, les tremblements s'atténuèrent, me laissant dans un état d'épuisement effroyable.

Je ne me rendormis pourtant pas, et Lucas non plus. De gros cernes soulignaient ses yeux et sa peau était pâle. L'angoisse nous maintenait éveillés.

Le soleil se leva. Je demandai à Lucas de me trouver un bout de papier et un stylo. J'aurais tellement aimé pouvoir lui remonter le moral au lieu de rester allongée là, inutile et inerte.

Je me redressai et… d'une main hésitante, je commençai à écrire :

Maman, papa,

Si vous recevez cette lettre, cela veut dire que…

Je marquai une pause. Je savais quels mots devaient suivre, mais j'étais bien incapable de les écrire. Imaginer mes parents les lisant était insupportable.

... que je ne reviendrai jamais à la maison. Lucas m'a promis de vous envoyer cette lettre au cas où il m'arriverait quelque chose.

En parlant à Mrs Bethany de mon dernier e-mail, vous pensiez certainement bien agir. Je m'en rends compte. Je ne vous en veux pas d'avoir essayé de me retrouver, surtout maintenant que je sais à quel point vous deviez être inquiets. Mais c'est aussi pour ça que je n'ai pas donné de nouvelles ensuite. Il n'était pas question de mettre de nouveau Lucas en danger.

Je vous en prie, ne soyez pas fâchés contre lui. Il a été merveilleux avec moi et a fait le maximum. J'ai été si heureuse avec lui ces deux derniers mois. Je pense que si vous nous aviez vus ensemble, si vous aviez pu ressentir ce que j'ai ressenti, vous auriez compris. Pour ma part, j'ai pris conscience de ce que vous devez éprouver l'un pour l'autre : vous vous aimez, par-dessus tout. Lucas et moi avons vécu la même chose, même si ce n'était que le temps d'un été. Un jour, vous serez contents de savoir que j'ai connu ça.

Je vous aime. Merci d'avoir tant fait pour moi. Malgré nos désaccords, nos disputes et notre éloignement, j'ai toujours su que vous étiez les meilleurs parents du monde.

Bianca

La journée se déroula dans un flou permanent, entre moments d'éveils et moments de sommeil, voire d'inconscience. Je ne savais plus trop.

Je me sentais fiévreuse mais la température de mon corps était basse. Je pouvais le constater dès que Lucas me touchait : j'avais l'impression de prendre feu.

Je transpirais aussi abondamment. Ça n'avait plus tellement d'importance.

Des dizaines de souvenirs déconnectés les uns des autres me revinrent à l'esprit. La plupart étaient joyeux, alors j'étais contente de laisser mon esprit vagabonder à sa guise. J'étais avec Raquel dans les rues de New York et nous nous plaignions en riant de nos nombreuses courbatures. À Arrowwood, tandis que ma mère mettait la touche finale à un de mes costumes de Halloween ; à Evernight avec Joséphine qui me vernissait les ongles en lilas, comme les siens ; en cours d'escrime : j'affrontais Balthazar au fleuret et il me laissait gagner avec une telle désinvolture que ses éclats de rire résonnaient dans toute la salle.

Au restaurant, avec Vic et Ranulf, assis côte à côte dans leurs chemises hawaiiennes coordonnées. Dans le fourgon, avec Dana, tandis qu'elle chantait à tue-tête en même temps que la radio.

Dans le bois, avec mon père, alors que nous guettions les hululements de la chouette et qu'il me persuadait de rester à Evernight.

À Riverton, avec Lucas, tandis que je serrais la magnifique broche en jais qu'il venait de m'offrir et le contemplais avec amour.

Qu'est-ce que l'avenir pouvait me réserver de mieux ?

Quand je repris mes esprits, il faisait nuit. Encore groggy, je levai la tête, cherchant Lucas. Il était assis à côté de moi. Nos regards se croisèrent et je lui souris. Pas lui.

— Hé, murmurai-je. Je me suis absentée combien de temps ?

— Trop longtemps.

Il se pencha vers moi.

— Bianca, je ne veux pas te faire peur, mais... Ce qui t'arrive...

— Je sais. Je le sens.

La douleur dans ses yeux était telle que j'en oubliai ma tristesse et mon appréhension. Il se détourna, redressa la tête vers le plafond. Si je ne l'avais pas mieux connu, j'aurais pu jurer qu'il priait.

— Je veux que tu boives mon sang, dit-il enfin.

— Je n'ai pas envie de sang, chuchotai-je.

— Tu ne comprends pas. Bianca, je veux que tu boives mon sang jusqu'à ce que je meure. Je veux que tu changes. Que tu deviennes un vampire.

Sidérée par sa requête, je restai sans voix.

— Je sais que tu ne veux pas être un vampire, continua-t-il en me prenant les mains. Mais j'ai l'impression que c'est la seule possibilité. Si c'est le prix à payer pour que tu vives, tant pis. Tu pourras retourner voir tes parents. Tu seras jeune et belle pour l'éternité.

Ce n'était pas aussi simple, et nous le savions tous les deux. Mais si Lucas était prêt à faire ce pas avec moi, je devais y réfléchir.

— Toi aussi, tu pourrais devenir un vampire, dis-je.

Lucas secoua la tête.

— Non.

— Pourquoi ?

— Je suis d'accord pour mourir. Mais, Bianca, tu dois me le promettre. Il faut que tu le jures sur tout ce qui compte pour toi. Quand je serai mort, avant que je me transforme, tu devras me détruire. Ne me laisse pas devenir un vampire.

Il pouvait accepter ma métamorphose mais pas la sienne. L'étincelle d'espoir que j'avais ressentie s'évanouit.

Lucas baissa le col de sa chemise, exposant son cou.

— Bois mon sang, dit-il calmement.

— Tu veux que je te tue, murmurai-je. Tu donnerais ta vie pour me sauver ?

Il me regarda comme si c'était tellement évident que j'en eus les larmes aux yeux.

— Je sais ce que je fais, reprit-il. Je suis prêt. Je quitterai ce monde en sachant que tu vas bien. Ça me suffit.

— Non, déclarai-je.

J'avais encore assez de force pour lui résister.

— Comment veux-tu que je fasse après, en sachant que tu es mort pour me sauver ? Avec toute cette culpabilité ? Lucas, je ne peux pas. Et n'insiste pas.

— Tu n'as pas à te sentir coupable ! Je veux que tu le fasses.

— Et toi, tu pourrais ? contrai-je. Tu pourrais me tuer afin d'avoir la vie sauve ?

Il me dévisagea, prenant toute la mesure de l'horreur d'une telle décision.

— Il faut que tu me promettes de vivre ta vie, dis-je. Pas de t'enfoncer dans le deuil et la tristesse.

— Bianca, bon sang !

Il grimaça, au bord des larmes. Puis il enfouit son visage dans les draps et je posai la main sur sa tête.

— Bianca, s'il te plaît. Fais-le. Sauve-toi.

Il releva la tête. Dans ses yeux, je vis vaciller ses certitudes. Si j'insistais un peu, peut-être accepterait-il d'être un vampire. Pourtant, je savais que c'était pour lui un sacrifice plus grand que la mort. Je ne pouvais pas lui demander une chose pareille.

— Non, dis-je, et cette fois il sentit à mon ton que c'était définitif.

— Comment veux-tu que je continue à vivre sans toi ? Tu es la seule chose bien dans ma vie.

Je me mis à pleurer, et il me serra la main. Il posa ensuite la tête sur mon épaule. Qu'il soit près de moi me réconfortait.

Au bout d'un temps, je dus lui lâcher la main. Les ombres dans la pièce grandissaient. Lucas me parlait, de plus en plus inquiet, mais je ne comprenais pas ce qu'il disait. Et je n'avais pas la force de répondre.

Il alla me chercher de l'eau ; je bus à peine. Je m'endormis – était-ce vraiment du sommeil ? – puis revins à moi.

Lucas était appuyé contre le mur. Il semblait terrorisé.

Quand il vit que j'étais réveillée, il dit :

— J'ai failli appeler une ambulance. Ça n'aurait servi à rien, mais rester là, à ne rien faire, ça me rend fou.

— Reste près de moi, murmurai-je.

Je me sentais oppressée. Parler était douloureux.

Un spasme me parcourut, me vidant de mes dernières forces. Mon corps était trop lourd et trop endommagé, je n'en pouvais plus. J'avais envie de sortir de mon enveloppe, d'être libre.

Quelque chose sur mon visage dut me trahir parce que Lucas écarquilla les yeux. Il se précipita à mes côtés et posa la main sur ma joue. Il hésita longtemps, cherchant ses mots, puis souffla :

— Je t'aime.

— Aime.

Je ne réussis pas à en dire plus. Lucas disparaissait, happé par l'ombre. Ce serait si facile de lâcher prise.

Une vague vint m'emporter. Je ne résistai pas.

Ensuite, je suis morte.

Chapitre Vingt

Plus rien n'était connecté – je ne peux pas décrire ça autrement. Les lois de la gravité existaient toujours, mais ne s'appliquaient plus à moi. Je flottais. Je pouvais monter et descendre, parfois même les deux à la fois.

Après des jours passés à endurer l'affaiblissement de mon corps au point de n'éprouver que de la souffrance, je me sentais légère, libre. Ce n'était pas tout à fait agréable, plutôt comme si j'avais été vidée de toute substance.

Je tentai d'ouvrir les yeux. Ce que je vis me parut absurde. Le monde était devenu d'un bleu-gris laiteux et peuplé de formes évanescentes. J'essayai de bouger mes membres. Bien que rien ne les retînt, ils ne répondaient pas.

« Depuis combien de temps ? » me demandai-je. Je n'avais aucune notion du temps. Si ça se trouve, un an s'était écoulé, ou une seconde. Je ne faisais pas la différence. « C'est simple, me dis-je. Tu n'as qu'à sentir ta respiration, et compter les battements de ton cœur. »

Sauf que mon cœur ne battait pas. Je n'avais pas non plus de pouls.

Ce fut un choc énorme. Je fus prise d'une telle panique que le brouillard autour de moi commença à se dissiper, ce qui me rassura légèrement.

J'étais encore dans la cave à vin, mais je n'étais plus dans le lit. Je flottais au-dessus, sous le plafond. Je me vis emmitouflée dans les draps, blanche comme un linge, le regard vide.

Lucas était allongé près de moi. Ses bras recouvraient sa tête. On aurait dit qu'il cherchait à se protéger de quelque chose ; je n'aurais pas su dire quoi. Ses épaules tremblaient. Il pleurait.

J'eus envie de le réconforter. Pourquoi ne me redressais-je pas afin de le réconforter ? J'étais juste là, à ses côtés !

« Non, ce n'est pas moi. Moi, je suis là. » Mais comment pouvais-je être à deux endroits en même temps ? Je n'y comprenais rien.

« Lucas, appelai-je. Lucas, je suis là. Il suffit que tu lèves les yeux. »

Mais je n'avais pas de voix.

À mon grand étonnement, il se redressa. Mais il ne releva pas la tête. Il ne semblait pas m'avoir entendue. Il avait les yeux ternes et injectés de sang. Il essuya ses larmes d'un geste brusque puis avança la main vers moi – le moi allongé dans le lit. Il me caressa la joue. Puis, visiblement à bout de forces, il s'effondra et demeura aussi immobile que le corps à côté de lui. Mon corps.

Non. Ce n'était pas possible. Je ne devais pas penser comme ça. Ce qui m'arrivait n'était qu'un énorme malentendu. Bientôt, quand j'aurais résolu le problème, tout reviendrait dans l'ordre.

Ne venais-je pas de communiquer avec Lucas ? J'avais prononcé son nom et il m'avait entendue, même s'il ne s'en était pas rendu compte. Il fallait que je recommence. « Lucas, je suis là. Juste là. Au-dessus de toi. »

Il ne bougea pas.

« Peut-être que ça marchera mieux si je me rapproche », pensai-je. Mais comment faire ? Mon corps et moi étions séparés…

J'observai de nouveau Lucas. Il semblait terriblement perdu, seul, angoissé. J'avais envie de le serrer dans mes bras, de le consoler.

Soudain, je me décrochai du plafond, descendant auprès de lui. Mon élan avait déclenché un mouvement. Je sentis la chaleur enveloppante de son corps autour de moi. J'avais le sentiment d'avoir brisé une barrière entre nous.

« Lucas ! »

Il tressaillit, les yeux écarquillés. Puis il bondit hors du lit et alla se réfugier dans un coin de la pièce.

Avait-il peur ?

« Lucas, je suis là. »

Il ne m'entendait pas. Il ne me voyait pas non plus. Il cligna des yeux puis glissa le long du mur. Il devait croire qu'il m'avait imaginée.

Tout à coup, il disparut. La brume bleu-gris se reforma et je me sentis dériver, sans amarres. Je ne savais pas si je montais, descendais ou faisais du surplace.

« Il faut que je retrouve mon corps, me dis-je. Ensuite, je pourrai retourner à l'intérieur. » Dans ma tête, ce n'était pas compliqué, mais pourquoi ne pouvais-je pas localiser mon corps ?

Il n'est plus à toi.

Effrayée, je regardai autour de moi, cherchant la personne qui avait parlé. Malheureusement, je ne distinguais rien dans cette opacité grisâtre.

« Je vais dans le cellier, décidai-je. Je veux être avec Lucas. C'est comme ça, et pas autrement. »

Voilà que j'étais à nouveau auprès de Lucas, dehors cette fois. Il se tenait dans l'allée des Woodson. J'étais juste derrière lui. L'aube pointait à l'horizon. Une voiture s'engagea dans l'allée et s'arrêta.

Balthazar sortit du véhicule, le visage tendu. Il avait encore des cicatrices et il se déplaçait moins vite que d'habitude, mais il semblait guéri dans l'ensemble.

— Comment va-t-elle ? demanda-t-il.

Voyant l'expression sur le visage de Lucas, il s'arrêta.

— Oh, non.

— Elle…

Sa mâchoire se crispa. Il n'arrivait pas à parler.

— Elle est partie, reprit-il.

Balthazar secoua la tête.

— Non. Non, tu te trompes.

— Bianca est morte, annonça Lucas.

L'entendre prononcer ces mots rendit enfin la situation réelle. Je ne pouvais plus prétendre autre chose. J'avais envie de hurler ; impossible. J'avais envie de partir en courant ; impossible aussi.

— Je veux la voir, dit Balthazar.

Lucas s'écarta. En passant devant lui, Balthazar me traversa – quelle sensation étrange et incroyable à la fois ! Pendant une seconde, toute la détresse, l'amour et la force de Balthazar résonnèrent en moi. Ce n'était pas comme être en vie, mais ça s'en approchait. Et c'était concret.

En se précipitant dans la cave à vin, Balthazar m'entraîna avec lui. Était-ce parce qu'il m'était passé au travers ? Je le suivis en flottant dans le long couloir du sous-sol, puis le dépassai et arrivai avant lui dans la pièce. Je le vis entrer.

Mon corps n'avait pas bougé. Balthazar me regarda, immobile, peinant à y croire. Ensuite, il bascula en arrière contre le mur et s'effondra au sol. Il serra les poings, qu'il pressa contre ses tempes.

Je m'approchai de mon corps. Il me semblait normal. Un peu pâle peut-être, mais c'était ainsi que je m'imaginais en train de dormir. Seule différence : je ne respirais pas. Ne pouvais-je pas y remédier ? Il suffisait que je me réintroduise dans mon enveloppe.

Facile à dire, plus difficile à faire. Je me contemplai, essayant de recréer avec mon corps le même lien que celui qui existait entre moi et Lucas et moi et Balthazar. Si je parvenais à me servir de cette énergie pour rejoindre mon enveloppe charnelle, je pourrais revivre.

Ce fut un échec complet.

Au bout de quelques minutes – enfin, je crois, je n'étais pas sûre –, Balthazar se releva. Je perçus les pas de Lucas dans le couloir. Ensemble, ils s'approchèrent du lit.

— Qu'est-ce qui s'est passé ? demanda Balthazar d'une voix enrouée.

— C'est comme je t'ai dit dans la lettre, dit Lucas.

Il paraissait si fatigué. Depuis quand n'avait-il pas dormi ?

— Elle était de plus en plus faible. Nous savions que les médecins ne pourraient rien faire, alors je l'ai vue dépérir…

Lucas avala douloureusement sa salive. Balthazar hésita, me donnant l'impression qu'il voulait poser sa main sur l'épaule de Lucas. Il se ravisa.

— J'ai essayé de la convaincre de devenir un vampire, poursuivit-il. Je lui ai proposé de boire mon sang. Mais je ne voulais pas la suivre, et elle a refusé.

Il envoya un coup de poing dans le mur.

— Bon sang, pourquoi n'ai-je pas accepté !

Balthazar secoua la tête.

— Bianca a pris la bonne décision. Pas seulement pour toi, pour elle aussi. Il y a des choses pires que la mort.

— Je ne crois pas, non.

Tous deux m'observaient, pareils à des sentinelles. J'avais envie de leur crier que tout ça n'était qu'une horrible erreur, qu'on pouvait trouver une solution, mais je n'en étais plus tellement convaincue.

« Je suis morte. Je vis une expérience de dédoublement corporel et bientôt une lueur blanche va apparaître et il faudra que je m'en aille. »

J'avais envie de pleurer. Sauf que cela nécessitait d'avoir un corps. Même ça m'était défendu. Mon chagrin et ma douleur demeuraient emprisonnés en moi, sans échappatoire possible.

— Je ne peux pas appeler la police ou une ambulance. Ils poseront trop de questions.

— Non, tu ne peux pas, concéda Balthazar. Il faut qu'on l'enterre ici, et avant que le soleil se lève, pour que personne ne nous voie. Je vais t'aider.

Lucas prit une profonde respiration.

— Merci.

C'était la première fois qu'il n'était pas sur la défensive avec Balthazar. Ils se dévisagèrent un instant. Toute forme de rancœur ou de jalousie avait disparu.

Balthazar fit le tour du lit et écarta des mèches de cheveux sur mon visage. Puis il se pencha en avant et m'embrassa sur le front. Il frissonna, luttant manifestement pour ne pas pleurer. Ensuite, il se ressaisit, digne et posé comme toujours. Il enroula les draps autour de mon corps et me souleva.

« Ils vont m'enterrer. S'ils m'enterrent, je ne pourrai plus jamais revenir ! » Je refusais encore de voir toute la vérité en face. Sur l'instant, je pensais qu'il fallait que je les en empêche. « S'il vous plaît ! Lucas, Balthazar, arrêtez ! »

Balthazar s'écarta du lit. Ses yeux s'embuèrent, il ne voyait pas bien ce qu'il faisait.

— Recouvre son visage, murmura-t-il à Lucas.

Lucas, les traits tirés, s'exécuta. Balthazar parut soulagé et repartit d'un pas plus sûr.

— Est-ce qu'il y a quelque chose... que tu veux que Bianca ait avec elle ? demanda-t-il.

— Oui, répondit-il en étouffant un sanglot.

Il se dirigea vers la commode où se trouvaient mes affaires. Sur le dessus, je vis deux des trois seuls bijoux que je possédais : la broche en jais qu'il m'avait achetée à Riverton et le bracelet en corail qu'il m'avait offert pour mon anniversaire. Sa main se referma dessus. Il voulait m'enterrer avec, pour que je les aie avec moi pour l'éternité.

Ne le laisse pas faire. Tu dois les garder avec toi !

Surprise, je cherchai dans tous les sens la personne qui avait parlé. Non seulement je ne la vis pas mais le monde devint flou, menaçant encore une fois de se désintégrer en un brouillard bleu-gris.

Qui avait parlé ? Dieu ? Manquant de repères, je tentai d'écouter à nouveau la voix.

Alors que Lucas prenait les bijoux, je lui dis « Non. Laisse-les là. » Il hésita, sans que je sache pour autant si je l'avais influencé. Que pouvais-je faire ?

Puis je me souvins de l'étrange sensation que j'avais ressentie quand Balthazar m'avait traversée. J'ignorais si Balthazar avait pour sa part éprouvé quoi que ce soit – vu son état, j'en doutais. Tout de même, ça valait la peine d'essayer.

Je me concentrai sur Lucas, souhaitant plus que tout être avec lui. Je fus projetée en avant et voilà que j'étais avec Lucas, autour de Lucas, dans Lucas. Sa peine me frappa, immense au point de m'aveugler. J'eus l'impression de me noyer, étouffée par l'intensité de sa solitude et de sa détresse.

Il frissonna.

— C'est comme si elle était toujours là, murmura-t-il. Quand j'observe les choses qui étaient à elle, elle me semble si proche.

Il ouvrit le tiroir et y déposa le bracelet et la broche.

— Je ne peux pas m'en séparer.

— Ok.

Je me tournai vers Balthazar. Ce que je vis me marqua profondément : mon cadavre, dans ses bras. Le drap blanc me recouvrait presque entièrement mais j'aperçus mes longs cheveux roux et une de mes mains, qui pendait.

« Impossible de le nier. Je suis morte. »

— Il y a des outils quelque part ? demanda Balthazar.

— Dans le garage, répondit Lucas, presque recroquevillé sur lui-même. J'ai remarqué des… des pelles.

« Des pelles ? Des pelles ! Je ne veux pas voir ça. Je veux être ailleurs… »

Tout à coup, je me retrouvai ailleurs – nulle part, en fait. De nouveau au milieu d'un nuage bleuté. Je me sentais abandonnée et perdue, mais cela me semblait plus facile à supporter que d'assister au spectacle de Lucas et Balthazar creusant ma tombe.

Dans la brume, une silhouette se matérialisa. Une

fille, d'environ mon âge, avec des cheveux courts et blonds – que j'avais déjà vue à plusieurs reprises.

— C'est toi, le spectre. Je ne t'avais pas reconnue.

— Je ne suis pas le seul spectre, répondit-elle.

Elle m'adressa un sourire condescendant.

— On n'a plus la même voix quand on est de l'autre côté. On n'est plus nous-mêmes.

— Qu'est-ce qui m'arrive ? demandai-je. Est-ce que je suis morte ? Et si c'est le cas, pourquoi me retiens-tu ? Pourquoi m'empêches-tu d'aller au ciel, ou de rejoindre la lumière ou de dormir ?

Elle agita gracieusement les bras, chassant le brouillard.

— Il y a plusieurs possibilités. Libre à toi.

À présent, j'y voyais mieux. Nous flottions au-dessus de la maison. Un mouvement attira mon attention – Lucas et Balthazar, qui enfonçaient leur pelle dans la terre.

— C'est comme dans mon rêve.

Si seulement j'avais pu pleurer ! J'avais besoin de pleurer.

— J'ai rêvé de toi. Tu t'en souviens ?

— Bien sûr que non, s'indigna-t-elle. C'était tes rêves à toi. Tes visions. Je ne m'en serais pas mêlée. Si tu m'y as vue, c'est que je faisais partie de ton avenir.

— Tu m'as conseillé de ne pas regarder ce qu'ils faisaient. Si je m'étais penchée, j'aurais vu ma propre mort.

Elle inclina la tête sur le côté.

— Il est temps que tu oublies ta vie d'avant. Que tu accueilles ton destin à bras ouverts.

— Que j'oublie ? Tu penses que je peux oublier Lucas ? Et quel genre de destin puis-je avoir si je suis morte ?

La brume s'épaissit, me séparant de la jeune fille.

— Laisse-moi tranquille, déclarai-je.

Ensuite, je pensai à Lucas. « Je vais revenir auprès de toi, je te promets. Je suis là ! »

La brume s'évanouit. J'atterris au fond du jardin des Woodson, devant un monticule de terre. Balthazar tassait le dessus de la tombe avec le plat de sa pelle pendant que Lucas s'agenouillait. Je perçus l'odeur de leur transpiration, de l'herbe coupée, des feuilles humides. Le ciel virait au rose pâle. Une nouvelle journée commençait ; sans moi.

Lucas courba la tête, écrasé par le poids de son chagrin. Le voir aussi triste était insupportable.

« Regarde-moi », pensai-je. Lentement, j'examinai le monde autour de moi, m'enjoignant d'en faire partie. « Lucas, s'il te plaît, regarde-moi. S'il te plaît. »

— Lucas ! criai-je.

Ils sursautèrent tous les deux.

— Tu as entendu ?

Balthazar hocha la tête.

— J'ai vraiment cru... mais... non.

Oui ! J'y arrivais. Me concentrant davantage, je tentai de me rappeler ce que c'était que d'avoir un corps. Je visualisai la chose. Pendant un instant, je me retrouvai

– mes bras, mes jambes, mes cheveux. Balthazar et Lucas prirent des airs effarés. Ils m'avaient vue !

Malheureusement, dans ma joie, je brisai mon effort et disparus presque immédiatement. Pouvais-je recommencer ? Je l'espérais de toute mon âme.

— Balthazar, dit Lucas. Est-ce que je suis devenu fou ?

— Je ne crois pas.

— Toi aussi, tu l'as vue ?

— Oui.

Tout à coup, il eut une révélation – qui ne sembla pas lui plaire.

— Mon Dieu !

— Quoi ? demanda Lucas. Qu'est-ce que tu sais ?

Balthazar se mit à faire les cent pas.

— Bianca est née parce qu'un spectre a aidé deux vampires…

— Oui.

— Elle a toujours su que l'une de ses options était de devenir un vampire…

— Oui, répéta Lucas, puis il écarquilla les yeux.

— Mais peut-être que l'autre possibilité était de devenir un spectre ? C'est pour ça que ses parents ont tant insisté pour qu'elle se transforme. Bianca ne serait de toute façon jamais restée humaine. C'était soit vampire soit spectre. Et comme elle n'est pas devenue un vampire…

J'avais très envie que Balthazar ait tort. Malheureusement, ce qu'il disait était parfaitement cohérent.

— Tu vois ? lança le spectre, revenu à mes côtés. C'est ce qu'on essaye de te dire depuis le début.

— Comment ça, « depuis le début » ?

— Réfléchis !

Elle m'adressa un sourire triomphant, qui me rappela le message gravé sur une des fenêtres d'Evernight lors du bal d'automne : « À nous. »

Chapitre Vingt et un

Alors comme ça les spectres pensaient pouvoir me revendiquer ? Ils se trompaient, et j'avais bien l'intention de le leur montrer.

— Je ne suis pas à vous, lui déclarai-je.

Elle flottait autour de moi dans une chemise de nuit en dentelle blanche. Était-ce ce qu'elle portait lorsqu'elle était morte ? Si oui, j'étais coincée jusqu'à la fin des temps dans un pyjama en coton bleu avec des petits nuages. Je baissai la tête et vis le bas de mon pyjama, aussi légèrement transparent que moi. Quelle ironie !

— Je m'appartiens à moi-même, poursuivis-je. C'est tout.

— Mais tu es comme nous. N'est-ce pas mille fois mieux ?

Lucas se tourna vers Balthazar.

— Si Bianca est un fantôme, comment peut-on la contacter ?

— Je suis là ! m'écriai-je, mais ils ne m'entendirent pas.

Balthazar semblait catastrophé.

— Je ne sais pas. Entre vampires et spectres, on s'évite. On essaye surtout de ne pas se parler.

— Qui saurait ? demanda-t-il, désespéré. Est-ce qu'il y a un moyen ? Quel qu'il soit ? Moi, je n'en connais pas, peut-être qu'il n'y en a pas… Mais bon sang, il doit bien y en avoir un, non ?

Il observa la tombe puis ferma les yeux.

— Un instant, fit Balthazar. Je réfléchis.

Il paraissait aussi peu confiant que Lucas.

— Il n'y a pas quelqu'un de la Croix noire qui pourrait nous renseigner ?

— Si, répondit Lucas. Mais je ne peux pas les approcher. Sauf… peut-être…

Il envisageait sérieusement de prendre contact avec la Croix noire – alors que les chasseurs avaient peut-être pour ordre de le tuer sur-le-champ. « Oh non, pensai-je. Lucas, tu ne peux pas faire ça. Tu es meurtri, désespéré. C'est une très mauvaise idée. »

Le monde s'embruma à nouveau et toutes mes sensations corporelles disparurent. Bien que ce soit quelque peu libérateur, comme de voler, je n'aimais pas être dépourvue de mon corps. Un corps, c'était concret, fiable.

Tandis que je tentais de me restructurer, le spectre rappliqua.

— Plus tard, tu trouveras ça drôle. Mais j'avoue qu'il faut un peu de temps pour s'habituer.

— Je ne trouve pas ça drôle du tout.

Quand je m'adressais à elle, j'avais vraiment l'impression de parler – et pourtant aucun son ne sortait de ma bouche.

— Il faut qu'on discute, lançai-je. Emmène-moi dans un endroit où on peut prendre forme.

— Si tu insistes, maugréa-t-elle.

En un clin d'œil, la brume se dissipa. Nous échouâmes dans le grenier de la maison de Vic. Je pouvais sentir les vieux livres et voir les piles d'objets.

Elle me sourit, toujours un peu méprisante. Elle aurait pu être jolie si elle n'avait été aussi désagréable. Elle avait un menton étroit, un nez prononcé et des yeux perçants. Je m'aperçus avec étonnement qu'elle devait avoir un ou deux ans de moins que moi. Ou plutôt, elle avait eu un ou deux ans de moins que moi quand elle était décédée. Et moi non plus, je ne vieillirais jamais. C'était bel et bien définitif.

— Je m'appelle Maxie Connor, déclara-t-elle. Je suis morte ici, il y a environ quatre-vingt-dix ans et je hante cette maison depuis. Toi aussi tu ressentiras un lien particulier avec cette maison puisque c'est là où tu es morte. Cependant, que les choses soient claires : la maison est à moi. Je vous ai laissés camper dans le sous-sol pour faire plaisir à Vic, mais je t'interdis de t'y installer. Éventuellement, tu pourras venir nous rendre visite.

Quel honneur ! Son prénom me semblait vaguement familier.

— Tu es un spectre… commençai-je. Comme moi. C'était très dur à dire.

Maxie hocha la tête.

Un spectre ! Mince alors. J'avais appris à détester et à craindre les spectres. À mes yeux, ils passaient leur temps à faire peur aux gens. Celui qui vivait chez Raquel était un monstre. Un sentiment de dégoût me monta à la gorge ; j'aurais préféré n'être rien du tout. Pour la première fois, je compris l'attitude de Lucas face à l'éventualité de devenir un vampire. Être quelque chose qu'on ne veut pas être – qu'on n'a jamais voulu être – revenait presque à se perdre. Lucas en avait pris conscience depuis le début.

Sans grand espoir, je demandai :

— Et il n'y a aucun moyen ? De revenir à la vie ?

— Ah si, c'est hyper facile, railla-t-elle. Il te suffit de claquer dans tes doigts. C'est pour ça que je ne suis pas redevenue humaine, depuis le temps !

— Pas la peine d'être sarcastique.

— C'est vrai, ce n'est pas la peine. Mais pourquoi se priver ?

Soudain, je me souvins. C'était Maxie qui avait tenté de me tuer à Evernight. Comme quoi, nous n'étions pas faites pour nous entendre.

— Au fait, poursuivis-je, je t'ai vue à Evernight. Plusieurs fois. Comment y es-tu parvenue ?

— Vic, bien sûr, répondit-elle – à croire que c'était évident. Je suis reliée à lui, et il s'est rendu à Evernight, ce qui m'a permis de prendre contact avec toi.

Vic m'avait souvent parlé de son fantôme. Il l'aimait bien. Il ne devait pas vraiment la connaître.

— Pourquoi tu ne te manifestes pas devant lui ?

— C'est difficile d'apparaître aux êtres vivants. Les deux gars en bas…

— Lucas et Balthazar.

— Lucas, je le connaissais. Mais pas le vampire. Quand je pense qu'ils étaient tous les deux raides dingues de toi. Bien joué.

— Tu ne parles pas comme quelqu'un qui a vécu il y a quatre-vingt-dix ans, remarquai-je, refusant de mentionner Lucas.

— J'ai passé les dix-sept dernières années avec Vic… Bref, reprit-elle, les deux types en bas… Tu peux te matérialiser devant eux parce que vous êtes liés. Ça aide. Mais ça ne marche pas à tous les coups. Avec Vic…

Elle hésita. Je me rendis compte qu'on abordait un sujet délicat à ses yeux, même si elle refusait de le montrer.

— Je l'ai rencontré bien des années après ma mort. Il a grandi dans cette maison.

— Et il te lisait des histoires quand il était petit, intervins-je.

— Il t'a raconté ça ? dit-elle, gênée. Mais, oui, continua-t-elle. Alors peut-être que je pourrais apparaître devant lui. Sauf que je pense que ça lui ferait peur. Et je ne veux pas qu'il ait peur de moi, ajouta-t-elle d'une voix plus douce.

— Tu ne t'es pas posé ce genre de questions avec moi, constatai-je avec colère. Toi et les autres, vous m'avez terrorisée ! Vous avez failli me tuer deux fois.

J'ai du mal à croire que tu te soucies des sentiments de Vic !

Elle prit un air furieux.

— Tu es à nous ! Tu as toujours été à nous !

— Arrête de dire ça !

J'aurais aimé pouvoir la frapper, mais ma main ne ferait que traverser son corps immatériel.

— C'est vrai ! répondit-elle, énervée. Tu es née pour devenir un spectre ! Et pas n'importe lequel non plus. Tu fais partie des esprits purs. Franchement, tu n'as pas à te plaindre. Tu es forte. Tes pouvoirs peuvent aider les autres. Les spectres ont besoin de toi. Mais tes parents voulaient revenir sur leur promesse et te voler à nous.

Elle m'avait donné beaucoup d'informations d'un seul coup.

— C'est quoi cette histoire d'esprit pur ? repris-je. Tu veux dire, un enfant de vampire, l'un de ceux créés par les spectres ?

— Enfin, tu comprends !

Maxie pouvait m'aider. Elle me fournissait les réponses à des questions que je m'étais posées toute ma vie.

— Les autres fantômes ont besoin de fantômes comme moi ? continuai-je. Pour quoi faire ?

— Tu nous rends plus forts. Tu nous aides à nous matérialiser et on peut profiter du monde.

Elle arpentait le grenier. Ses pieds ne touchaient pas le sol, ce qui me perturbait beaucoup sans que je comprenne pourquoi.

— Bianca, arrête un peu de t'apitoyer sur ton sort et imagine ce que ça doit être que des siècles et des siècles de brume bleutée. Pour certains spectres, c'est comme ça. Ceux qui s'égarent de la sorte donneraient cher pour prendre forme. Parfois, ils n'y parviennent qu'en parasitant les peurs des gens et, du coup, ils les alimentent. La plupart des spectres désirent autre chose. Un autre moyen. Tu peux les aider.

Je me souvins du fantôme qui avait traumatisé Raquel. Était-ce sa seule solution pour échapper à une prison de brume ?

— Quand on se trouve à proximité d'un esprit pur, on peut faire des choses qu'on ne pourrait pas faire seul. Par exemple, on a tous pu se matérialiser à Evernight, alors qu'en plus il nous a fallu briser les barrières de protection. Tu n'étais pas encore un vrai spectre, mais tu possédais déjà cette capacité de nous aider.

— Si je comprends bien, je vous donne des super pouvoirs.

Espérait-elle me remonter le moral ?

— Je ne suis pas obligée de vous aider, décrétai-je. Je retourne avec Lucas.

— Non, attends ! S'il te plaît.

Maxie s'évanouissait. Dans ses yeux, je vis beaucoup de peine. Elle devait se sentir seule, coincée depuis près d'un siècle dans le grenier de Vic. Et elle avait certainement oublié combien c'était dur de mourir. Mais bien qu'attendrie par son sort, je restai prudente.

— Si tu veux que je sois ton amie, dis-je, commence par te comporter comme telle.

Le grenier et Maxie disparurent. Cette fois, la brume n'eut pas le temps de m'envelopper. En un clin d'œil, j'étais revenue dans le cellier, auprès de Lucas.

Lucas et Balthazar étaient assis à une table. Ils paraissaient encore plus épuisés qu'avant. Lucas avait des cernes sous les yeux. Balthazar se penchait en avant sur la table, la tête dans les épaules.

Qu'ils ne me perçoivent pas m'importait peu. J'étais heureuse de les voir.

J'avais atterri au milieu d'une conversation.

— ... coups de fil, peut-être, ou une lettre. Ce serait une meilleure idée.

Lucas secoua la tête.

— Les cellules se déplacent trop vite pour recevoir du courrier, et elle a perdu son téléphone portable pendant l'attaque lancée par Mrs Bethany. Après tout ce temps, vous ne savez toujours pas comment procèdent ceux qui vous pourchassent ?

Il tançait Balthazar, presque par réflexe, mais ses paroles avaient perdu de leur mordant. Il n'y avait plus trace de leur vieille rivalité.

— Je croyais que la Croix noire surveillait aussi les échanges par mail, observa Balthazar.

— Oui, mais au moins je serai sûr que ma mère recevra le message. Si elle sait quelque chose – ou même si elle ne sait rien –, elle viendra.

Puis Lucas frissonna et plissa les yeux.

— Tu ne ressens rien ? demanda-t-il.

« Il sait ! Il sait que je suis là ! »

— Si.

Balthazar balaya la pièce du regard. J'espérais qu'il me verrait mais ses yeux passèrent devant moi sans s'arrêter.

— Je pense qu'elle est revenue.

— Pas de doute, affirma Lucas. C'est Bianca.

— Oui, je la sens. Et ce parfum qu'elle portait parfois, au gardénia...

— Oui.

Il paraissait plus soulagé que fâché. Que quelqu'un d'autre ressente ma présence devait le rassurer.

— Ça aide ? demanda Balthazar doucement. De savoir qu'une partie d'elle a survécu ?

— À ton avis ?

Balthazar soupira.

— Non, bien sûr que non.

— Je voudrais qu'elle soit là ! s'écria Lucas en cachant son visage derrière ses mains. Je ne désire rien d'autre, alors je me dis qu'il doit bien y avoir un moyen de revenir en arrière, non ? Parce que ce n'est pas possible autrement !

— Oui, je sais. Quand Charity... Quand je me suis rendu compte de ce que j'avais fait, j'ai tellement souhaité que ce ne soit pas vrai que je pensais que ça suffirait à changer le cours des choses. Mais ça ne fonctionne pas comme ça.

Lucas fronça les sourcils. Je sus tout de suite ce qu'il allait dire. « Non, non, Lucas ! Tu ne te souviens pas dans quel état ça le met ? »

— Charity est en ville.

Visiblement, la télépathie ne faisait pas partie de mes pouvoirs.

Balthazar se redressa dans sa chaise.

— Tu as entendu des rumeurs ? Tu as des indices ?

— C'est-à-dire qu'on a été kidnappés par sa tribu environ une semaine avant que Bianca...

Il ravala sa salive, puis reprit :

— Charity était obsédée par l'idée de transformer Bianca en vampire. Elle espère reconstruire sa famille : elle, Bianca et toi.

— Elle allait tuer Bianca ?

Il parut terriblement déçu, blessé même. Malgré les nombreuses preuves que Charity était folle, il croyait encore en elle et l'aimait toujours autant. Sa confiance aurait été touchante, pensai-je, s'il n'avait pas été aussi aveugle.

— Mais tu l'as sauvée.

Lucas secoua la tête.

— Les fantômes s'en sont chargés.

— Les spectres vous ont sauvés ?

— C'est du moins ce qu'on a pensé sur le moment. Avec le recul, je me dis qu'ils voulaient surtout s'assurer que Bianca meure selon leurs conditions, afin de la récupérer. Finalement, Charity aurait pu nous rendre un énorme service.

— Être un vampire, ce n'est pas la même chose qu'être en vie.

— Peut-être, mais c'est mieux que d'être un spectre, non ?

Lucas donna un violent coup dans la table puis se leva.

— Si Bianca était un vampire, elle serait encore là. Elle aurait encore des amis, elle pourrait aller voir ses parents et… et rien n'aurait changé.

Le visage de Balthazar s'assombrit.

— Pour elle, tout aurait changé, gronda-t-il. Et tu le sais.

— Je pourrais la toucher, murmura Lucas. Elle serait là. Alors qu'aujourd'hui… Je le sais… Je ne toucherai plus jamais Bianca, termina-t-il d'un air sombre.

« Vraiment ? Plus jamais ? » Une immense tristesse m'envahit. Ensuite Lucas et Balthazar devinrent flous et la cuisine me parut vaporeuse, lointaine. « Non, pas encore ! »

La brume m'avala. Je résistai de toutes mes forces, mais cela ne suffit pas. Je me sentis désespérée et malheureuse.

Soudain, la brume s'évanouit.

J'étais à Evernight.

Je regardai autour de moi, cherchant à comprendre. Il ne s'agissait pas d'un souvenir parce que j'étais assise sur la gargouille devant la fenêtre de ma chambre – ce que je n'avais jamais fait auparavant. Ce n'était pas non plus un rêve, j'en étais sûre – même si je n'aurais pas su dire comment rêvaient les spectres.

Seule explication logique : je m'étais transportée jusqu'à Evernight. Peut-être que ma nouvelle mission serait de hanter Mrs Bethany ?

Ici, j'eus de nouveau le sentiment d'avoir forme

humaine. Je pouvais même voir mes pieds qui pendaient dans le vide. Voulant jeter un œil à l'intérieur, je pivotai et posai les mains sur la vitre.

Immédiatement, des étincelles de givre apparurent à la surface, puis se répandirent sur la fenêtre. Je ne pouvais plus voir ma chambre.

J'entendis un bruit qui m'obligea à regarder en bas. Je distinguai quelques camions garés dans l'allée et une bonne dizaine de personnes s'agitant autour. Étrange... Les étés précédents avaient été plutôt calmes. Personne ne venait jamais, à part la camionnette du service de linge. Qui étaient ces gens ?

Bien sûr ! C'était les ouvriers chargés de reconstruire l'école.

Tendant l'oreille, je perçus divers bruits de chantier. J'avais beau détester Evernight, je détestais plus encore la Croix noire, et j'étais plutôt contente de voir que la moitié des dégâts qu'ils avaient causés étaient déjà réparés.

Ensuite, j'entendis une voix dans ma chambre.

— Adrian ?

C'était ma mère, qui appelait mon père.

Je me retournai, fébrile à l'idée de la croiser, mais la fenêtre était toujours recouverte de givre. Ma mère avait dû le remarquer. « Frotte la vitre ! lui enjoignis-je. Si tu frottes la vitre, tu m'apercevras ! »

Je pressai les mains contre la fenêtre, un peu trop fort. La couche de givre s'épaissit. À présent, il leur serait encore plus difficile de me voir. Mais ils allaient me voir, non ?

— Nous savions que les spectres reviendraient, dit mon père d'une voix glaciale. Mrs Bethany nous a prévenus.

— Mais ici... Dans la chambre de Bianca...

Ma mère semblait pleurer.

— Je sais. Ils doivent encore la chercher. S'ils ne l'ont pas encore trouvée, c'est bien. Ça veut dire qu'elle est encore en vie.

« Oh, papa... » Par réflexe, je portai la main à ma bouche, ravalant des larmes qui, de toute manière, n'existaient pas.

— Et on peut les repousser, cette fois, déclara ma mère d'un ton ferme.

« Les repousser » ? À quoi faisait-elle référence ? Peut-être un truc que Mrs Bethany avait imaginé pour...

J'eus l'impression d'être percutée par un train. Une force puissante m'écarta de la fenêtre, de la gargouille, d'Evernight. Mon corps se dispersa comme un château de sable happé par une vague. J'étais trop bouleversée pour réagir et voilà que j'errais de nouveau dans la brume, vide et immatérielle.

— Pourquoi es-tu allée là-bas ? me demanda Maxie.

Sa présence, bien qu'agaçante, constituait pour le moment le seul véritable ancrage dont je disposais.

— Ils auraient pu te détruire.

— Je suis déjà détruite.

— C'est ce que tu crois. Mais ça pourrait être bien pire, répondit-elle de son ton éternellement condescendant.

— Qu'est-ce qui peut être pire que ça ? Je suis déjà séparée de mes parents. Et de Lucas.

— Oui, c'est vrai. Enfin, en grande partie.

— Comment ça ?

— Il existe un moyen pour que tu dises bonjour à ton cher Lucas. Ça va vous faire tous les deux beaucoup souffrir, bien plus que si tu décidais une bonne fois pour toutes de passer à autre chose, mais bon, tu es du genre têtue, n'est-ce pas ? Tiens, essaye ça.

J'eus le sentiment d'être projetée en avant, puis je me retrouvai auprès de Lucas. Il était dans le cellier, seul, allongé par terre sous un drap, la tête posée sur un oreiller. Il ne devait pas s'être passé beaucoup de temps depuis la dernière fois que je l'avais vu mais il s'était effondré d'épuisement. Balthazar avait disparu.

Lucas s'agita. Pourquoi dormait-il par terre ? Je me souvins alors que j'étais morte dans notre lit. À sa place, j'aurais fait pareil.

— Tu m'as dit que tu voulais être avec lui, poursuivit Maxie. Alors, vas-y.

L'instant d'après, Lucas et moi étions dans une librairie à Amherst, seuls au sous-sol. Il était assis et observait un livre d'astronomie ouvert à une double page où figurait une comète.

— Lucas ? lançai-je.

Il leva la tête. Ses yeux brillaient d'émotion.

— Bianca ? Tu es là.

— Oui. On est où ?

Lucas lâcha le livre et me prit dans ses bras. Choquée

de sentir la pression de ses muscles dans mon dos et son corps contre le mien, je poussai un cri.

— Tu es vivante, murmura-t-il. Je pensais que tu étais morte.

« Mais je suis morte. »

— Lucas, où sommes-nous ?

— Je te cherchais dans les étoiles. Regarde !

Au lieu de reprendre le livre d'astronomie, il désigna le plafond – qui n'était plus là. Au-dessus de nous s'étendait la voûte céleste, étincelante et illuminée.

— Je pensais bien te trouver là. Tu te souviens de ce passage de *Roméo et Juliette* que tu m'as cité un jour afin de me convaincre que Juliette était astronome ?

— « Donne moi mon Roméo, et, quand il sera mort, prends-le et découpe-le en petites étoiles, et il rendra la face du ciel si splendide que tout l'univers sera amoureux de la nuit et refusera son culte à l'aveuglant soleil », murmurai-je.

— Oui, souffla-t-il. C'est comme ça que j'ai su que je pourrais te retrouver.

Tout à coup, je compris.

— On est dans un rêve, dis-je d'une voix triste.

— Je ne suis pas en train de rêver, répondit Lucas en me serrant davantage. Je refuse d'y croire.

J'étais dans le rêve de Lucas. Raquel m'avait raconté que son fantôme l'attaquait de préférence pendant son sommeil. Les spectres pouvaient donc pénétrer dans l'inconscient – j'aurais dû m'en douter. Je pouvais être avec Lucas, mais uniquement dans ses rêves. Ce n'était pas grand-chose, et pourtant, c'était déjà beaucoup.

— Toutes les nuits, promis-je. Toutes les nuits, je viendrai te voir.

— Ce n'est pas assez. J'ai besoin de toi. Ce n'est pas un rêve.

Le monde autour de nous s'évanouit en un instant. Quand il réapparut, je flottais près du plafond, observant Lucas qui venait d'ouvrir les yeux. Il se frotta le visage. Il paraissait encore plus fatigué que ce matin.

— Bianca ? Tu es là ? demanda-t-il.

Je ne pouvais pas lui répondre ; il comprit tout seul.

— Tu seras toujours là, en fait. Hors de portée.

Si pour moi ce serait toujours un réconfort d'être avec Lucas dans ses rêves, ce serait en revanche pour lui un véritable tourment. D'autant plus que je n'étais pas sûre de réussir à lui faire saisir que ce que nous vivions lors de cette parenthèse était réel. Il risquait de se retrouver accablé tous les matins par la nouvelle de ma mort, encore et encore.

— J'ai rêvé de toi, poursuivit-il. J'étais dans une librairie. J'essayais de te trouver, je ne sais plus comment. Déjà, le souvenir s'en va. Mais tu étais là. Tu n'étais pas morte, ce n'était qu'un malentendu. Je pouvais te serrer dans mes bras. C'était vraiment super – jusqu'à ce que je me réveille.

Soupirant, il rabattit le drap et se leva douloureusement. J'entendis des pas. Lucas se rendit à la porte et l'ouvrit avant même que Balthazar ne frappe.

— Tu avais raison pour Charity, déclara Balthazar sans préambule.

— Bien sûr que j'avais raison, répondit-il, fidèle à lui-même. Tu l'as trouvée ?

— J'ai rencontré quelqu'un qui la connaît. Ce qui veut dire que Charity saura bientôt que je suis à Philadelphie, si ce n'est pas déjà le cas.

— Tu as laissé le vampire filer ? Pas très malin.

— Je n'empale pas les gens à la moindre menace, rétorqua-t-il. C'est d'ailleurs ce qui nous différencie.

— Ça veut dire qu'il faut que tu quittes la ville ?

— Je ne suis pas du genre à éviter la bagarre. Et je ne compte pas non plus laisser tomber ma sœur.

— Personne ne la force à être comme elle est, dit Lucas en rangeant le jus d'orange. Tu devrais le savoir, depuis le temps. À moins que tu ne l'aies toujours su ?

Balthazar ne répondit pas à la question.

— Si je l'isole de sa tribu, elle se calmera.

— Qu'est-ce que tu vas faire ? L'enfermer dans une pièce pendant des siècles en attendant qu'elle cède ?

— Oui. Tu as une meilleure idée ? Lui enfoncer un pieu dans le cœur n'est pas une option.

— Dommage, fit Lucas.

Il prit une grande respiration.

— Alors, tu veux que je t'aide pour cet enlèvement ?

Bien que fâché de demander de l'aide à Lucas, Balthazar hocha la tête.

— Tu sais te battre. Et Charity ne s'attendra pas à ce que l'on s'associe.

— Quand ?

— Elle ne se montrera pas avant le coucher du soleil. On a encore un peu de temps.

Lucas n'avait rien à faire avec Charity. Il était un excellent combattant, mais Charity serait toujours plus forte, surtout accompagnée de sa tribu. Elle était dangereuse et n'agissait pas selon les règles. Je ne voyais pas comment Balthazar et Lucas pouvaient gagner. D'autant que Lucas était épuisé et en deuil. Il manquait de ressources, de présence d'esprit. Balthazar, aveuglé par sa peine et sa culpabilité, s'apprêtait à les entraîner tous les deux dans une mission suicide.

Lucas en avait-il conscience ? Un frisson me parcourut. Oui, il le savait.

Je fus tout à coup rongée d'appréhension. Lucas pensait-il que nous serions réunis s'il mourait ? Ou bien estimait-il que sa vie ne valait plus la peine d'être vécue ? Moi, je ne voulais pas qu'il meure. Je voulais qu'il vive et qu'il soit heureux, pour nous deux.

Mais Lucas semblait indifférent à tout, à présent.

Il enfila une chemise et mit ses chaussures. Ensuite, il se dirigea vers le tiroir de la commode où étaient rangées mes affaires. Il caressa la broche qu'il m'avait offerte, cherchant à y puiser de la force – comme je l'avais fait si souvent. D'un geste rapide, il la glissa dans la poche de son pantalon.

« Oh, Balthazar ! me dis-je. Je pourrais te tuer tellement je suis en colère. Arrêtez ! Ne faites pas ça ! »

Balthazar s'appuya sur un des casiers à vin. Il était si fatigué que j'eus pitié de lui un instant.

— Allons-y, déclara Lucas.

— Il nous faut des armes, répondit Balthazar.

Lucas, qui n'était jamais parti chasser sans être armé jusqu'aux dents, dit :

— On en trouvera en chemin.

Ils sortirent et je me précipitai derrière eux. Sauf que je ne pus pas les suivre. Au milieu de l'allée, je restai bloquée. Dépitée, je les vis monter dans la voiture de Balthazar.

Une fois assis, Lucas se tourna vers moi et cligna des yeux. Me voyait-il ? Quand la voiture démarra, il ferma la portière. Il devait penser qu'il s'agissait simplement d'un jeu de lumière.

Chapitre Vingt-deux

Je restai dans l'allée longtemps après leur départ, les yeux dans le vague.

La voix de Maxie me sortit de mon désarroi.

— Tu es totalement pathétique, tu le sais ?

— Maxie, tais-toi.

— Et si toi, tu te taisais et m'écoutais, pour une fois ?

Maxie commença à se matérialiser.

— Je peux t'aider. Et je connais des gens qui pourraient t'aider. Alors il serait peut-être temps que tu cesses de me traiter comme une indésirable.

— Comment peux-tu m'aider alors que je suis déjà morte ?

— Ça t'intéresse ?

J'acquiesçai. Elle prit forme enfin, mais à mesure qu'elle se solidifiait, le monde s'évanouissait. L'instant d'après, nous étions revenues dans la cave à vin.

Elle me sourit.

— Je pensais bien que tu changerais d'avis.

— Je n'ai pas changé d'avis, ripostai-je. Vous avez affronté les vampires pour moi. Vous avez gagné. Moi, j'ai tout perdu.

— Si tu espérais mener une vie normale, tu te trompais. Ça ne serait jamais arrivé. Tu es née pour rejoindre les non-vivants. C'est dans ta nature, c'est pour ça que tu es là. Ça ne sert à rien de t'en prendre à moi.

— Je crois que tu as oublié ce que c'est que d'être humain.

Elle pencha la tête sur le côté.

— C'est possible. Ça t'arrivera à toi aussi.

Elle se trompait. Jamais je n'oublierais ce qu'était la vie. Cela impliquerait d'oublier en même temps tellement de choses merveilleuses, d'oublier Lucas. Hors de question.

— Tu as dit que tu pouvais m'aider. Vas-y, prouve-le.

— D'accord.

Elle désigna la commode en carton où je gardais mes affaires.

— Prends ton bracelet en corail.

Comment voulait-elle que j'attrape quoi que ce soit ? Je n'avais plus de mains. Bien décidée à montrer à Maxie à quel point son idée était idiote, je plongeai les doigts dans le tiroir – et sentis la froideur de l'argent et du corail sur ma peau. Je soulevai le bracelet puis me tournai vers la vitre du micro-ondes, où je vis dans le reflet un bracelet rosé suspendu en l'air et entouré d'une lueur bleutée. Bouleversée, je restai silencieuse.

— Je te l'avais dit, railla Maxie en agitant ses cheveux blonds.

— Comment est-ce possible ?

— Les objets qui nous tiennent à cœur – la porte de ta maison, par exemple, ou bien un journal intime, ou des bijoux, comme c'est ton cas – nous rattachent au monde réel. En plus, tu as de la chance, ce bracelet est en corail. Le corail est un des éléments les plus puissants pour les spectres, parce qu'on a une chose en commun.

— On était en vie, avant, répondis-je.

— Bref. On peut tous se servir de ces objets ou de ces lieux. Comme tu es née spectre, que tu es un esprit pur, j'imagine que ça ne sera pas difficile pour toi. Tu devrais pouvoir utiliser ce bracelet. C'est pour cela qu'il fallait que tu empêches Lucas de l'enterrer.

— Et comment puis-je m'en servir ? repris-je.

— Il paraît que les spectres comme toi peuvent reprendre densité humaine, du moins pendant un temps. Il faut beaucoup d'entraînement…

La voix de Maxie s'évanouit tandis que j'observais le bracelet. Je me souvins de Lucas ce jour-là, de l'amour que l'on éprouvait l'un pour l'autre, ce qui rendit les pierres encore plus réelles. Je concentrai ensuite tous mes efforts dans ma main et, à ma grande surprise, je vis apparaître des doigts. Encouragée, je visualisai mon corps, pensant à son poids et à sa robustesse. Une vague de chaleur me traversa ; tout à coup, je me reconnus dans le reflet de la vitre du four, identique à moi-même bien qu'un peu plus pâle. Un sourire se dessina sur mon visage. Quand ma main heurta le mur, j'entendis un bruit sourd.

— Eh ben, c'était rapide, remarqua Maxie, contrariée.

— J'ai un corps !

J'éclatai de rire. Je n'étais pas en vie ; je ne ressentais aucune joie, aucune énergie, à l'intérieur de ce corps. Mais au moins, j'avais de la substance. Si Lucas avait été là, j'aurais pu le toucher, même l'embrasser. On aurait pu discuter, comme deux personnes normales.

— C'est incroyable.

— Tu ne pourras pas le garder indéfiniment.

Si elle espérait doucher mon enthousiasme, c'était raté.

— Et ça ne change rien, poursuivit-elle. Mais au moins, tu peux agir.

Je soupirai d'aise.

— C'est la meilleure chose qui me soit arrivée depuis que je suis morte.

Soudain, je perçus des bruits de pneus dans l'allée. Fébrile, je bondis vers la porte – que je dus ouvrir. J'en étais sûre : Lucas et Balthazar étaient revenus, Balthazar ayant compris la folie de son entreprise. Quelle ne fut pas ma surprise quand j'aperçus une décapotable jaune vif. Vic se tenait au volant, Ranulf à ses côtés.

— Que font-ils ici ? marmonnai-je.

Maxie jeta un œil par-dessus mon épaule.

— Ah, si. Lucas a écrit à Vic et lui a dit que j'étais malade. Il a dû convaincre ses parents de le laisser rentrer plus tôt.

— Il est en retard, remarqua Maxie.

L'ignorant, je me précipitai dans l'allée.

— Qu'est-ce que tu fais ? s'écria Maxie.

— Je vais dire bonjour à mes amis.

— Tu ne peux pas y aller comme ça, Bianca. Tu es morte !

Entendait-elle par là qu'une force invisible allait m'en empêcher ? En tout cas, il ne se passa rien. En me voyant courir vers lui, Vic sourit et Ranulf me salua timidement.

— Hé, salut, Blanche-Neige, lança Vic. Je vois que tu vas mieux.

— Vic !

Je le serrai dans mes bras, heureuse comme jamais de sentir quelqu'un contre moi.

— Tu m'as manqué.

— Toi aussi, répondit-il. Comment ça va ? Désolé de t'avoir réveillée.

J'avais oublié : j'étais toujours en pyjama. Visiblement, mon bracelet en corail ne pouvait pas remédier à ce léger problème.

— C'est une longue histoire. Une étrange histoire.

— Raconte, dit-il en réajustant sa casquette. On a vu pire.

— Je ne sais pas, articulai-je d'une voix hésitante.

Ranulf redressa les épaules. Son visage se fit méfiant.

— Vic, dit-il. J'ai l'impression que Bianca a beaucoup changé.

— Hein ? fit-il en nous dévisageant tous les deux. Elle a l'air un peu fiévreuse, mais c'est tout.

— Son essence même s'est modifiée.

Il plissa les yeux et je devinai l'homme audacieux qu'il avait dû être dans une autre vie.

— Je crois qu'elle n'est plus un vampire.

— Quoi ? sourit Vic. Tu es entièrement humaine ? C'est génial !

— Non, pas exactement, dis-je. Est-ce que vous pouvez entrer ? Il faut qu'on parle et après vous devez aller trouver Lucas.

— Où est-il ? demanda Vic en me suivant.

Ranulf, sur ses gardes, maintenait une certaine distance.

— Il est parti avec Balthazar, expliquai-je.

— Balthazar ? Ton ex ? dit-il en écarquillant les yeux. Excellent !

— Et si on entrait ?

Alors que je désignais la porte, je lâchai le bracelet. À l'instant même, je disparus – enfin, presque. Il resta une lueur bleutée.

Vic fit un bond en arrière, manquant de tomber.

— C'est quoi, ce cirque ?

— Bianca n'est plus un vampire, expliqua Ranulf, aux aguets. C'est un spectre.

— Un spectre ? Un fantôme ? Bianca est un fantôme ? Impossible.

Rassemblant mes efforts, je remis la main sur le bracelet et récupérai mon corps. Vic et Ranulf m'observaient, bouche bée.

— Si, c'est possible, dis-je ensuite. Je me suis transformée en spectre. Et non, Ranulf, je ne vais pas te faire de mal. Cette guerre entre vampires et spectres ne me concerne pas et je ne compte pas me détourner de ceux que j'aime.

Ranulf ne parut pas touché par mes paroles, mais au moins il ne s'enfuit pas.

— Tu vas m'écouter, maintenant ? demandai-je à Vic.

Il ravala sa salive et hocha la tête.

— Je crois que j'ai intérêt.

Quelques minutes plus tard, je lui avais tout raconté. Ranulf, plus habitué à côtoyer le surnaturel, semblait à l'aise avec ces informations. Vic, en revanche, me paraissait complètement sidéré.

— Donc, commença-t-il, si je comprends bien : tu es morte.

— Oui.

J'avais toujours autant de mal à l'admettre.

— Balthazar est arrivé, et lui et Lucas t'ont enterrée dans le jardin.

— Oui.

— Donc il y a un cadavre dans mon jardin, qu'il faudra que j'explique à mes parents.

— Je ne pense pas qu'ils le trouveront, ma tombe est à l'écart et... Mais tu ne penses pas qu'on s'éloigne un peu du sujet ?

— Pas vraiment, répondit Vic. T'inquiète, je sais que ce n'est pas si grave, surtout comparé au reste. J'ai bien compris que ta semaine a été mille fois pire que la mienne. Mais cela ne change rien au fait qu'il va falloir que j'explique à mes parents qu'il y a un cadavre dans notre jardin.

— C'est vrai, soupirai-je.

Nous restâmes silencieux un instant. Puis Vic releva la tête, l'air sérieux. Je ne l'avais jamais vu ainsi et cela me parut étrange.

— Bianca, c'est vraiment nul ce qui t'est arrivé. Quand je pense à ce que ça aurait été si tu étais morte, enfin, morte pour de bon... Je n'ose imaginer. Et je sais qu'on ne peut pas revenir en arrière mais – si c'est possible –, j'espère qu'on restera amis.

Je lui adressai un immense sourire.

— Bien sûr qu'on reste amis ! Et tu es la personne la plus merveilleuse que je connaisse.

Vic détourna le regard, gêné.

— Et comment as-tu fait pour découvrir tout ça ? demanda-t-il ensuite.

— Ton fantôme m'a aidée, expliquai-je. Elle s'appelle Maxie.

— Mon fantôme a un prénom !

— Évidemment.

— Pourquoi ne m'est-elle jamais apparue ? demanda Vic, vexé pour le coup.

Il considérait Maxie comme son fantôme.

— Elle ne voulait pas te faire peur. Maxie ? appelai-je.

Elle ne devait pas être très loin. La connaissant, elle avait tout entendu.

— Hé ! Vic veut te rencontrer. Viens lui dire bonjour.

— Quand je pense que je discute avec des fantômes, marmonna Ranulf. C'est incroyable.

— Tu te souviens de ce que je t'ai dit ? lui demanda Vic. Que la conformité sociale était comme une prison de l'esprit ?

Ranulf hocha la tête. Vic reprit, s'adressant cette fois-ci à Maxie :

— Sans vouloir faire de mauvais jeu de mots, ici, on est tous ouverts d'esprit. Tu ne crains rien !

« Pourquoi lui as-tu dit comment je m'appelais ? » demanda-t-elle.

Nous communiquions par la pensée, comme elle l'avait fait si souvent auparavant.

« Il n'a pas besoin de le savoir ! »

— Elle me parle, expliquai-je. Par télépathie. Je crois qu'elle est timide.

Vic examina le cellier avec avidité.

— Sérieux, Maxie, montre-toi.

« Jamais de la vie ! »

Maxie semblait terrifiée à l'idée que Vic puisse la voir enfin. Elle redoutait son jugement.

Je pouvais m'en servir. Ce n'était pas très fair-play, mais peu importe : après tout, elle avait essayé de me congeler à mort. Si je voulais des informations fiables, il fallait que je lui demande maintenant, devant témoins.

— Elle est d'accord pour m'aider, dis-je. Maxie, tu

peux m'expliquer comment fonctionne le bracelet, exactement ?

Je sentis sa contrariété sur-le-champ.

« J'attends, lui dis-je. Tu ne veux pas décevoir Vic, si ? »

« Comme si tu avais besoin de mon aide, rétorqua-t-elle. Tu peux marcher et prendre les gens dans tes bras. Moi, je ne peux pas faire ça. Je parie même que tu pourrais rester dans cet état toute la journée ! »

— Tant que j'ai le bracelet, je peux agir comme avant, poursuivis-je.

J'avais hâte de faire la surprise à Lucas. Il serait tellement heureux. Enfin, dès qu'il se serait remis de sa frayeur. Ensuite, il verrait qu'une vie à deux était possible. Pas comme avant, certes, ma mort avait compromis notre bonheur. Déjà, j'appréhendais de passer l'éternité sans lui. Néanmoins, la situation s'était clairement améliorée.

— Est-ce que ça fonctionne aussi avec la broche ? demandai-je à Maxie. Celle que Lucas a emportée avec lui.

« Lucas l'a emportée avec lui ? »

Elle se détendit.

« Alors, c'est ton jour de chance. Comme je te l'ai dit, on peut manipuler tout ce qui avait de l'importance dans notre vie. Et pas seulement pour retrouver son enveloppe corporelle. Ça sert aussi à voyager. »

— Voyager ? De quoi tu parles ?

Je levai les yeux vers le plafond, d'où provenait la voix. Vic et Ranulf m'imitèrent, l'air ahuri.

« C'est comme pour le métro. Tu peux aller n'importe où. Et les choses avec lesquelles tu as le plus d'affinités, ce sont les gares. »

La gargouille. Combien d'heures avais-je passé à observer cette horrible statue devant la fenêtre de ma chambre à Evernight ? Apparemment, assez pour qu'elle fasse partie de ma vie, ce qui me permettait de me rendre à l'école si je le souhaitais. Il devait exister d'autres stations encore. Mon horizon venait de s'étendre – au moins au-delà de cette maison.

— La broche, répétai-je. Lucas l'a prise avec lui. Tu veux dire que… Je peux être auprès de lui dans la seconde ? Est-ce que j'aurai encore un corps ? Pourra-t-il me voir ?

« Ton bracelet ne peut pas te suivre. Mais la broche est en jais, n'est-ce pas ? Tu dois pouvoir t'en servir. »

— Parce que le jais, c'est du bois fossilisé !

Tout comme le corail, le jais avait été vivant.

— J'espère seulement qu'on va avoir la deuxième moitié de la conversation, soupira Vic. On n'y comprend rien !

— Désolée, les garçons.

Je leur fis un rapide résumé.

— Je vais voir si je peux y arriver. Il faut que je dise à Lucas que tout n'est pas perdu, qu'il y a peut-être un moyen…

— Oui, vas-y, reconnut Vic. Lucas doit te voir le plus vite possible.

— Comment je fais ? demandai-je à Maxie.

« Tu te concentres de toutes tes forces, tu la visualises. Et tu devrais y arriver. Il te faudra peut-être essayer plusieurs fois… »

Sa voix me paraissait lointaine. Elle avait choisi de s'éclipser.

Je fermai les yeux, bien décidée à réussir du premier coup.

Maxie ajouta : « Tu peux traîner avec les vivants tant que tu veux. Un jour ou l'autre, ils t'oublieront. Et tu les oublieras. Tu es morte, Bianca. Tu dois l'accepter. »

Je l'ignorai.

S'il y avait une chose au monde que je pouvais parfaitement visualiser, c'était la broche. Les bords finement ciselés, les pétales aux formes étranges, la façon dont elle tenait dans ma paume…

Je plongeai dans le noir.

Surprise, je tentai de comprendre où je me trouvais. Je n'étais pas dans la brume, ce qui ne m'avançait pas pour autant. Au loin, je reconnus les lueurs rouges d'un panneau indiquant la sortie. Je me laissai dériver jusqu'au plafond, d'où je pouvais mieux observer les alentours.

Puis j'entendis résonner la voix de Balthazar.

— Lucas ! Attention !

Des formes s'agitaient en dessous – deux personnes luttant corps à corps. Elles tombèrent en même temps, enchevêtrées l'une dans l'autre. La peur me propulsa en avant et je me rapprochai. Malgré tout, dans l'obscurité, je n'y voyais rien en dehors de rangées de sièges, comme si on se trouvait dans une église. Mais Balthazar ne pouvait pas se battre dans une église…

Puis je compris que le mur blanc au fond de la pièce était un écran. Nous étions dans un cinéma. Comme tous les endroits de prédilection de Charity, celui-ci était abandonné. Les parois étaient recouvertes de graffitis.

Je m'approchai un peu plus des individus qui s'affrontaient en dessous. Les deux assaillants se séparèrent, me permettant de les distinguer. D'un côté se tenait Lucas. Son t-shirt était déchiré et il avait une entaille sur le front. Il était essoufflé. Dans sa main, il tenait un cran d'arrêt – une arme particulièrement inefficace face à un vampire.

L'autre personne pivota et j'aperçus son visage. Charity.

— Tu as laissé les fantômes s'emparer d'elle, reprocha Charity. Le corps de Bianca est en train de pourrir, son esprit est pris en otage, et c'est de ta faute.

Lucas frissonna ; les paroles de Charity l'avaient atteint.

— Tu vas payer pour ce que tu lui as fait, déclara-t-il d'une voix tranchante.

— Non mais tu t'entends ? se moqua-t-elle. Tu n'as pas l'intention de me tuer. Tu veux mourir.

J'espérai que Lucas s'en défende. Il ne dit rien.

Charity éclata de rire.

— T'inquiète pas, Lucas. Toi et Bianca serez bientôt réunis dans la tombe.

— Non ! m'écriai-je.

Mais je n'étais plus dans le cinéma. J'étais de retour dans le cellier. Vic et Ranulf me regardaient, encore plus ahuris.

— Bianca ? demanda Vic. Que s'est-il passé ?

— Si on n'aide pas Lucas tout de suite, il va mourir.

Chapitre Vingt-trois

— Si je résume bien, dit Vic alors que nous nous dirigions vers sa voiture, nous avons cette cinglée de Charity et ses soldats vampires fous furieux d'un côté, et, de l'autre côté, Balthazar et Lucas totalement épuisés.

— Oui, c'est ça. Mais je ne sais pas où ils sont.

Vic grimaça.

— Bianca, c'est grand, Philadelphie. Tu ne peux pas utiliser ta magie pour retrouver l'endroit, au moins pour m'en donner une bonne description ?

— J'essaye ! protestai-je.

Ce genre de voyage exigeait de la concentration, et j'étais bien trop angoissée pour y arriver. Soudain, une image remonta à la surface.

— Des graffitis, soufflai-je. Partout. Ça te dit quelque chose ?

À mon vif soulagement, le visage de Vic s'illumina.

— Le McCrory Plaza Six a fermé il y a deux ans. Ça doit être ça !

Il se tourna alors vers Ranulf qui se dirigeait vers le garage.

— Hé, Ranulf, mon pote ! Tu es avec nous ?

— Je rassemble des armes, expliqua-t-il. Ça peut être utile.

Je n'avais pas pensé aux armes. Dans ma panique, j'oubliais l'essentiel.

— Vic, il faut qu'on soit armés, repris-je. Tu peux te battre ?

Cette idée ne le ravit pas du tout.

— Euh, j'ai fait du karaté, commença-t-il.

— C'est génial !

— Pendant deux mois. Quand j'avais 7 ans. La première fois que j'ai voulu briser une planche, je me suis cassé le poignet. Mes parents ont préféré que j'arrête.

Qu'est-ce que je m'imaginais ? Qu'on allait pouvoir porter secours à Lucas ? Vic ne tiendrait pas deux secondes face à une bande de vampires meurtriers. Ranulf était plus fort, mais je ne l'avais jamais entendu ne serait-ce qu'élever la voix. Tout reposait sur mes épaules.

Je me souvins de ce que le spectre avait fait à Charity, de son visage tordu de douleur au moment où le faisceau bleuté plongeait dans ses entrailles. Étais-je capable de faire pareil ? Pour Lucas, sans aucun doute.

« À deux, on serait plus fortes, pensai-je. Maxie ? Maxie, et si tu nous accompagnais ? On a besoin de toi. »

« Je ne pense pas, non. »

« Je t'en serais très reconnaissante. On pourra discuter, parler de ce que veulent les spectres. »

« Et même si j'accepte, ça ne servira à rien, avoua-t-elle. Face aux vampires, il nous faut des renforts. Il nous faut Christopher. »

Qui était Christopher ? Le visage de l'homme de givre me revint en mémoire. C'était lui le premier spectre que j'avais croisé à Evernight et lui qui m'avait sauvée des griffes de Charity. Était-il le chef ? Quoi qu'il en soit, il n'était pas là et j'allais devoir me débrouiller sans lui.

« Ne t'inquiète pas, le bracelet te soutiendra où que tu ailles. Tu es forte. »

Peut-être. N'empêche, nous ne serions donc que trois pour affronter toute une bande de vampires.

Devant le garage, Vic examinait les objets que Ranulf avait rassemblés.

— Je ne pense pas que Vic devrait tenter d'empaler un vampire, déclara Ranulf en me voyant arriver. Il n'y survivrait pas.

— C'est bien la première fois que je suis content qu'on me traite de mauviette, reconnut Vic.

Ranulf attrapa un bidon d'essence et sortit un briquet.

— Peut-être qu'il pourrait plutôt mettre le feu. Cela obligerait les vampires à fuir.

— C'est dangereux, répondis-je. Pour toi, pour Balthazar et Lucas aussi.

— Ce serait notre dernier recours, je suis d'accord, dit-il en tendant les objets à Vic.

Puis il retourna dans le garage.

— Hé, Ranulf, on a de quoi faire avec ce que tu as trouvé, l'interpellai-je. Allons-y !

— Non, ça ne sert à rien, tout ça, constata-t-il avec un calme olympien.

Il revint avec une immense hache à la main. Avant même que j'ouvre la bouche, il la lança contre un arbre. L'arme tournoya dans les airs en sifflant puis alla se planter dans le tronc en faisant un bruit sourd.

Vic et moi nous avions retenu notre respiration. Ranulf sourit, content.

— La hache peut nous être utile.

— Où as-tu appris à faire ça ? demanda Vic.

— Tu te souviens que je t'ai raconté que les Vikings avaient pillé mon village et m'avaient emmené avec eux ?

Vic acquiesça.

— Tous les jeunes hommes vikings apprennent à se battre…

Nous avions un guerrier viking avec nous. Peut-être pourrions-nous finalement réussir l'impossible…

Vic conduisit à toute allure et nous arrivâmes au cinéma en peu de temps. Il s'agissait d'un bâtiment massif et vétuste posé au milieu d'un immense parking où poussaient les mauvaises herbes – rien à voir avec le majestueux théâtre de Riverton où Lucas et moi étions allés lors de notre premier rendez-vous.

— Vic, tu restes dehors, ordonnai-je alors que nous sortions de la voiture. Si tu nous entends crier ton nom, tu mets le feu. Si tu entends autre chose, ou si tu t'inquiètes, tu appelles les secours. Ranulf et moi, on ne peut pas demander de l'aide à la police, mais toi, si.

— Je suis prêt.

Il avait l'air terrifié, pourtant je savais qu'il ne nous laisserait pas tomber.

Je l'embrassai rapidement sur la joue puis courus à la suite de Ranulf.

J'avais pensé faire une entrée discrète mais Ranulf fit voler la porte en éclats à coups de hache. Une silhouette à la tignasse épaisse émergea alors derrière un comptoir abandonné.

— Qu'est-ce qui se passe ? demanda le vampire, étonnée de voir débarquer un autre vampire à l'improviste.

Ranulf lança sa hache et la décapita. Stupéfaite, je poussai un cri qui résonna dans la pièce. Ranulf se tourna vers moi, le front plissé.

— Crier ne sert à rien.

— Désolée !

Alertés par mon cri, des vampires vinrent à notre rencontre – deux, puis trois, puis cinq, s'entassèrent dans l'entrée. Les deux plus costauds se jetèrent sur Ranulf, qui était armé et constituait une plus grande menace, mais il s'en débarrassa comme de vulgaires mouches. La hache se ficha dans le sol, faisant rouler une tête jusqu'à mes pieds.

— Toi ! me lança une voix.

Un vampire s'avança. Avec frayeur, je reconnus Shepherd. Il avait perdu ses dreadlocks et n'avait plus un cheveu sur la tête. Il avait aussi perdu une oreille. Le feu avait sévèrement abîmé son visage.

— Toi et ton petit ami avez essayé de me brûler vif.

Son regard hostile me troubla – un instant seulement. « Bianca, me dis-je ensuite. Tu es déjà morte, n'oublie pas. Il ne peut pas te faire grand-chose. »

— Tu aurais dû nous laisser partir quand tu en avais l'occasion, dis-je tout en touchant machinalement la fermeture de mon bracelet.

— Vous laisser partir ? ricana-t-il. Tu ne comprends donc vraiment rien...

Il me sauta dessus. Au même moment, le bracelet tomba par terre et je plongeai ma main – immatérielle, à présent – dans le torse de Shepherd.

Je me sentis traverser toutes les couches de son corps : épiderme, cage thoracique, cœur, colonne vertébrale, que j'empoignai. Shepherd fut saisi d'un spasme et se raidit, agrippant en vain sa poitrine qui devenait bleue.

Il voulait que je le lâche et je partageais ce sentiment, mais j'avais besoin d'informations.

— Dis-moi où est Lucas !

— En haut, souffla-t-il. Salle... de... projection.

Je retirai la main et Shepherd s'effondra au sol. J'attrapai mon bracelet ; à présent, il suffisait que je pense à le saisir pour prendre consistance.

À cet instant, Balthazar débarqua dans l'entrée. Ses vêtements étaient déchirés et il avait la lèvre fendue mais il tenait deux pieux dans les mains et semblait satisfait. Pourtant, quand il me vit, il manqua de perdre pied.

— Bianca ?

— Aide Ranulf ! criai-je.

Ranulf affrontait quatre vampires à la fois. Il souriait mais je ne savais pas s'il allait résister encore longtemps. Balthazar se jeta dans la mêlée et je partis en courant.

— Lucas ! Lucas ! Où es-tu ?

Pas de réponse.

Je localisai l'escalier menant à la salle de projection et grimpai les marches aussi vite que possible. Je ne contrôlais pas encore assez bien mes pouvoirs pour simplement apparaître aux côtés de Lucas. En arrivant en haut, je perçus des voix.

— Pourquoi résistes-tu ? demandait Charity d'un ton sincèrement désolé. Bianca n'est plus là. Tu n'as plus aucune raison de te battre.

Lucas ne répondit pas.

Devant la porte de la salle de projection, je fus face à un choix : lâcher le bracelet ou le garder. Si je le lâchais, j'aurais plus de facilité à frapper Charity. Si je le gardais, Lucas me verrait et nous pourrions combattre Charity à deux. Je décidai de le garder.

La salle de projection était dans un état lamentable : des toiles d'araignée épaisses, de vieux posters à moitié arrachés, des restes de bobines. Une des parois était percée d'un énorme trou. Lucas et Charity se tenaient au centre, tous les deux blessés et débraillés. Lucas serrait un pieu dans sa main.

Lucas semblait prêt à repartir à l'assaut quand il me vit. Je pensais qu'il s'illuminerait de bonheur. Au lieu de cela, il m'observa, perplexe.

— Bianca ?

— Lucas ! Tout va bien !

Le visage impassible, Charity se tourna vers moi. Puis elle percuta violemment la mâchoire de Lucas d'un coup de pied.

Il trébucha en arrière, étourdi mais encore conscient. Charity sourit et je me rendis compte qu'elle pouvait facilement le tuer.

Lâchant mon bracelet, je me précipitai sur elle, prête à lui donner une bonne leçon. Elle m'esquiva, attrapa un objet au sol et le lança vers moi de toutes ses forces.

Non ! Je fus saisie d'une douleur déchirante qui sembla même s'étendre au-delà de moi-même, comme si l'air aussi souffrait. Le monde se troubla, vira au bleu et je faillis disparaître pour de bon. Je me sentis tomber et me fracasser au sol. Des cristaux de glace roulèrent sur le plancher ; le supplice était au-delà de ce que j'aurais pu imaginer.

Et pourtant, j'étais toujours là. La mort ne vint pas me soulager.

— Du fer, expliqua Charity. Il y en a dans le projecteur. Rien de tel pour neutraliser un spectre.

Saisissant le bracelet, je tentai de me matérialiser. Mais j'étais trop mal en point. Je savais que j'étais partiellement visible, réduite à une brume bleutée.

Derrière Charity, Lucas tentait de se relever. À peine s'était-il agenouillé qu'il glissa. Je n'avais pas remarqué jusque-là à quel point il était affaibli. Le coup de pied de Charity n'avait bien sûr rien arrangé.

— Bianca ? murmura-t-il. C'est… c'est bien toi ?

— J'ai besoin d'une famille, murmura Charity. Tu peux comprendre, non ? Je suis tellement seule. Ceux de ma tribu, ils me suivent, m'obéissent, mais ils ne sont pas ma famille.

— Tu as un frère, répondis-je, étonnée d'entendre ma voix. Tu pourrais être avec lui si… si tu arrêtais de…

— Tu parles comme un vampire ! m'interrompit-elle.

Baissant la tête, elle s'approcha de moi.

— Ce n'est pas ce que je veux entendre. Mais au moins, je sais quoi faire, maintenant. Pour être liée à Balthazar, il faut que je sois liée à toi. Il nous faut donc quelque chose en commun.

— Ne lui fais pas de mal ! hurla Lucas en se jetant sur Charity.

Elle pivota à temps pour éviter le coup. Il n'avait plus assez de force pour être efficace. D'un geste agile, elle l'attrapa, lui pencha la tête sur le côté et plongea ses crocs dans sa nuque.

Je me mis à hurler. Je hurlais et le monde entier hurlait avec moi et il ne restait plus rien d'autre que mes cris et Lucas qui se débattait puis perdait connaissance à mesure qu'elle buvait, buvait et buvait encore. Elle frissonnait de plaisir à chaque gorgée ; un filet de sang dégoulinait le long de son menton.

Elle s'écarta et relâcha Lucas, qui tomba lourdement par terre. Je cessai de crier. Un silence oppressant emplit la pièce.

— Je pense que ça suffira, murmura-t-elle.

Elle m'adressa un regard dépité puis regarda derrière elle. Des gens arrivaient, ce qui ne lui plaisait pas du tout.

D'un bond, elle disparut par l'énorme cavité dans le mur.

« Non, ce n'est pas possible. Faites que ce ne soit pas vrai. »

Je parvins, sans savoir comment, à me ressaisir. J'avais avant tout envie de m'approcher de Lucas mais je commençai par récupérer mon bracelet. En retrouvant mon corps, je pourrais l'aider, l'emmener en bas, lui faire du bouche-à-bouche, le soigner…

Lucas était immobile. Quelques gouttes de son sang maculèrent le plancher et la plaie ouverte sur sa nuque était répugnante. Jamais je ne lui avais fait ce genre de blessure en le mordant. Charity s'était surpassée.

« C'est pas grave. Ça va guérir. »

— Lucas, murmurai-je.

Du bout des doigts, je lui caressai la joue. Il ne réagit pas.

— Lucas, c'est moi. Je suis là.

Toujours rien.

Je posai une main réticente sur sa poitrine. Son cœur ne battait plus. Lucas était mort.

Charity avait tué Lucas devant moi. J'étais venue pour le sauver ; j'étais arrivée trop tard.

« Non ! S'il vous plaît, non ! »

Cependant, il n'y avait personne pour entendre mes supplications, aucune force qui pouvait me ramener en arrière, afin d'effacer ce qui venait de se produire. Je ne pouvais échapper à l'horrible réalité.

Les pas dans l'escalier se firent plus forts ; Balthazar, Ranulf et Vic pénétrèrent dans la pièce. Voyant la scène, ils se figèrent. Vic porta la main à sa bouche pour s'empêcher de crier.

— C'était Charity, chuchotai-je. Elle l'a vidé de son sang. Elle l'a tué.

Vic tomba à genoux. Je posai la tête de Lucas sur ma cuisse, regrettant de ne pas avoir pu le toucher au moins une fois. Une seconde de plus avec lui, cela aurait eu tellement d'importance à mes yeux. Mais Charity m'en avait privée. Je pensai à Juliette serrant un Roméo mort dans ses bras ; elle aussi était ressuscitée trop tard.

Ranulf inclina la tête. Balthazar posa la main sur mon épaule mais je m'en libérai d'un mouvement brusque.

— C'est de ta faute, dis-je.

Je ne criais pas ; ce n'était pas la peine, le ton de ma voix était sans appel.

— Tu l'as entraîné ici alors que tu savais qu'il n'était pas en état de se battre. Parce que tu n'as jamais pu accepter le fait que Charity est un monstre, Lucas a perdu la vie. Ne me parle plus jamais. Jamais.

Balthazar redressa le menton. Une lueur de douleur émanait de son regard.

— Si dans deux jours tu penses toujours ce que tu viens de dire, je respecterai ta volonté.

— Je n'aurai pas changé d'avis.

Pouvais-je glisser la main dans la poitrine de

Balthazar et le faire souffrir comme j'avais fait souffrir Shepherd ? À cet instant, j'en avais envie.

Mais Balthazar dit alors quelque chose qui chassa mon désir de vengeance.

— Tu vas avoir besoin de mon aide pour la suite.

Ses paroles me coupèrent le souffle. Il disait la vérité – je connaissais les règles depuis longtemps – mais, dans ma peine, je n'avais pas pensé à ce qui allait advenir. C'était trop terrible.

— Non, pas ça !

— Bianca, tu sais aussi bien que moi comment ça marche.

— Ne me fais pas la leçon ! hurlai-je. Tu ne comprends pas. C'est la dernière chose que voudrait Lucas. Il préférerait mourir ! C'est... c'est son pire cauchemar.

— Attends, fit Vic.

De grosses larmes roulaient sur ses joues.

— Il préférerait mourir ? Je croyais qu'il était mort. S'il ne l'est pas, on peut encore le sauver.

Je serrai Lucas contre moi.

« Je suis désolée, Lucas. Je suis tellement désolée. Plus que tout, j'aurais dû t'éviter ça. Mais j'ai échoué. »

— Lucas est mort, expliqua Balthazar. Mais il a été vidé de son sang par un vampire. Comme Bianca l'a déjà mordu par le passé, il a été exposé. Préparé.

Vic nous regardait tous les deux d'un air effaré.

— Qu'est-ce que ça veut dire ?

— Lucas va se transformer en vampire, murmurai-je.

Lucas aurait-il la force de le supporter ? Il avait

toujours détesté l'idée. Mais je me souvins de ce qu'avait déclaré Balthazar quand il était prisonnier de la Croix noire : « Pour nous, la mort n'est que le commencement. »

Nous allions peut-être basculer dans l'horreur. À moins que ce retournement de situation ne constitue le début d'un nouvel espoir.

Lentement, dans le silence, je pris la tête de Lucas entre mes mains et lui caressai le front. Il ne nous restait plus qu'à attendre l'aube.

Découvrez bientôt
la suite des aventures de
Bianca dans

EVERNIGHT

LIVRE IV

sortie en octobre 2012

Cet ouvrage a été composé par
PCA – 44400 REZÉ

Imprimé en Allemagne
GGP Media GmbH
à Pößneck
en février 2012

Dépôt légal : mars 2012

POCKET jeunesse

12, avenue d'Italie
75627 PARIS Cedex 13

Direction des affaires culturelles de la ville de Paris